ある奴隷少女に
INCIDENTS IN THE LIFE OF A SLAVE GIRL
起こった出来事

ハリエット・アン・ジェイコブズ
堀越ゆき=訳

大和書房

Incidents in the Life of a Slave Girl

Written by
Harriet Ann Jacobs

Translated by
Yuki Horikoshi

Book Jacket Illustration by
Brian Cronin

Book Design by
Albireo

安んじている女たちよ、起きて、わが声を聞け。
思い煩いなき娘たちよ、わが言葉に耳を傾けよ。

イザヤ書三二章九節

ある奴隷少女に起こった出来事　目次

I 少女時代

Ⅱ 逃亡

III 自由を求めて

著者による序文

読者よ、わたしが語るこの物語は小説《フィクション》ではないことを、はっきりと言明いたします。わたしの人生に起きた非凡な出来事の中には、信じられないと思われても仕方がないものが存在することは理解しています。それでも、すべての出来事は完全な真実なのです。奴隷制によって引き起こされた悪を、わたしは大げさに書いたわけではありません。むしろ、この描写は事実のほんの断片でしかないのです。一部の地名は隠し、人物には偽名を用いています。わたし個人のことに関して真実を隠す意図は毛頭ありませんが、わたしの周囲にいた人々のためにそうさせていただきました。

自分が引き受けたこの仕事を、もっと上手にやれたならと思います。しかし、読者の皆さんは、わたしが置かれた状況に鑑みて、能力不足を許してくださるのではないでしょうか。わたしは奴隷として生まれ、育てられ、奴隷州に二七歳まで暮らしました。北部に来てからは、自活と子どもたちの教育のために懸命に働く必要がありました。そのため、子ども時代に、自分を高めることができなかった不足を補うひまがあまりなく、また家政の仕事の切れ切れに見つけた時間に、本書を書かざるを得ませんでした。

南部から初めてフィラデルフィアに到着したとき、ペイン司教から、わたしの人生の素描を出版してはどうかと言われました。そのときは、そんな大それたことができる能力はありません、とお答えしました。わたしの考え方はあれから少しは成長したとは言え、今も同じ思いです。しかし、通常であればおこがましいことを行うわたしを、志に鑑みてお許しいただけると信じています。

わたしは注目を求めて、自分の経験を書いたのでありません。それはむしろ逆で、自分の過去について沈黙していられたならば、そのほうが心情的には楽であったでしょう。また、苦労話に同情してもらう意図もありません。しかし、わたしと同様に、いまだ南部で囚われの身である二〇〇万人の女性が置かれている状況について、北部の女性にご認識いただきたいと思います。その女性たちは、今もわたしと同様に苦しみ、ほとんどの者がわたしよりずっと大きな苦しみを背負っているのです。

自由州に住む皆さんに奴隷制の実態を伝えるため、わたしより資格のある方々が書かれた著作に、わたしの証言を加えることを希望します。経験によってのみ、あの唾棄すべき制度が作り上げた穴が、どれほど深く、暗く、おぞましいものであるかを理解することができるのです。今も迫害を受ける仲間のために、この力足らずの本に、神の祝福が宿りますように。

リンダ・ブレント[*1]

*1　著者ハリエット・アン・ジェイコブズの筆名。

登場人物紹介

作品で使われた偽名　実名

リンダ・ブレント　本回想録の著者で主人公。実名ハリエット・アン・ジェイコブズ。

マーサ（祖母）　リンダの祖母。ベーカリーを経営。実名モリー・ホーニブロウ。

ウィリアム（弟）　リンダの弟。実名ジョン・S・ジェイコブズ。

フィリップ（叔父）　リンダの叔父。実名マーク・ラムジイ。

ナンシー（伯母）　リンダの伯母。フリント家の奴隷。実名ベティ・ホーニブロウ。

ベニー（息子）　リンダとサンズ氏の息子。実名ジョセフ・ジェイコブズ。

エレン（娘）　リンダとサンズ氏の娘。実名ルイーザ・マチルダ・ジェイコブズ。

「お嬢さん」　幼少時のリンダの女主人。リンダの母の異母姉。実名マーガレット・ホーニブロウ。

ドクター・フリント　医師。フリント家の奴隷であるリンダ、ウィリアム、ナンシー、ベニー、エレンの実質上の支配者。実名ジェイムズ・ノーコム。

フリント夫人　ノーコム夫人。リンダの母の異母姉、伯母の乳姉妹。実名メアリー・ホーニブロウ・ノーコム。

エミリー・フリント　ドクター・ノーコムの娘。リンダ、ベニー、エレンの所有者。のちのダッジ夫人。実名メアリー・マチルダ・ノーコム。

フリント氏　ドクター・ノーコムの息子。プランテーションを経営。実名ジェイムズ・ノーコム・ジュニア。

サンズ氏　リンダの愛人。弁護士。のちに連邦議会議員になる。ベニーとエレンの父。実名サミュエル・トレッドウェル・ソーヤー。

ベティ　リンダの友人。リンダの最初の隠れ家の奴隷。実名不詳。

ピーター　リンダの友人で奴隷。リンダの逃亡を助ける。実名不詳。

ホッブズ夫人　サンズ氏のいとこ。サンズ氏からエレンを譲り受ける。実名メアリー・ボナー・ブラウント・トレッドウェル。

ソーン氏　ホッブズ夫人の兄。南部出身。実名ジョセフ・ブラウント。

ダッジ氏　エミリー・フリントの夫。実名ダニエル・メスモア。

ブルース夫人　著名な文筆家ナサニエル・パーカー・ウィリス（ブルース氏）の妻で、リンダの雇い主。実名メアリー・レイトン・ステイス・ウィリス。

二番目のブルース夫人　ブルース氏の二番目の妻。実名コーネリア・グリンネル・ウィリス。

ジェイコブズ一族家系図

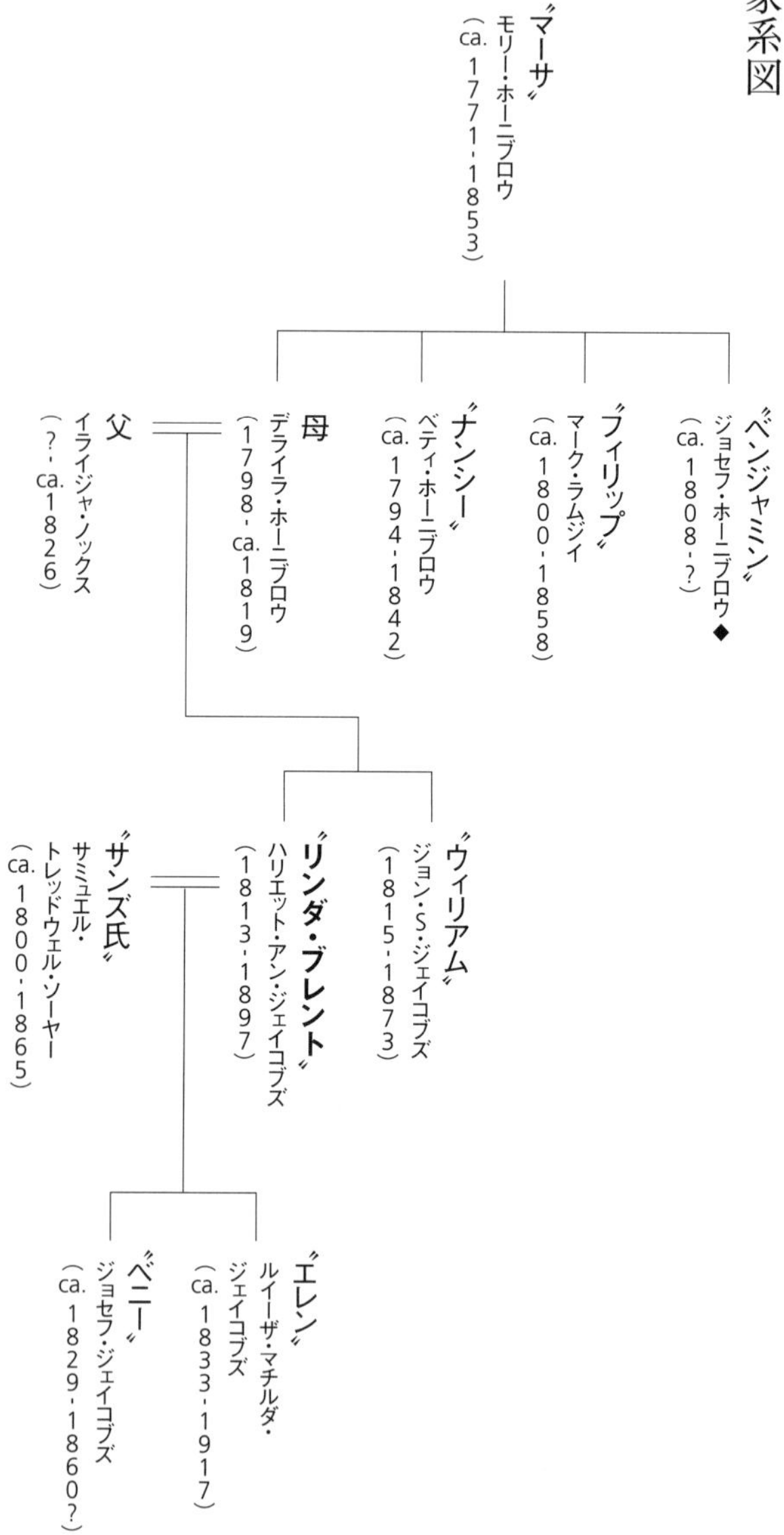

◆＝他にも兄弟姉妹あり

ノーコム一族家系図

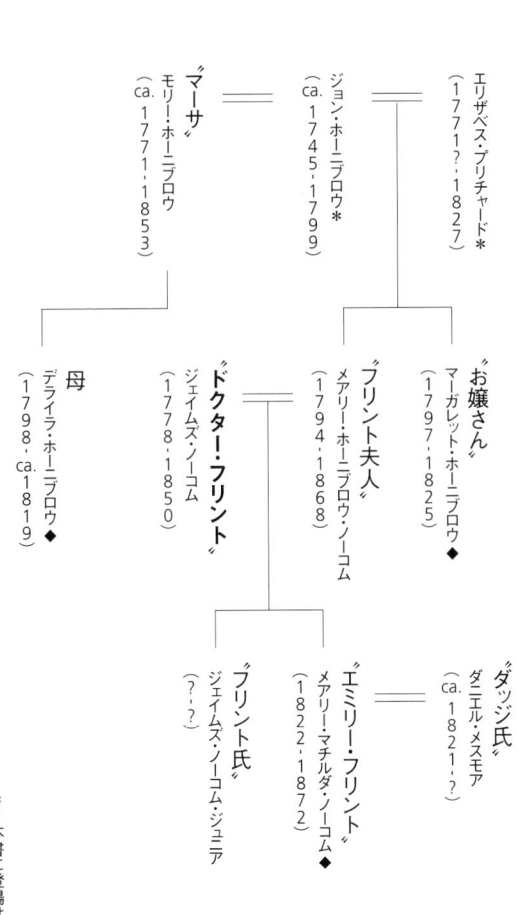

エリザベス・プリチャード＊（1771?-1827）
＝
ジョン・ホーニブロウ＊（ca. 1745-1799）
＝
〝マーサ〟モリー・ホーニブロウ（ca. 1771-1853）

〝お嬢さん〟マーガレット・ホーニブロウ◆（1797-1825）

〝フリント夫人〟メアリー・ホーニブロウ・ノーコム（1794-1868）
＝
〝ドクター・フリント〟ジェイムズ・ノーコム（1778-1850）

母 デライラ・ホーニブロウ◆（1798-ca. 1819）

〝ダッジ氏〟ダニエル・メスモア（ca. 1821-?）
＝
〝エミリー・フリント〟メアリー・マチルダ・ノーコム◆（1822-1872）

〝フリント氏〟ジェイムズ・ノーコム・ジュニア（?-?）

＊＝本書に登場せず
◆＝他にも兄弟姉妹あり
（注）史実と本書記載事項の一部に乖離あり

ある奴隷少女に
起こった出来事

I
少女時代

1813-1835

1813年ノースカロライナ州に奴隷の娘として生まれたリンダ・ブレント（ハリエット・アン・ジェイコブズの筆名）は、自分が奴隷であることを知らず、両親の庇護のもと6歳まで平穏な子ども時代を送る。その後、母の死により、最初の女主人の元で読み書きを学び、幸福に暮らしていたが、優しい女主人の死去のため、医師ドクター・フリント家の奴隷となり、一転不遇の日々が始まる。

15歳になった美しいハリエットは、35歳年上のドクターに性的興味を抱かれる。ドクター・フリントから逃げ回る奴隷の不幸な境遇に、たった一人で苦悩するハリエットは、とうとう前代未聞のある策略を思いつく。

本書の舞台
ノースカロライナ州
イーデントンの地図（当時）

❶ハリエット（リンダ）の祖母モリー（マーサ）の家
❷ノーコム（ドクター・フリント）邸
❸ソーヤー（サンズ氏）邸
❹ノーコムの医院
❺ハリエットの最初の隠れ家
❻ハリエットが幼少時暮らした家（ホーニブロウ・ホテル）
❼ハリエットの弟や子どもたちが入れられた刑務所
❽新年に奴隷が集められ売られた広場
❾イーデントン港
❿蛇沼（スネーキー・スワンプ）

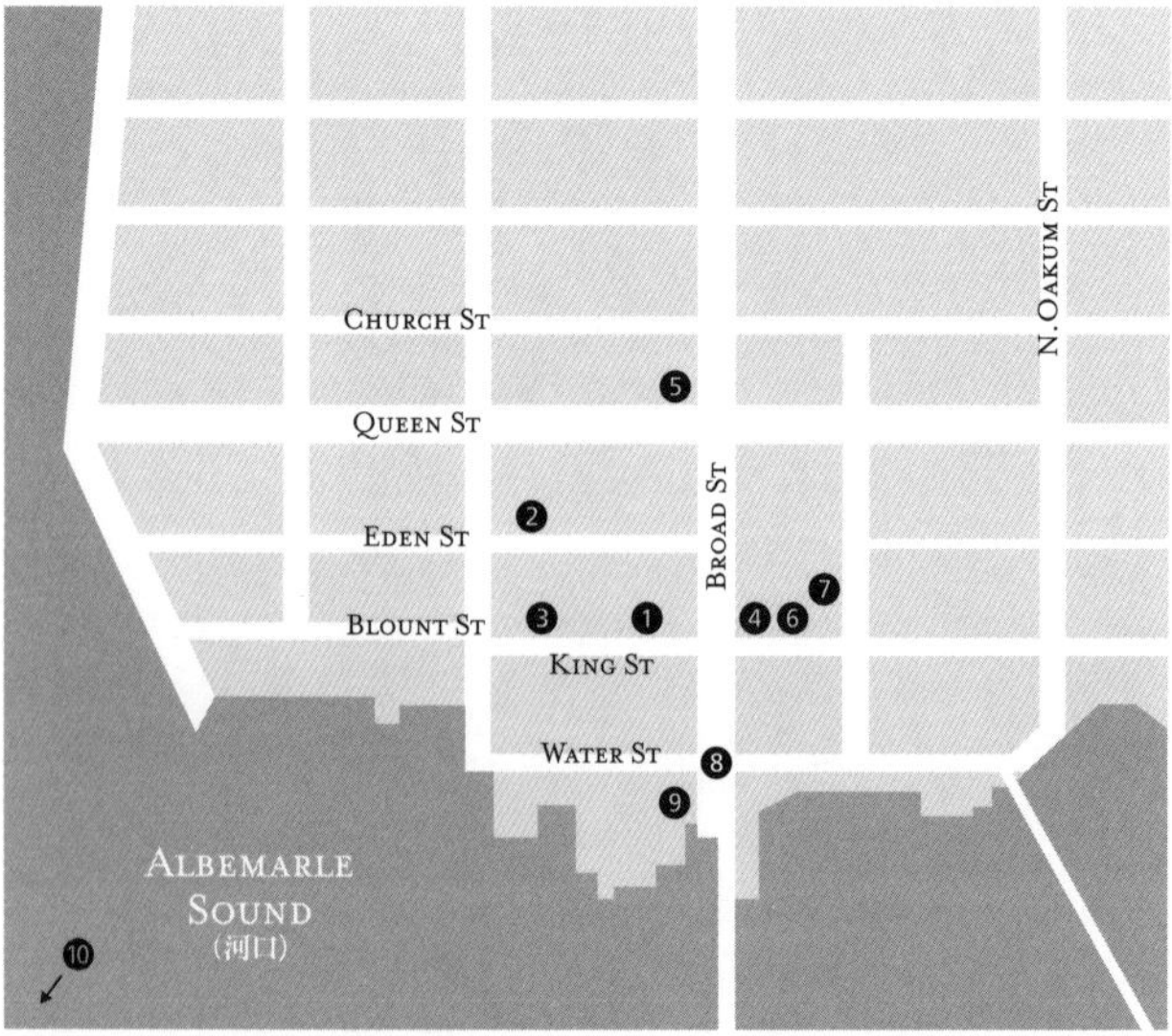

EDENTON, 1813-1842

1 わたしの子ども時代

わたしは奴隷として生まれた。だが、六年間の幸せな子ども時代が終わるまで、そのことを知らなかった。わたしの父はとても勘が良く腕が立つ大工と見なされていて、変わった建物を建設するときは、遠くからも依頼が舞いこみ、棟梁をまかされるほどだった。父を所有する女主人は、年間二〇〇ドルを支払い、自分で生活の費用をまかなうのであれば、あとは自由に商売をしてもよいと言ってくれていた。

奴隷だったわたしたち子どもを買い取り、自由にすることが父の悲願だった。父は懸命に働きお金を貯めては、何度も交渉したが、結局奴隷所有者が買い取りに応じてくれることはなかった。両親の肌の色は、黒人としてはとても白く、茶色がかった黄色で、ムラート（白人と黒人の混血）と見なされていた。ふたりは一緒に快適な家に暮らし、一家全員が奴隷だったが、わたしは両親のとても深い愛情で守られていたので、自分が所有者から両親に預けられた、ただの「商品」で、いつなんどき両親から引き離され、どこかに売られてしまうかもしれない——そんな運命だったとは夢にも思わなかった。

わたしには、賢いウィリアムという二歳違いの弟がいて、誰からも可愛がられていた。そして何よりの宝というべき、母方のすばらしい祖母がいた。祖母は、いろんな意味ですごいひとだった。祖母は、サウスカロライナの白人入植者と奴隷のあいだにできた娘で、祖母の父親は自分の死後、妻と三人の子どもにお金を渡して自由にして、親せきのいるセント・オーガスティンに行かせた。あいにく独立戦争の混乱のさなかで、祖母たちは道中で捕らえられ、連れ戻されて、奴隷として家族ばらばらに売られてしまった——それが子どもの頃、よく祖母に聞かされた話だった。でも、細かいところは覚えていない。とにかく祖母は、まだ幼い少女だった時分に捕らえられ、大きなホテルの経営者に売られたのだった。

祖母は、子ども時代のつらかった話をよくしてくれた。だが、祖母は賢く、忠実な娘であることを、成長するにつれて周囲に証明してみせたので、白人のご主人や奥さまも、こんな価値ある所有物は大切に扱わねばならぬと気づかざるを得なかった。食事の支度、乳母、お針子と与えられた職務を十分に果たし、やがて祖母はご主人の一家にとって、なくてはならない人物となった。

祖母はまた、誰からもほめられる料理上手だった。祖母の焼くおいしいクラッカーは近所の評判になり、多くのひとが祖母のクラッカーを求めてやってきた。あまりに注文が増えたので、家事仕事を終えた夜中に、クラッカーを焼いて売ってもよいか、と祖母は奥さまに頼んでみた。売上から自分と子どもたちの衣服の費用を支払うことを条件に、奥さまはそれを許してくれた。こうして祖母は、一日中奥さまのために働いたあと、年かさの二人の子どもたちにも手伝わせ、真夜中のクラッカー作りを開始した。この商売は利益を生み、祖母は、子どもたちを買い取って自由にするために、毎年少しずつお金を貯めはじめた。

やがて、祖母の奴隷所有者が亡くなり、奴隷を含む遺産が相続人に分配されることになった。未亡人はホテルを引き継ぎ、営業を続けた。祖母も奴隷としてホテルに残ることになったが、祖母の五人の子どもたちは子息のあいだで平等に分けられ、あまってしまった末っ子のベンジャミンは、最後の一セントまで均等に分配するために、競売にかけられた。祖母からアングロ・サクソンの血を受け継いだベンは、ハンサムで利発な少年で、ほとんど白人のように見えた。彼はわずか一〇歳だったが、七二〇ドルの高値がつき、売られていった。

末の息子の売却に、祖母はしばらく何もできないほど落胆した。しかし、希望を見いだす力を持ったひとだったので、やがて気を取り直し、いつか子どもたちを買い戻せるだけのお金を貯めるのだと必死に働きはじめた。そんな祖母がやっと貯めた三〇〇ドルを、すぐに返すから貸してほしい、とある日女主人が借りていった。読者はたぶんご存じだろうが、たとえ書面であっても、奴隷とのあいだで交わされた約束や文書には法的効力がなかった。南部の法律では、奴隷は所有物《もの》であるから、所有物が所有することはできないのだ。つまり祖母は、女主人の誠意だけを信じてお金を貸したのである。奴隷所有者の奴隷に対する誠意を！

そんな善き祖母には、たいへんな恩がある。わたしと弟のウィリアムは、祖母の作るおいしいクラッカーやケーキ、ジャムをよく食べさせてもらった。そして、大人になってからは、わたしたちはもっと深刻な面倒を、祖母にかけることになる。

例外的に幸せだったと言える、わたしの子ども時代は、そんな様子だった。母が亡くなったのは、わたしが六歳のときだった。そのときの周囲の会話から、初めて自分は奴隷なのだと、わたしは知ることになった。母は、祖母の女主人のお嬢さんの奴隷だった。母とお嬢さんは乳姉妹で、祖母は二人を同じ乳で育てた。もっとも母は、お嬢さんに十分に乳が行きわたらないという心配から、生後三ヵ月で無理矢理乳離れさせられてしまったのだけれど。母とお嬢さんは、子どもの頃は共に遊び、大人になると、母は「色白の姉」であるお嬢さんの最も忠実な召使いになった。母が亡くなるとき、母の子どもたちには決して苦労はさせない、とお嬢さんは母の枕元で約束し、その約束を生涯守ってくれた。

わたしは母の死に打ちひしがれた。幼い心で、「これからわたしと弟は、誰に面倒を見てもらうのだろう？」と不安になった。すると、これからはお嬢さんの家で一緒に暮らすように言いつけられた。――そして、それは結局わたしにとって、幸せな結果になったのだ。お嬢さんの屋敷で、つらい仕事や、嫌な仕事を命じられることは一切なかった。お嬢さんはわたしにとても優しく接し、わたしは幼かったが、お嬢さんの役に立てることがうれしくて、お嬢さんのためならどんなことでもやろうと一生懸命だった。

わたしはよくお嬢さんのとなりに腰かけ、何時間も一心に縫い物をして過ごした。そんなときだけ、この世に心配ごとなど何もないような、自由に生まれた白人の子どもと同じような気持ちになれた。お嬢さんは、わたしが針仕事に疲れたように見えると、行って遊んでいらっしゃいと、送り出してくれた。わたしは野原に走りだして、ベリーや野の花を夢中で探し、お嬢さんのお部屋に飾った。とても幸せな日々で——幸せすぎたから、長く続かなかったのかもしれない。奴隷少女だったわたしは、明日のことなど何も考えなかった。だが、家畜として生まれたすべての人間に、いずれ必ず忍びよる暗い影が、とうとうわたしに近づいてきたのだ。

わたしが一二歳になろうとする頃、お嬢さんは病気にかかり、まもなく亡くなってしまった。バラ色だった頬が白くなり、瞳から生気が失われ、ガラス玉のようになっていくお嬢さんの様子を見守りながら、どうか元気になりますようにと、あのときどんなに真剣に神様にお祈りしただろう！　わたしはお嬢さんが大好きだった。母が亡くなってからは、母同然のひとだったから。しかし、わたしの祈りは届かず、お嬢さんは亡くなってしまい、教会の小さな敷地に埋葬された。何日も何日も、わたしはそこで過ごし、涙が墓石にぽろぽろこぼれおちた。

お嬢さんが亡くなったあと、わたしは一週間だけ祖母のもとに送られることになった。未来のことを少しは考えられる年頃になっていたから、「これからどうなるのだろう」と自分に何度も聞いてみたが、しかし、返ってきたのは「お嬢さんのような優しい女主人には、もう二度とめぐり合えない」という悲しい答えだった。お嬢さんは、母が死ぬ前に、決して子どもたちに苦労はさせない、と約束してくださった。お嬢さんが、母の死後その言葉にどれほど忠実であったかを思い返すと、またわたしに示してくれた愛情の数々を考えると、ひょっとしたらお嬢さんはわたしを奴隷の身分から解放し、自由にしてくださったのかもしれないという希望を、持たずにはいられなかった。母はあれほど愛情こまやかで誠実に、お嬢さんに長年尽くしたのだから、お嬢さんはきっとわたしと弟を自由にしてくれたに違いない、と誰もが思った。——ああだけど、たとえ献身的であれ、一奴隷のたかが思い出に、どれほどの効力があるのかは、奴隷はみんな知っていた。そんな思い出のために、競売で高値で売れるはずの奴隷を、みすみす自由にすることは、ほとんどありえなかった。

どきどきしながら一週間が経ち、とうとうお嬢さんの遺言書が読み上げられる日が来た。遺言により、わたしは当時まだ五歳だったお嬢さんの姪の奴隷になった。[*2] そして、わたしと周囲の夢は、あっけなく消えてしまった。

生前お嬢さんは、神の御言《みことば》をわたしによく教えてくださった。「自分を愛するようにあなたの隣り人を愛せよ」、「なにごとでも人々からしてほしいと望むことは、人々にもそのとおりにせよ」。結局わたしはお嬢さんにとっての奴隷で、隣人とは見なされなかったのだろう。だけどお嬢さんは、わたしに読み書きを教えてくださった。奴隷にはめったに訪れないそんな機会を与えてくれたことを思い、お嬢さんとの思い出に感謝している。

お嬢さんは数人の奴隷を所有していて、それらは一族にふりわけられた。そのうち五人は祖母の子どもであり、お嬢さんのきょうだいの乳きょうだいだったが、祖母の長年の献身的な働きにもかかわらず、全員が人身売買の競売にかけられた。神の似姿どおりにつくられた奴隷は、奴隷所有者の目には、畑に植えた綿花や、飼育した馬にしか見えないのだ。

＊2　一八二五年七月三日、「お嬢さん」ことマーガレット・ホーニブロウは死去した。遺言により、所有する奴隷「リンダ」ことハリエット・アン・ジェイコブズを、姪に当たる医師ジェイムズ・ノーコム（ドクター・フリント）の子女メアリー・マチルダ・ノーコム（エミリー・フリント。当時三歳）に相続させた。

2 フリント家の奴隷生活

ドクター・フリントは、近所に住む医者で、お嬢さんの姉の夫だった。遺言により、わたしはフリント家の幼い娘の所有物となった。わたしが奴隷として働くことになった新しい一家のことを考えると、ひとりごちずにはいられなかった。というのも、弟ウィリアムも一家に買われ、その家の奴隷になったからだ。

わたしたちの父は、生まれつきの性格、そして熟練した大工として独立・自活していたので、奴隷というよりは自由黒人のような考え方を持っていた。弟はそんな父の影響を受けて成長し、また本来の物怖じしない気質から、他人をご主人さま、奥さまと呼ぶことを嫌悪していた。祖母はわたしたちに明るい言葉をかけ、はげまそうとしてくれた。だまされやすい子どもの心は、それで少しはなぐさめられた。

フリント家では、冷たいことしか待っていなかった。冷たい視線、冷たい言葉、冷たい態度。わたしたちはいつも夜が来るのを待ちわびた。せまいベッドに横たわると、わけもなく嗚《お》咽《えつ》がこみあげ、止まらなくなることがあった。優しさのかけらもないこの家に見捨てられたようで、みじめで孤独だった。

新しい家の奴隷となって一年が過ぎた頃、仲良しの友だちが、大人になることなく亡くなってしまった。たった一人の子どもを失った母親の泣き声を聞きながら、穴におさめられた小さな棺に、土がかけられるのを見ていた。わたしにはまだ愛する家族がいるだけ幸せなんだと、そう感謝しながら、墓地から帰りはじめたとき、祖母に出会った。「リンダ、こっちにおいで」。その声の調子から、悲しいことが起きたのだ、と思った。祖母は少し離れた人気のないところにわたしを連れていくと、こう言った。

「リンダや、おまえのお父さんが亡くなったんだよ」

父が死んだ！　わたしはあっけにとられた。そんなことは信じられなかった。父が病気だったかどうかも知らないまま、ただこんなふうに父が亡くなったと、突然知らされるなんて。祖母と墓地から帰りながら、心の中でわたしは神に歯向かった——母、父、お嬢さん、そして友だちを、わたしから連れ去った神に。

「神さまのご計画は、私らにはわからないんだよ」素朴な祖母は、わたしをなぐさめるようそう言った。

「生きていても、つらい目ばかりだったから、早くお導きになったんじゃないのかね」

それから何年ものちに、わたしはこの祖母の言葉を何度も思い出すことになる。祖母は、許される限りせいいっぱいお母さん代わりになるよ、と言ってくれ、そんな愛情に少しは勇気づけられ、わたしはフリント家にもどった。

翌朝、父の家に行かせてもらえるだろうと思っていたが、その夜催されるパーティーに飾る花を摘みに行くよう命じられた。冷たくなった父の遺体が一マイル以内に横たわっているとき、わたしは一日中野原で花を摘み、飾り用の花綱《フエストゥーン》を作った。フリント夫妻はそのことをどう思ったのだろうか？　父はただの財産だ、とフリント家は思っていた。しかも、わたしやウィリアムが奴隷のくせに人間のような感情を持ったのは、思い上がった父の責任で、それは非道徳であるばかりか、白人奴隷所有者にとっては脅威だと、不満に思っていたのだ。

翌日、一日遅れで父の遺体が運ばれた道をたどり、母のとなりに作られた粗末な父の墓に参った。父の人間としての価値を認めてくれる人々がそこにいて、父が生きたことに敬意を払ってくれた。

父の死後、フリント家での生活は、ますます憂鬱で、耐えがたいものになっていった。屋敷にいるほかの奴隷の子どもたちが楽しそうに笑い合う声が聞こえると、それがとても残酷に響いた。他人の喜びをそんなふうに感じるのはわがままだと思いながら、わたしはやりきれない思いだった。弟はむっつりとだまって仕事をするようになった。「ウィリー、元気を出そう。いつか暮らしも良くなるから」。弟をはげますために、そう言ってみた。

「リンダは何もわかっちゃいないよ」弟は答えた。「ぼくたちはずーっとここから出られないんだ。絶対に自由になることなんてないんだ」

でも、わたしたちも大きくなって、いろんなことが少しは器用にできるようになったし、ひょっとしたら仕事のあと、自分の時間が作れるように、もうすぐなれるかもしれない。そうしたら、いつかお金を貯めて自由になれる、とわたしは反論した。口で言うのは簡単だ、とウィリアムはきっぱりと言った。「それに自分の自由を買うつもりなんかない」。わたしと弟は毎日このことで言い合いになった。

ドクター・フリントの家では、奴隷の食事にほとんど無関心で、奴隷たちは何か食べるものにありつければ幸せだった。わたしは種々のおつかいを命じられ、食べ物を分けてもらえる祖母の家のそばをよく通ったので、その点では恵まれていた。祖母の家に立ち寄ればひどい罰を与える、といつも脅されていたので、祖母は、朝食や夕食用の食べ物を持って門のところに立ち、よくわたしを待っていてくれた。衣食にはじまる折々の助け、心の支えになってくれた祖母に、どんなにお世話になったことだろう。働いて、わたしが生きていくのに必要なだけの、わずかばかりの服を与えてくれたのも、この祖母だった。フリント夫人が、毎冬わたしに与えた、がさついた混紡の仕事着を今でもはっきり覚えている。まったく奴隷が着るもののように思えて、わたしは大嫌いだった！

多くの南部婦人の例にもれず、フリント夫人は完全に無気力な女だった。家事を取りしきる意欲はないが、気性だけは相当激しく、奴隷の女を鞭《むち》で打たせ、自分は安楽椅子に腰かけたま、一打ちごとに血が流れはじめるまで、平然とそれをながめていた。彼女は教会に通っていたが、聖餐のブドウ酒とパンを口に入れてもらっても、キリスト教徒らしい考え方は、夫人にはなじまなかったらしい。教会から戻ったばかりの日曜日でも、指定した時間に夕食の用意が整わなければ、夫人は台所に陣取り、料理ができるのを待った。そして、料理が残らず皿に盛られるのを見とどけると、調理に使われたすべての深鍋や平鍋につばを吐いてまわった。こうすることで、鍋のふちに残った料理や肉汁の一さじが、料理女とその家族の口に入らないようにと気を配った。

フリント家では、夫人が許可したもの以外は、どんなものでも食べることが許されなかった。奴隷の食べ物は、きっちり一オンスまで、一日三回天秤で量られた。夫人の樽から少しだけ小麦粉を拝借し、パンを焼いて食べることも論外だった。一クォートの粉からいくつのビスケットができるかを夫人は知っており、ビスケットの大きさまでも厳しく決められていた。

祖母はクラッカーを売ったわずかな稼ぎで、わたしの奴隷の生活を支えてくれていたが、以前、祖母が貸した三〇〇ドルは、結局戻ってこなかった。借主である女主人が亡くなったとき、義理の息子であるドクター・フリントが遺言執行人となった。祖母は貸した三〇〇ドルを返してほしいとお願いしたが、女主人の破産を理由に、支払いは法律で禁止されていると、祖母の申し出は一蹴された。しかし同じ法律は、女主人が、祖母から借りたお金で購入した銀の燭台《しょくだい》を、ドクター・フリントがもらいうけることは禁じなかった。祖母のお金で買った燭台は、代々フリント一族に受け継がれていくのだとわたしは思う。

祖母の所有者であった女主人は、自分の死後は祖母を奴隷の身分から解放し、自由にしてやる、と生前いつも祖母に約束しており、遺言書にもきちんとそう書いてある、と言われていた。しかし遺産の整理を終えたドクター・フリントは、忠実な老女中だった祖母にこう通達した――現状に鑑み、おまえは奴隷として競売にかけられねばならぬ。

祖母が売られる日、「競売―ニグロ、馬、その他」と書かれたお決まりの広告が掲示された。ドクター・フリントは、わざわざ祖母を呼び出して、おまえを競売にかけねばならぬが、気を悪くしないでくれ、と言った。できることなら知り合いにでも売ればよかったのだが。祖母には、それが単なる偽善の言葉でしかないことも、そして祖母を競売にかけることにした自身の決断に、いまさら彼が気まずさを感じていることもお見通しだった。祖母は往生際の良い女だった。もしドクターが、故人の意思に反して祖母を競売にかける見下げた人間であれば、世間もそう知っておいたほうがいい。

長年祖母は、地域の多くの家族のためにクラッカーやジャムを作りつづけ、「マーシーおばさん」と呼ばれ、界隈ではよく知られた存在だった。祖母を知るひとは、祖母の賢さ、気立ての良さをほめ、祖母を大切に扱っていた。祖母が長年一族に献身的に仕えたことも、女主人が生前に祖母を自由にすると言っていたことも、多くのひとが知っていた。

競売の日、祖母はほかの売却物品と同じように並べられ、最初に競りにかけられた。祖母が競売台にぴょんと飛び乗ると、野次が飛んだ。

「恥知らず！　罰あたり！　マーシーおばさんを売るなんて！　競売台なんかにのせやがって！」

祖母は何も言わず、運命に身をまかせた。祖母に値をつける度胸のある者はいなかった。

「五〇ドル」

か細い老女の声がした。声の主は、亡くなった女主人の七〇歳になる独身の姉だった。その老女は四〇年間祖母と共に暮らしたひとで、自分の家族のために人生を忠実にささげた祖母が、あざむかれ、売られるのを止めるつもりだった。ほかの入札を待ったが、競り勝とうとするひとはおらず、老女の願いは尊重された。老女は読むことも書くこともできず、売買契約書にX印を書いて署名の代わりとし、あふれる人間愛をもったその老女が、祖母を購入することになった——そしてその結末はと言うと、老女は祖母を自由にしたのだ。

そのとき祖母はまだ五〇歳だった。それからも働きどおしの年月を祖母は生きたが、孫のわたしとウィリアムは、祖母のお金をだましとり、約束された自由まで奪おうとした男の奴隷だった。母の姉で、わたしに優しくしてくれる、大好きなナンシーおばさんもまたフリント家の奴隷だった。

わたしがフリント家に来て数週間経った頃、ドクター・フリントの命令で、ある奴隷が、一家の所有する郊外の農場《プランテーション》から連れてこられた。奴隷が屋敷に着いたときはもう夕方だったが、ドクターは奴隷を作業小屋に連れて行き、足が地面につかないぎりぎりの高さで、天井の梁《はり》から縛って吊っておけ、と命令した。その奴隷は、ドクターのお茶の時間が済むまで、ぶらりと梁から吊るされていた。

その夜起こったことを、わたしは一生忘れないだろう。人間が、立て続けに何百回も打たれる音を、それまで一度も聞いたことがなかった。男の苦しむ叫びと、「おお、ご主人さま、どうかやめてくだせえ」という憐れな声が、その後何ヵ月もわたしの耳に響きつづけた。男がこんなひどい罰を科された理由を、皆はあれこれ推測した。とうもろこしを盗んだのだと言うひともいたし、奴隷監督人の前で夫婦げんかをしたからだと言うひともいた。曰く、男がその妻に、生まれた子どもの父親は、自分ではなくドクター・フリントだと責めたというのだ。夫婦は両方黒人だったが、子どもの肌の色はとても白かった。

翌朝、作業小屋に行ってみると、牛革の鞭からはまだ血が滴り、壁には血糊がべったりついていた。男は鞭打ちを何とか生き永らえ、プランテーションに戻ったが、その後も妻と夫婦げんかをくりかえした。数ヵ月後、ドクター・フリントは夫婦を奴隷商人に売り飛ばした。罪深きドクターは、奴隷夫婦を厄介払いできたことに満足だった。しかも夫婦は金にかわり、彼のふところは潤った。商人に引き渡されるとき、奴隷の女房はドクターにわめいた。

「悪いようにはしないって、約束したじゃないか！」

「おしゃべりが過ぎたようだな。バカ女め！」ドクターは答えた。奴隷が、自分の子どもの父親の名前を明かすことは犯罪であるということを、彼女は忘れていたのだろう。

主人の家族による虐待もひんぱんにあった。ようやく少女になったばかりの奴隷が、出産直後に亡くなるところに立ち会ったことがある。少女が産んだ赤ん坊は、ほとんど白人のように色が白かった。苦しみながら少女は叫んだ。

「おお主よ、早く私を連れていってください！」

少女の女主人はかたわらに立ち、まるで悪魔の化身のように、苦しむ彼女を笑い物にしながら、大声でこう言った。「苦しいだろう？　おまえが苦しむのがうれしいよ。苦しまなきゃいけないことをしたんだ。もっと苦しむがいい」

少女の母親が言った。「赤ん坊は死にましたよ。ああ、娘もこのまま一緒に天国に行けるといいが」

「天国だって！」ぴしゃりと女主人が言い返した。「こんな娘や、ろくでもなしの私生児が行ける天国なんてあるもんか」

憐れな母親は背を向けたが、彼女のすすり泣きが聞こえた。もはや虫の息だった少女は、かぼそい声で母親を呼び、その耳にささやくようにこう言うのが聞こえた。

「お母さん、そんなに悲しまないで。神さまは何もかもご存じで、きっと私を憐れんでくださる」

その後少女は激しく苦しみはじめ、女主人は耐えきれなくなって出て行ったが、部屋を出る彼女のくちびるには、さげすむような冷笑がまだ残っていた。この女主人には七人の子がいたが、少女の母親にはたった一人しか子がなかった。そして、その子は永遠にまぶたを閉じようとしていたが、母親はそのとき、わが子をつらいこの世から連れて行ってくださる神に感謝しつづけていた。

3 奴隷が新年をこわがる理由

ドクター・フリントは、町に立派な屋敷を構え、ほかにも農場をいくつも持っていた。五〇人ほどの奴隷を有していたが、それでも毎年奴隷を増やしていた。

奴隷の雇い入れ更新日は、南部では一月一日と決まっていた。つまり一月二日には、奴隷たちは新しい主人のところで働きはじめる。それから農場でとうもろこしと綿花の作付けが終わるまで働き、やっと二日の休日が与えられた。そのとき木陰でごちそうを振るまう主人もいる。それが終わると、今度はクリスマス・イブまで休みなく働くのだ。何かひどい罰でとがめられない限り、そのときは主人か農場監督者が適当だと決めただけの休みを、四〜五日与えられた。そしておおみそかの夜は、家財というよりは、がらくたに等しい所持品をまとめて、不安の中で新年の夜明けを待つのだ。

一月一日の決められた時間に、男、女、子どもの奴隷は町の一ヵ所に集められ、犯罪者のように運命が宣告されるのを待った。近隣四〇マイル以内に住む奴隷所有者のうち、誰がいちばん無慈悲か、また誰がいちばん人情味があるかを、奴隷全員が当然のように知っていた。理由は簡単である。雇い入れの日、奴隷にまともな服や食べ物を与える主人の周りには、奴隷が大勢群がり、「だんな、今年はそっちで働かせてくだせえよ。しっかり働きますから」と頭を下げるからだ。

奴隷が新しい主人のところに行くことを拒んだら、新しい主人のもとで逃亡せず、年末までまじめに働くことを約束するまで、鞭で打たれるか、牢屋に入れられた。脅されて無理矢理行くことを承諾させられたのだからと、奴隷が気を変えて逃げ出そうものなら、どうか捕まりませんように、と祈るしかなかった！　足もとに血が流れおちるまで鞭で打たれ、こわばった手足には鉄のくさりがはめられて、重いくさりをじゃらじゃらと地面に引きずりながら、何日も畑で働かされることになるのだから。

そんな奴隷は、何とかその年を生き延びることができても、だいたい翌年も同じ主人のもとで働くことになった。条件の良いほかの主人のところで働く機会は与えられず、元旦に呼び集められることもなかった。雇い入れ先が変わる奴隷への通達が終わると、次は売却される奴隷の名前が呼ばれた。

奴隷の母親にとって、新年は特別な悲しみでいっぱいの季節である。母親は、小屋の冷たい床に座りこみ、翌朝には取り上げられてしまうかもしれない子どもたちの顔を、じっと眺める。夜明けが来る前に、いっそ皆で死んでしまったほうがいい、と何度も考える。奴隷の母親は、制度のために人間の格を下げられ、子ども時代から虐待を受け、愚かにしか見えない生き物かもしれない。けれど、奴隷にも母親の本能があり、母親にしか感じられない苦しみを感じる能力はあるのだ。

そんな新年のある日、奴隷の母親が、七人の子どもを連れて競売場に行くのを見たことがある。子どもたち全員が手もとに残ることはない、と彼女も覚悟していた。しかし結局は、一人も残らなかったのだ。全員が奴隷商人に売られ、母親は同じ町の男に買われた。夜になる前に、七人の子どもたちはみんな、町から遠くに連れて行かれてしまった。母親は奴隷商人に子どもの行く先を必死でたずねたが、「行き先は教えられない」というのが商人の答えだった。教えられないとは、何という答え方だろう。教えられないに決まっている。いちばん高い値段を払う主人に一人ずつ売り歩くつもりなのだから。

子どもたち全員が連れ去られたあと、道で母親に出会った。そのときの狂ったような、ギラギラした目をした彼女の顔が、今でも目に浮かぶ。「いなくなった！　子どもはみんないなくなった！　なのに生きろと神はあたしに言うの？」女は、怒りに身を震わせて大声で叫んでいた。わたしにはかける言葉がなかった。こういう出来事は毎日、いや、毎時間のように起きていた。

4 戦いのはじまり

フリント家に暮らしはじめて、二年が経った。そのあいだ、経験という名の多くの知識を得たが、そのほかの知識を得る機会は、ほとんどなかった。

祖母は、みなし子となったわたしと弟のために、事情が許す限りせいいっぱい母親代わりになってくれた。祖母は、辛抱づよく、疲れを忘れて懸命に働き、生活に必要なだけのものがそなわった、小さいが快適な家を手に入れていた。その家で、子どもと一緒に暮らせたら、どんなに良かっただろう。祖母にはもはや三人の子どもと二人の孫しか残っておらず――全員が奴隷だった。「これは神さまの御心《みこころ》なのだ」と、ひたすら祖母はわたしたちに語りつづけた。どんなにつらく思えても、今いる場所がいちばん良いと神さまがお決めになったんだよ。だから、満足しなければいけない。

自分の子を守ることすら許されない奴隷の母が、このような信仰を持ちつづけたことは、立派である。けれど、もし神の御心であるならば、わたしたちも祖母のように自由になっていたはずだというのが、わたしの言い分だった。祖母の家のような、安心できるおうちがあればいいいのに、と願った。祖母の家に行くと、いつも心が少し軽くなった。祖母はとても愛情深く、親身になってくれたから！　祖母はいつも笑顔で迎えてくれ、つらいと語るわたしたちの話に、いつまでも耳を傾けてくれた。祖母は本当に希望に満ちた話ばかりをするので、不思議と心の雲が晴れ、光が差し込んでくるように思えたものだ。台所には、がっしりした、大きなオーブンがあり、町の人々のためにパンやお菓子を焼いていたが、いつでもちょっぴりわたしたちの分も用意されていた。

ああ、でも、あのなつかしいオーブンでさえも、強いられた運命の悩みを完全に消してくれるわけではなかった！　弟のウィリアムは一二歳になっていたが、わんぱくだった七歳のときから依然として「ご主人さま」という言葉にひどい嫌悪感を抱きつづけていた。わたしは弟の姉であると同時に親友でもあり、彼はわたしに何でも話してくれ、困ったときはいつもわたしのところにやってきた。

こんなことを覚えている。ある澄みわたった春の朝、窓から注ぐ穏やかな太陽が、あちこちに光の円を描くのを見たとき、そのうつくしい光景は、わたしの不幸をあざわらっているかのように思えた。気短で、強欲で、残忍な性格のドクター・フリントは、しじゅう誰かをいじめるチャンスをうかがっていたが、そのとき、耳と脳裏に焼きついてしまうようなひどい言葉をわたしに吐いて、部屋を出ていったところだった。ああ、わたしは心底あの男が嫌いだった！

あの男が歩いているとき、地面が突然割れて地底に吸い込まれてしまえば、わたしもこの世も幸せになれるのに、と思っていた。

おまえは私のために生まれ、私の命令には何でも従わなければならない。なぜならおまえは意思など持たない、ただの奴隷だからだ——ドクターがそう言ったとき、細いわたしの腕は、殴る力もないのに、怒りでぶるぶる震えた。

くやしさをあまりに深く思いかえしていたので、ウィリアムがわたしのすぐそばで話しかけるまで、彼が部屋に入って来たことに気づかなかった。

「リンダ、どうして悲しい顔をしているの？　心配だよ。ねえリンダ、この世は嫌な世界だって思わない？　みんなイライラして、不幸に見える。お父さんが死んだときに、なんで一緒に死ねなかったんだろう」

みんながイライラして、不幸なわけではない、とわたしは答えた。快適なおうちや親切なお友だちがいて、それを素直に愛する勇気があるひとは幸せ。でも、みなし子奴隷のわたしたちは、幸せになれそうもない。自分が心正しくあることで、少しは満足できるかもしれないけれど。

「そうだね」とウィリアムは言った。「ぼくも心正しくなるように努力するけど——それで何か良いことがあるのかな。やつらはいつもひどいことばかりするのに」

そしてウィリアムは、午後に起きたニコラス坊ちゃんとの騒動を話してくれた。ニコラス坊ちゃんのご兄弟が、ウィリアムに関するでっち上げを坊ちゃんに吹き込んでおもしろがっていたらしく、坊ちゃんはウィリアムを鞭で打ってやる、と言うが早いが、すぐに襲いかかってきた。ウィリアムはがんばって抵抗し、あわてた坊ちゃんは今度はウィリアムを後ろ手に縛ろうとしたが、それもうまくいかず、ウィリアムは蹴ったり、殴ったりして抵抗し、かすり傷だけで何とかその場を離れたようだ。

ウィリアムは、坊ちゃんの意地の悪さについて、とうとう話してくれた。坊ちゃんは自分より小さい子どもは平気で鞭で打つくせに、自分と同じくらいの背格好の白人の男の子と取っ組み合いになれば、途端に腰ぬけになり、いつも一目散に逃げ出す。ぼくの心はおさまらない、とウィリアムは言った。「鞭で打たれる痛みには耐えられる。でも人間を鞭で叩くという考えには耐えられない」

それでも、あんたは良い子になって許してあげなくちゃ、と口では言いながら、自分の目の中の梁にわたしは気づかずにはいられなかった。わたしに欠けていて、弟にあるものは、神が与えてくれた、生まれつきの人間の心。何とかその心を、ほんの少しでもわたしは取り戻さなければならない。わたしは、ただいたずらに一四年間を奴隷として生きたわけではなかった。十分すぎるほどいろんなことを見て、聞いて、感じてきたからこそ、周りの大人の本性を見抜き、その本心を確認することができる。

わたしと人生との戦争は、ずっと前からはじまっていたのだ。わたしは神が作った最も弱い生き物かもしれない。でも絶対に負けるものか。誰のためでもなく、自分自身のために！

5 少女時代の試練

フリント家での最初の数年間は、ご主人の子どもたちと同様に、子どもらしいわがままも多少は許されていた。わたしの年齢を考えれば、それも当然のことのように思えたが、誠実に仕事を果たすことで、せいいっぱいその恩恵に報いようとがんばった。しかし、わたしはやがて一五歳になり――奴隷少女の悲しい青春がはじまろうとしていた。

一五歳になってまもなく、ドクター・フリントは、わたしだけにいやらしい言葉をささやくようになった。わたしは子どもだったけれど、そんな言葉を何度も聞かされて、いつまでも意味がわからないでいられるわけもなかった。わたしは、なるべく無関心に振るまい、軽蔑してみせることで、やりすごそうとした。ドクターの年齢と比べ、わたしがあまりにも幼かったこと、そして、祖母に言いつけられることを怖れ、そんなわたしの態度もかなりの期間、ドクターは我慢していた。

ドクター・フリントはずる賢こい男で、自分の目的を達成するためなら手段を選ばず、どんな卑劣なことでもやった。あるときには、荒々しく、非情なやり方でひとを恐怖におとしいれるかと思えば、ときには、そうすれば言うことを聞くと思ったのか、落ち着きはらった紳士らしい態度を取った。怖くて身体が震えたけれど、ドクターから荒々しく、残忍に扱われるほうがまだ我慢できると思った。祖母がわたしに植えつけてくれた、純潔な価値観を汚してやろうとドクターは必死で、卑劣な怪物《モンスター》だけが想像できる汚らわしいイメージで、幼いわたしの心をいっぱいにした。

あの男には、吐き気と憎しみしか感じられなかった。わたしはドクターを避けたが、しかし、彼はわたしのご主人だった——四〇歳も年上の男が、侵してはならない人間の戒律を、日々汚しつづけるのを見ながら、同じ屋根の下に住むことを強要されていた。わたしは彼の所有物で、よって彼のどんな意思にも従わなければならない、とくりかえし言われた。

わたしの魂は、この卑劣な暴君を絶対に受け入れることはできなかった。でも、誰がわたしを守ってくれるというのだろう？　肌の色が、黒檀《こくたん》のように黒くても、奥さまのように白くても、奴隷の少女である限り、人間のかたちをした悪魔のような大人から加えられる辱《はずか》しめ、暴力、死から、わたしたちを守ってくれる法律など、どこにもなかった。夫が自宅の庭で奴隷に不埒《ふらち》な行為を行っているというのに、夫人は奴隷を守るどころか、嫉妬と怒りの矛先を向けた。奴隷制から生まれる、品位の堕落、悪事、不道徳について、どんな言葉でもわたしは言い表すことができない。

罪と悲しみが住まぬ地はなく、年月が折々もたらす憂いから、逃げられるひとはいないのだろうが、人生最初の夜明けから暗い影が垂れこめているのが、奴隷の人生である。奥さまやお嬢さんに仕える幼い子どもの奴隷でも、一二歳になる前から、奥さまが奴隷の誰々をお嫌いなのは、こういう理由があるからだ、と知るようになる。ひょっとしたら、嫌われているのは、その子の母親かもしれない。特定の奴隷に対して向けられる、嫉妬に狂った奥さまの常識はずれのヒステリーやいじめに、しじゅう接することになるのだから、その理由を理解せずにはいられない。そして、年齢とは不つりあいに早く、悪とは何かということを知るようになるのだ。少女は、やがて主人の足音が近づくのをおびえはじめる。自分はもはや子どもではないのだと、無理矢理教えられる日が来るのだ。

もし、きれいな少女に生まれたならば、最も過酷な呪いをかけられて生まれたのと同じこと——白人女性であれば称賛の的となるうつくしさも、奴隷の少女に与えられれば、人生の転落が早まるだけだ。人間らしく扱われたことがないため、そのような屈辱に鈍感になっているように見える奴隷がいるかもしれないが、多くの奴隷は、胸が苦しくなるほど辱しめを感じ、それは思い出すのもおぞましい記憶なのだ。

このような悪事が目の前で行われることに、どれほどわたしが苦しんだかを正確に伝えることは不可能であるし、今も思い出すたびにつらい。屋敷内のどこにいようが、ドクター・フリントはわたしを追いまわし、わたしは彼の持ち物であり、天と地にかけてわたしを服従させると言いつづけた。一日の長い仕事をやっと終え、新鮮な空気を吸いに屋敷の外に出ると、彼の足音が追いかけてきた。母の墓前にひざまずいていても、そんな場所でも、彼の不吉な長い影が、後ろからすっと伸びてくるのだった。生まれつき明るかったわたしの心は、悲しい前兆を予感して、暗くなっていった。屋敷のほかの奴隷たちも、暗く落ち込むようになったわたしの変化に気づき、憐れんでくれたが、その理由を聞いてくれる者は誰もいなかった。理由は聞くまでもない。屋敷で横行していた罪の数々について、知らない者は一人もいなかったが、それについて話すことはご主人一家に対する冒とくであり、話せば必ず、ひどい罰を受けた。

誰か相談できるひとがいれば、といくども願った。信頼できる祖母の胸に頭をもたれて、悩みをすべて打ち明けることができたなら、と何度も思った。しかし、もしこのことを誰かに話せば殺してやる、とドクター・フリントから脅迫されていた。祖母はどんなときでもわたしの味方であることは疑わなかったけれど、わたしは祖母を愛すると同時に畏れており、畏怖のまじった敬意をもって、普段祖母と接していた。当時のわたしはとても幼く、また、不道徳な話題に対する祖母のきびしい態度を知っていたので、そんな不潔な悩みを抱えている恥ずかしさで、どうしても打ち明けることができなかった。

それに、祖母は気性が激しいひとだった。いつもはもの静かだが、一度怒りに火がつくと容易にはおさまらなかった。娘の一人を侮辱した白人紳士を、弾を込めたピストルを持って追いまわしたことがあると、以前誰かに聞いたことがあった。わたしの悩みを知ったら祖母がどんな暴挙に出るのか、そのためにどんな災難が祖母にふりかかるのかを考えると、また、祖母から良い子だと思われたいという自尊心や恐怖も混じって、とても言い出すことができなかった。

そうしてわたしは、祖母に打ち明けることもできず、抜け目ない祖母の観察眼に気取られないように振るまわなければならなかったけれど、祖母が近所にいるだけで、多少は守られていた。ドクター・フリントは、元奴隷の祖母を怖れていた。祖母から面と向かって批判を受けることを彼は怖れ、加えて祖母は、その界隈では非常に知られた存在で、多くのひとに支援されていた。祖母の口から自分の悪事が知れわたることは、ドクターは避けたかった。

孤立した田舎のプランテーションではなく、住人どうしがお互いの色々を知っている、あまり大きくもない町に住んでいたことは幸いだった。わたしたちが住んでいた地域の、奴隷に対する法律や習慣はひどいものだったが、それでもドクターは、専門職を持った紳士としての体面を保つことが賢明だと考えたようだった。

うつくしい少女が二人、お庭で遊んでいるのを見たことがある。一人は白人の子どもで、もう一人は彼女の奴隷であり、異母妹《いもうと》だった。少女がお互いに抱きついて、楽しそうに笑いあうのを見たとき、わたしは悲しくなって目をそむけた。小さな奴隷少女の心を、やがて確実に虫《むし》食《ば》む不幸が見えてしまったから。楽しそうな笑い声は、もうすぐため息に変わる。白人の少女は、うつくしい婦人になり、少女時代から大人にいたる道のりには、花が咲きみだれ、頭上にはかがやく太陽と青空が、彼女を見守っている。幸福な花嫁となるその日の朝日が昇るまで、曇りの日などほとんどなかった。

そのあいだ、奴隷の妹はどんな人生を送ったのだろう？　子どもの頃、一緒に抱き合い、笑いあった幼なじみの人生は？　彼女もとてもうつくしい少女だったが、花とも、太陽のようにそそがれる愛情とも、無縁の年月を送ることになった。迫害された人種に生まれたという理由で、罪と恥と不幸の毒を飲まされることになったのだ。

こんな話を聞いても、自由な人々はだまっていられるのだろうか？　正義を維持するために、なぜためらうことがあるのだろうか？　わたしにもっと優れた能力があればと思う。心はこれほどいっぱいでも、それを表すペンの力は弱すぎる。自分では地獄から抜け出せない者たちを弁護し、助けるために戦う気高い人々がいる。どうぞ、その人々に神のご加護がありますように。戦いに耐えぬく強さと勇気を、神がお与えになりますように。人間愛の追求のために労苦するすべての人々に、祝福がありますように！

6 フリント夫人のおそろしい嫉妬

もしも、わたしの子どもが、アメリカでいちばん恵まれた奴隷に生まれるのならば、お腹を空かせたアイルランドの貧民に生まれるほうが、一万倍ましに違いない。不道徳な主人とその嫉妬深い妻と共に暮らすより、いつかは墓の下で休息できることだけを頼りに、一生休みなくプランテーションで綿花を摘みつづけることを、わたしは選ぶ。

でも、主人のお気に入りになった奴隷少女には、最低の選択肢も存在しなかった。人格を持つことは許されないのだ。奴隷が主人の命令に反して、倫理に従おうとすることは、犯罪なのだ。

フリント夫人は、わたしが生まれる前から、夫の好色な性格を読み解くカギを握っていた。夫のえじきになりそうな、無垢《むく》で若い奴隷の女たちの相談に乗ったり、守ってやるためにその知識を使ったことがあったのかもしれないが、たとえそうであったとしても、それは情けからではない。若い女奴隷たちは、常に夫人の疑心と悪意の対象だった。夫人はドクター・フリントをたえず監視していたが、夫は夫で、夫人の目をあざむく術を心得ていた。口に出して言えない場合は、ドクターは聾唖者《ろうあしゃ》が使う手話よりも饒舌《じょうぜつ》に、しぐさで自分を表現した。わたしは気づかないふりをしてやりすごしたが、そのため、愚鈍だと誹《そし》りや脅迫をさんざん受けることになった。

ある日、ドクターはわたしが文章を書く練習をしているのを見て、不満そうに顔をしかめたが、あとでこれは自分の悪だくみに役に立つと、思いなおしたに違いない。やがてわたしの手に紙片が握らされるようになった。そしらぬ顔をして、「文字が読めません」と紙片を返そうとすると、「本当かね？　では私が読んであげよう」と言い、読み終わると必ず「わかったかね？」と訊《き》いた。

わたしが屋敷でうまく彼を回避していると、用事にかこつけて、屋敷とは別に構えた彼の医院まで来るように仕向けた。医院で二人きりになると、ドクターがわたしにふさわしいと判断した不埒な言葉で語りかけるのを、立ったままだまって聞かされた。ときどきわたしは露骨に彼を侮蔑して、彼を激怒させたが、そんなときなぜドクターはわたしを殴らないのだろう、と不思議に思った。

彼が置かれた状況を鑑みると、そのように自制したほうが賢明だと、ドクターは考えたのだろう。しかし、状況は日に日に悪くなるばかりだった。途方に暮れたわたしは、この状況を祖母に打ち明けて、祖母にわたしを守ってもらうしかないし、そうします、と言った。ドクターは、そんなことをすれば殺してやる。いや、死ぬよりもっと怖い思いをおまえに味わわせてやると、わたしを脅したが、不思議なことに、そんな脅し文句を聞いても、わたしは絶望しなかった。わたしは生まれつき立ち直りが早く、いつか、何とかあの男の手中から逃れてみせる、という希望を捨てたことはなかった。わたしの前に存在した、愚鈍で憐れな多くの奴隷たちと同様に、希望という名のひとすじの糸が、運命という今は暗い色をした布の編目に、いつか織り込まれる日が来るのだろう、と信じていた。

わたしが一六になる年には、屋敷内のわたしの存在に、フリント夫人が耐えきれなくなっていることが、ますます顕著になった。夫人は良人《おっと》としじゅうけんかをするようになっていた。ドクター・フリントはわたしを罰したことはなかったし、屋敷の誰にもわたしを罰することを許さず、夫人はそのことを常に不満に思っていたが、しかし夫人は機嫌が悪いと、徹底的にひどい言葉でわたしをののしった。奥さまにそれほど憎まれていたわたしだけれど、夫人の人生を幸せにする義務を負うその良人よりも、彼女をずっと気の毒に感じていた。わたしは夫人に対して悪いことをしたことは一度もないし、してやりたいと願ったことさえなかった。ほんのひとこと、夫人が優しい言葉をかけてくれたなら、わたしは彼女の足もとに身を投げ出して、感謝しただろう。

さんざん夫婦で言い争ったあげく、ドクターは、当時四歳になる末の娘を、今後自分の寝室で寝かせると宣言した。夜中に子どもがむずかったときのために、召使いも一人同じ部屋で眠らねばならなかった。わたしはその役目を言いつけられ、なぜそんなことが必要かという理由も説明された。それまでわたしは、昼間できるだけドクターと二人きりにならないように努め、かみそりを喉につきつけられて何度脅かされても、絶対に言うことを聞かなかった。その夜は言いつけにそむき、大好きな伯母のとなりで安心して眠った。ドクターは伯母の寝室に押し入るには、小心者すぎた。伯母は年を取っていたし、フリント家に長年つとめた女だったからである。

もっと言えば、妻帯者で、高度な専門職にある自分の体面を、ある程度保つことが必要だと、ドクター・フリントは考えていた。だから、自分のたくらみの邪魔になる障害を排除しようとしたとき、表面上は疑いを持たれない計画を実行したつもりだった。

そんなドクターの計画を、伯母のところに逃げ込みうまく回避して、わたしが得意に思っていることに、彼が気づかぬはずがなく、ドクターはわたしの逃げ場をなくそうとした。不埒な計画の最初の晩は、ドクターは娘と二人で寝室で眠ったが、翌朝わたしは保母として、彼の部屋で眠るよう命令された。——そのとき、優しい神のご加護がわたしの前に現れた。日が沈まぬうちに、今夜の取り決めを知ったフリント夫人が、かんしゃくを爆発させた。夫人が怒り狂うのを聞いて、わたしはうれしくなった。しばらくして、わたしは彼女に呼びつけられた。最初の質問はこうだった。

「おまえがドクターの部屋に眠ることになっていると、知っているのかい？」

「はい、奥さま」

「誰がおまえにそう言ったの？」

「ご主人さまです」

「今からおまえに質問するけど、全部正直に答えるんだよ」

「もちろんです、奥さま」

「では教えておくれ。おまえは許しを乞うているようだが、私が今までおまえが犯したと責めた罪に対して、おまえは本当に潔白なのかい？」

「わたしは潔白です」

フリント夫人はわたしに聖書を渡し、こう言った。「胸に手を当て、そして聖書にキスをし、私に真実を話すと神の御前《みまえ》で誓いなさい」

わたしは言われたとおりにし、はっきりと良心をもって神に誓った。

「おまえは自分の潔白を証言するために、神の御言を受け入れた」と夫人は言った。「もしおまえが嘘をつく気なら、覚悟するんだね！　さあ、この丸椅子に座り、まっすぐ私の顔を見て、これまで主人とおまえのあいだに起こったことを、すべて私に話しなさい」

わたしは命じられたとおりにした。わたしがこれまでの話を語るうちに、夫人は何度も顔色を変え、ときには涙を流し、またうめいた。夫人の声は悲しげで、心を痛める彼女に同情して、わたしの目にも涙がこみあげてきた――が、すぐに気づいてしまった。夫人にこんな感情を引き起こしているのは、彼女自身の怒りと、傷ついた驕心《プライド》なのだ。結婚の誓いは踏みにじられ、自分の品位は侮辱されたと夫人は感じていた。しかし、自分の夫の不実さの犠牲となった、憐れな女たちに対する同情は、夫人には皆無だった。自分はまるで殉教者のように苦しんでいる、と夫人はなげいていたが、不幸で無力な彼女の奴隷たちが置かれた、恥ずべき悲惨な現状に対しては、何の感情も持つことができないのだ。とは言え、目の前にいる夫の犠牲者の一人であるわたしには、少しは同情してくれたのかもしれない。話が終わったとき、フリント夫人は優しい声で、今後はわたしを守ってくれると約束してくれた。

夫人の約束を聞いて、本来ならもっと安心できたのだろうが、奴隷としての人生が、わたしを不信感でいっぱいにしていたので、そんな約束を鵜のみにすることはできなかった。夫人は洗練された女性とは言いがたく、あまり感情をおさえることができない女だった。そもそも、わたしは夫人の嫉妬の対象であり、その結果、憎しみの対象になったのだ。なので、わたしの置かれた状況では、そんな優しさや信頼など、今後も期待できるはずもなかった。だが、かと言って、わたしはフリント夫人を責める気にはなれなかった。奴隷所有者の妻も、ほかのどんな女も、同じ状況に置かれれば同じようにしか感じられないのだ。最初は小さな火花だった夫人のかんしゃくは、やがて炎のように激しく燃え上がり、ドクターも彼が意図した邪《よこしま》な計画をあきらめざるを得なくなった。

わたしの存在が、炎を起こしたことはわかっていた。だからその後、責任を取らされることも覚悟した。この件が収まったあと、夫人はわたしを彼女の寝室の続きの間に寝かせることにした。わたしは奥さまから特別の関心を受けるようになったが、彼女の特別な慰安になったわけではない。夫人は幾晩も眠らずに、わたしを監視しはじめたからである。夜中に目を覚ますと、彼女がわたしの上にかがみこみ、じっと顔をのぞきこんでいることがあった。また、眠っているわたしの耳に、ご主人の声音でささやき、わたしの反応をうかがうこともあった。わたしがびっくりして飛び起きると、だまってすっといなくなるのだった。そして翌朝、「夕べおまえは寝言で誰かと話していたようだが、いったい誰と話していたんだい?」と訊《き》くのだ。

とうとうわたしは、夫人に殺されるのではないかと怖れはじめた。夫人はわたしを殺すと脅かしていたし、しんとした暗い真夜中に、嫉妬に狂った女が、あなたのベッドの上にかがみこみ、寝顔をのぞきこんでいたら、どんな恐ろしい思いをするか、言葉で表現するまでもないと思う。

奥さまは連夜の寝ずの番に疲れはじめ、眠らずわたしを見張っても、期待したような証拠が得られず不満のようだった。そこで彼女は別の作戦を立て、わたしの目の前でご主人の不貞をなじり、わたしがその証人だと言いたてた。心底驚いたことに、主人はこう答えた。

「信じられない話だ。しかし、もしリンダがそう言ったなら、おまえがいじめて無理矢理でたらめを言わせたんだろう」

いじめて無理矢理でたらめを言わせた！　悪魔は、この男の魂《たましい》をさぞ簡単に見つけることだろう！　ドクターが嘘を言う目的もわたしにはわかっていた。奥さまに助けを求めても無駄だと示すため、つまり、わたしを支配するのは彼だと示すためだった。わたしはフリント夫人を気の毒に思った。彼女はドクターの二番目の妻で、彼よりかなり若かったし、白髪頭の不信心者は、その気になれば、夫人より賢く、正しい考えの女に一泡吹かせることも容易にできただろう。

夫人はもくろみに失敗し、何と言い返せばよいのかわからなくなった。夫人は良人の言うことを信じて、わたしが誓いをやぶって嘘をついたと鞭を打つこともできたし、また喜んでそうしたかったのかもしれないが、すでに述べたように、ドクター・フリントは家中の誰にもわたしを鞭で打つことは許さなかった。この年老いた罪人は政治的な男だった。わたしに鞭を打てば、子どもや孫たちにも、それが伝わることになりかねなかった。互いが互いをよく知っている小規模の町に生まれたことを、わたしはどんなに感謝したことだろう！　人里から遠く離れたプランテーションや、ひとであふれかえる大都市に生まれたなら、誰もわたしに気づくことなく、今こうして生きていることはなかっただろうから。

奴隷に関する秘密は、異端尋問のそれのように隠されていた。ご主人は、わたしの知る限り、一一人の子どもを自分の奴隷に産ませていた。しかし、母親たちが父親の名前を口にしただろうか？　または、ほかの奴隷たちが、お互いにこっそりささやきあう以外に、噂しただろうか？　そんなことは、絶対になかった！　そんなことをすればどんなひどい目に遭うか、奴隷たちは十分知っていたのだから。

やがて祖母も、フリント家の現状を見て、疑念をおさえきれなくなってきた。祖母はわたしを心配し、何度もいろんな方法でわたしの買い取りを申し出たが、いつも同じ答えが返ってくるだけだった。

「リンダは私の奴隷ではない。あの子は娘の奴隷で、私に彼女を売る権利はない」

善なる男よ！　つまり彼は、正しく、実直であるがゆえにわたしを売れない、と主張したのだ。一方で、娘の所有物《もの》として彼の保護下に置かれた無力な少女に対しては、もっとひどい悪行を行いながら、意に介さなかった。この迫害者は、よくわたしに、誰かにわたしを売り渡してもよいか、とたずねた。こんな生活を送るよりは、別の人に売られたほうがましです、と返答した。そんなときドクターは、まるで傷ついた動物のような雰囲気をただよわせ、恩知らずだとわたしを非難した。彼は決まってこう言った。「私はおまえを屋敷に受け入れて、子どもたちの付き添いにしてやっただろう？」

「私がおまえを黒んぼのように扱ったことがあるかい？　おまえを罰したことなど一度もない。たとえそのほうが妻が喜んだとしてもだ。なのに、おまえにこんなことを言われるとは。なんと恩知らずな娘だ！」

「あなたには、わたしをあえて罰しなかった、あなた自身の理由があるのです。そしてそのために、わたしは奥さまから憎まれ、苦しめられることになったのです」

そう言って、わたしが涙を浮かべると、主人はこう言うのだ。

「かわいそうに！　泣かないで！　泣かないで！　奥さまにおまえを許してくれるよう頼んであげよう。ただし、私のやり方でそうさせてくれ。かわいそうに、バカだね、おまえは！　自分にとって何が幸せかを知らないいんだね。私はおまえを可愛がり、淑女のようにしてやれるのに。さあ、私がおまえに約束したことを考えてみるのだ」

わたしは考えてみた。

読者よ、わたしは空想で南部家庭の情景を描いたりしない。わたしは正直にお話ししている。犠牲者たちが、奴隷制というどう猛な野獣からやっと北部へ逃げおおせたとき、北部人は猟犬の役目を引き受けることに同意し、悲しい逃亡者を「散らばった人骨とあらゆる汚さ」に満ちた自分の棲《す》み家に追い込むのだ。否《ノー》、それどころか彼らは自分の娘を、奴隷所有者のところに進んで嫁がせるだけでなく、その婚姻を誇りにすら感じている。憐れな若い娘たちは、お天気ばかりが続く気候や、花をつけた蔦《つた》が、家庭の幸せを年中守ってくれるというロマンティックな考えを抱いている。どれだけ大きな失望が、彼女たちの運命を待ち受けていることか！

若い妻たちは、自分の未来の幸せすべてをその手に託した夫は、結婚の誓いを一切尊重しないと、まもなく知ることになる。肌の色がまちまちな子どもらが、色白の自分の赤ん坊と遊び、子どもたちはみんな自分の夫を父として生まれたと、彼女には十分すぎるほどわかっている。花々が咲き乱れる家には、やがて嫉妬と憎しみが入りこみ、そのうつくしさを破壊するのだ。

7 許されなかった恋

なぜ奴隷は恋におちるのだろう？　いつ自分から乱暴にもぎとられてしまうかわからない対象に、なぜ心の蔦を巻きつけることを許してしまうのだろう？　それが死による別離であれば、魂は敬虔《けいけん》になり、服従を示して頭《こうべ》を垂れ、「主よ、私の意思でなく、御心が行われますように！」と言うだろう。しかし、神ならぬ人間の残忍な手が一撃を加えるときは、痛みがあろうとなかろうと、従順であることは難しい。わたしが少女だった頃は、そんなふうに整理して考えたりしなかった。若いということは、いつでもそういうことなのだ。わたしは恋をし、わたしを取り巻く暗い雲の後ろから、いつか太陽が輝きはじめるという希望が好きで、そんな想いにふけってばかりいた。

近所に、若い黒人の大工がいた。生まれながらの自由黒人だった。子どもの頃からの知り合いで、大きくなってからもよく会っていた。わたしたちは互いに魅かれ合い、彼はわたしに結婚を申し込んだ。わたしは、少女の初恋のありったけの情熱で彼を愛した。でも、自分が奴隷だということをよく考えてみると、つまり奴隷の結婚は法的には認められないという事実に思いいたると、わたしの心は深く沈んだ。彼はわたしを買い取って、自由にしたかった――でも、そんな取り決めに同意するには、ドクター・フリントは自分勝手で独裁的すぎることはわかっていた。彼があらゆる手段で反対することは見えていたし、奥さまに望みを託すことも無理だった。

夫人はわたしを厄介払いできたら歓喜しただろうが、こんな形でではなかった。どこか遠い州にわたしが売られていくのを見れば、夫人の心の重荷は軽くなっただろうが、近所で結婚したとなると、依然として彼女の良人の支配下にわたしがいることに変わりなかった――奴隷を妻に持つ夫には、妻を守る力がないからである。もっと言えば、フリント夫人は、奴隷を持つほかの多くの女主人と同様に、奴隷には家族の絆を持つ権利がないと、考えているように見えた。奴隷は、女主人とその家族に仕えるために作られた生き物なのだと、彼女は考えているようだった。

多くの不安な思いを、わたしは心の周りにぐるぐると廻《めぐ》らせていた。どうしたらいいのかわからなかった。何よりも、わたしの魂をここまで深く傷つけた屈辱を、恋人には味わってほしくなかった。祖母にも相談し、胸の内に抱えている怖い思いを、少しは打ち明けてみた。けれど、最も恐ろしい考えは話すことができなかった。長いあいだ祖母は、何かおかしいと考えていたので、もし祖母の疑念を裏付ける話をすれば大騒動が起こり、わたしの希望はこなごなに潰《つい》えてしまう。愛によって幸せになれるという夢は、多くの困難の際、わたしの支えとなっていた。その夢が突然消えてなくなる危険を、自ら冒すことには耐えられなかった。

近所にドクター・フリントと特に親しい婦人がいて、よく屋敷を訪れていた。わたしはその婦人をとても尊敬していて、彼女もわたしに親愛の情をいつも示してくれていた。彼女の意見なら、ドクターも耳を貸すのではないかと祖母は考えた。わたしは婦人のところに行き、この話をしてみた。最大の障害は、わたしの恋人が自由黒人であることだと思う、とわたしは述べた。しかし彼はわたしを買い取りたいと思っており、もしドクターがその提案に同意してくれるなら、妥当な範囲であれば彼はきっと支払ってくれる、と婦人に話してみたのだった。

婦人はフリント夫人がわたしを嫌っていることを知っていた。だから思い切って、奥さまはわたしを厄介払いしたいのだから、この話を認めてくれるかもしれない、とも言ってみた。厚意をもって婦人はわたしの話を聞いてくれ、わたしの願いが叶うよう最善を尽くそうと約束してくれた。その後、彼女はドクターと話をし、わたしの言い分を熱心に訴えてくれたのだと思うが――しかし、それは結局何にもならなかった。

婦人とドクターの会談のあと、ドクターに会うことをわたしがどれほど怖れたことか！　いつ彼のそばに呼ばれるかと、わたしはずっとびくびくしていた。しかし、その日は何事もなく終わり、ドクターは何も言ってこなかった。翌朝、伝言が届いた。「ドクターが書斎でお待ちだよ」

書斎のドアは少しだけ開いており、わたしはしばし立ち止まり、わたしと、わたしの身体、魂の支配者だと主張するこの憎い男をじっと見つめた。部屋に入り、なるべく落ち着いて見えるように振るまった。心が血の涙を流していることを彼に知られたくなかった。

「おまえは結婚したいそうだな」と彼は言った。「自由な黒んぼと」

「そのとおりです」

「なるほど。おまえの主人は私か、それともおまえがひどく大事に思っている黒んぼかをすぐにわからせてやろう。もしおまえがどうしても結婚したいのなら、うちの奴隷の一人と結婚するがよい」

仮にわたしにその気があったとしても、彼の奴隷の妻となれば、なんと悲惨な状況にわたしは押しこまれることになるのだろう！　わたしはこう答えた。

「奴隷にも結婚について考えがあると、お思いになりませんか？　それとも、女にとって、どんな男も同じだとお考えになるのですか？」

「あのニガーを愛しているのか？」突然、彼はそう訊いた。

「はい、そのとおりです」

「よくもそんなことを私に言えるものだ！」彼は激しい怒りで声を荒げた。少し間《ま》を置いて、彼はこう続けた。「おまえはもっと思慮深い女だと思っていたが、そんな犬ころから好きだと言われて、真に受けるとはな」

わたしは答えた。「もし彼が犬ころなら、わたしも犬ころです。なぜならわたしたち二人ともニグロ人種だからです。わたしたちが互いに愛しあうことは、我々にとって正しく、誇り高いことです。犬ころとあなたが呼ぶ男は、わたしを侮辱したことはありません。それに、もしあのひとがわたしを道徳的だと思わないなら、わたしを愛しはしないでしょう」

彼は虎のようにすばやくおそいかかり、わたしを思いきり殴りつけた。彼がわたしに手を出したのはそれが初めてだった。暴力の恐怖は、わたしの怒りをおさえることはできなかった。衝撃《ショック》から少し立ち直ると、わたしは大声で言った。「正直にお答えしたのに、あなたはわたしに手をあげた。わたしはあなたを軽蔑します！」

沈黙が数分間続いた。どんな罰を与えようかと多分決めかねていたのだろう――あるいは、わたしが言ったこと、そして誰に対して言ったかを思い出させる時間を、ひょっとすると与えたかったのかもしれない。ようやく彼は口を開いた。「おまえは今自分が何と言ったかわかっているのか？」

「わかっています。暴力を受けたので、思わず言ってしまったのです」

「私がおまえを思いどおりにできることがわかるか――私の一存でおまえを殺すこともできると？」

「あなたはわたしを殺そうとしたし、殺せばよかったのです。でも、あなたにわたしの心は思いどおりにできません」

「だまれ！」彼は落雷のようにとどろく大声をあげた。

「やれやれ、おまえはどうかしすぎている！　気がおかしくなったのか？　それなら、すぐに正気に戻してやろう。今朝私がおまえから受けた仕打ちをほかの主人が我慢すると思うのか？ほかの主人ならば、おまえはこの場で殺されていてもおかしくない。それとも、横柄な態度のために牢屋送りになったら、おまえはどう思う？」

「失礼であったことは認めます」とわたしは答えた。「でも、あなたがわたしを追い込んだのです。仕方ありませんでした。牢屋については、ここよりあちらにいるほうがずっと安らかに過ごせるでしょう」

「おまえはあちらに行くべきだな！」彼は言った。

「安らかの意味を忘れるほどひどい目に遭うがよい。それがおまえのためになるのだ。おまえの気位の高い考えを少しは変えさせてくれるだろう。しかし、まだ私はおまえをあそこに送る気はない。私の親切と忍耐に対するおまえの感謝の欠如にもかかわらず、だ。おまえは私の親切に感謝できないことを証明したが、リンダ、おまえに寛大に接しようじゃないか。もう一度おまえの本来の性格を取りもどす機会をやろう。おまえが行儀良く振るまい、私の要望どおりにするなら、おまえを許し、これまでどおりの扱いをしてやろう。だが、もしおまえが私に従わないなら、農場《プランテーション》で最も扱いにくい奴隷に対する罰と同じ罰を与える。

あの男の名が二度と私の耳に入らないようにしろ。おまえがあの男と話したことがわかれば、二人とも鞭打ちにする。あいつが屋敷の周りでこそこそするなら、野犬のように撃ち殺すぞ。聞いているのか？　おまえに結婚と自由黒人について教えてやっているのだ！　さあ、もう行け。この件に関して私がおまえと話すのは、これが最後だと心得ておけ」

読者よ、あなたはひとを憎んだことがありますか？　そうでないことを祈ります。わたしはたった一度だけある。そしてもう二度と誰も憎みたくない。誰かが「地獄の雰囲気」と呼んでいたが、そのとおりだと思う。

その後二週間、ドクターはわたしと口をきかなかった。わたしに屈辱を与えたつもりだった。つまり、わたしは白人男性からのさもしい提案より、立派な黒人男性からの尊い結婚の申し込みを受けることにより、自分の名誉に泥をぬったのだとわからせたかったのだろう。軽蔑に満ちた口もとは、わたしの名前を呼ぶことなく閉ざされていたが、その目はとても多弁だった。彼がわたしを狙ったよりも注意深く、獲物を見すえた動物はいないだろう。

ドクターはわたしが字が書けることを知っていたが、それまで自分の手紙をわたしに読ませることには失敗していた。いまや彼は、わたしがほかの男と手紙のやり取りをしないかと心配になっていた。しばらくすると、彼は自分の沈黙にあきあきしてしまい、わたしはがっかりした。ある朝、出かける際に廊下を歩きながら、彼は何とかわたしの手に紙片をにぎらせた。字が読めないふりをすれば、彼が内容を読み上げることになり、そんなことでわたしがイライラした気分を味わうよりは、自分で読んでしまったほうが良いと思った。その紙片には、わたしを殴りつけたことに対する後悔と、だがその責任は実はすべてわたしにあるということが書かれていた。彼を不快にしたために、わたしがわたし自身に怪我《けが》をさせることになったのだと、きちんと理解していることを望む、と書いてあった。また、ルイジアナに移住することを決めたと述べ、同行させる奴隷の中にわたしも入れるつもりだ、そして、奥さまはここに留まるので、「その方面」に関してわたしは何も怖れることはなく、もしわたしが彼の親切を享受さえすれば、わたしにはふんだんに見返りがある、と約束していた。このことをよく考えるようにとわたしに乞い、翌日返事をするように、とその紙片には書かれていた。

翌朝、はさみを彼の部屋に持っていくよう言いつけられた。わたしははさみをテーブルに置き、その横に手紙を置いた。それをわたしからの返信だと思った彼は、そのときは何も言わなかった。その後、いつもどおりお嬢さんの学校の送り迎えをしていたとき、外でわたしを見つけると、帰り道に自分の医院に寄るように命令した。

医院に入ると、ドクターは手紙を見せ、なぜ返信しなかったのかとたずねた。わたしはこう答えた。「わたしはあなたの娘さんの所有物ですから、お好きなところにやろうと連れていこうとご自由です」

彼はわたしがルイジアナに同行したいという態度を示したことがうれしい、と言い、早秋には出発予定であると知らせた。ドクターは町で手広く診療しており、この話はわたしを怖がらせるための作りごとだとわたしは思っていた。しかし、たとえ事実がどうであろうと、絶対に彼と一緒にルイジアナに行かない、そう心に決めていた。

ルイジアナの状況は、あまりかんばしくなかったようで、移住の計画はそれきりになった。

そんなとき、わたしの恋人が、通りの角でわたしを待っていてくれたので、立ち止まって話をしたことがあった。ふと上を見上げると、屋敷の窓から主人がこちらをじっと見つめていた。急いで屋敷に戻るわたしの脚は震えていた。家に入るとすぐに、ドクターの部屋に呼び出しを受けた。部屋に足を踏み入れたとたん、わたしは突然殴りつけられた。

「ほう、それでこちらの『お嬢さま』はいつお嫁に行かれるのかね?」

ドクターの嘲《あざけ》りの声が聞こえた。ののしりと汚い言葉をさんざん浴びせられた。そのときわたしは、恋人が自由黒人で良かったと感謝していた。さもなくば、この独裁者に鞭で打たれていただろう――通りでわたしに話しかけたという罪で!

どうしたら事態を解決できるのかといくどもいくども考えた。しかしどんな条件であろうと、ドクターがわたしを売却する希望はなかった。わたしを保有しつづけ、征服するという鉄の意志が彼にはあるのだ。

わたしの恋人は、知的で信仰心を持ったひとだった。たとえ彼が奴隷のわたしと結婚する許可を得たとしても、結婚したからと言って、ご主人からわたしを守る力を彼は授かることはない。それどころか、結婚すればわたしが受けたであろう屈辱を凝視することを強いられて、彼はいたたまれない思いをしただろう。そして、もしわたしたちに子どもが生まれたら、その子は「母の身分に付帯する条件を引き継ぐ」ことになっていた。そんな事実は、自由で聡明なあのひとの心をどれほど苦しめるのだろう！　彼のために、わたしの不幸な運命と、彼とを結びつけてはいけないと感じた。

叔父から相続したわずかな土地のことで、彼はジョージア州サヴァンナに行くことになっていた。自分の気持ちをそう持っていくことは相当つらかったけれど、二度とこの町に戻って来ないように、わたしは真摯に彼に懇願した。自由州に行くよう助言した。彼にも言論の自由が許され、彼の知性がもっと役立つ土地へ行ってほしい、と伝えた——そして、彼はわたしを残して旅立った。いつかわたしを買い取れる日が来ると願ってくれながら。

わたしの希望の塊は、ごっそりと消えてしまった。少女時代にわたしに寄りそっていた夢は終わったのだ。孤独とむなしさがつのった。

それでも、何もかももぎ取られたわけではなかった。大好きな祖母がいたし、愛情こまやかな弟ウィリアムがいた。弟が首に腕をまわして抱きつきながら、わたしが言い出せない悩みを読みとるかのように、じっとわたしの瞳をのぞきこむとき、愛するものが、まだわたしにも残っているのだと感じた。しかし、そんな心地よい感情も、いつなんどきご主人の急な気まぐれが起こり、弟が奪われてしまうかもしれない、という思いにたどり着くと、たちまち凍りついた。わたしと弟の仲の良さを知ったなら、ドクター・フリントは、わざとわたしたちの仲を引きさいて、喜んだのかもしれない。

弟とわたしは、よく空想で北部に逃げる計画を立てていた。しかし、ウィリアムが言ったように、そんなことは「口で言うのは簡単」なのだ。わたしの一挙一動は注意深く監視され、いざというときに支出すべきお金をもうける手段はなかった。祖母はというと、子どもたちがそんな計画を少しでもたくらむことに強く反対だった。祖母は、逃亡して捕らえられた憐れな末の息子ベンジャミンが受けた苦労を忘れておらず、わたしたちがもし逃亡をくわだてたなら、彼と同じか、もっとひどい運命になると怖れていた。わたしには今より人生が悲惨になることはないように思えた。

わたしは自分にこうつぶやいていた。「ウィリアムは自由にならなければならない。弟は北部に逃げるべきだ。そして、わたしはあとを追おう」

当時、兄弟を持つ女の奴隷の多くが、同じ計画を描いていた。

8 奴隷所有者の日常

町からあまり遠くないはずれに、ある入植者がいた。仮にここではリッチ氏と呼ぶ。リッチ氏は育ちの悪い無学な男だったが、たいへんな資産家だった。彼には六〇〇人の奴隷がいたが、ほとんどその誰とも顔を合わせることはなかった。彼の広大なプランテーションは、高給で雇い入れた奴隷監督人が管理していた。敷地内には、私設の牢獄と鞭打ち柱がそなえてあり、そこでどんな残虐行為が行われようと、一切不問にされた。彼は膨大な資産の陰にたくみに隠され、どんな犯罪、たとえ殺人が行われようと、罪を問われることはなかった。

そこではいろんな種類の処罰がひんぱんに行われていた。お気に入りの罰は、男を縛り地面に足がつかない高さに吊るし上げ、豚の脂身を吊るしたたいまつを身体にかざすものだった。豚肉が焼けはじめると、焦げつくように熱い脂肪が、ぽたりぽたりと男のむきだしの肌に落ちた。プランテーションでは、当たり前のように人間が殺され、リッチ氏は夜が更けると一人でいることを怖れるようになった。幽霊というものを信じていたのかもしれない。

リッチ氏の弟は、兄ほど裕福ではなかったかもしれないが、残忍さは引けをとらなかった。

広い柵の中で、しっかり訓練された彼の猟犬は、奴隷たちの脅威だった。逃亡者が出ると犬が放たれ、奴隷を見つけると文字どおり骨から肉を食いちぎった。弟のリッチ氏は臨終の際、おぞましい叫び声を上げ、うめきながら息を引き取った。その様子は、危篤の知らせに集まった友人すらを身震いさせた。彼の最期の言葉は「わしは地獄に落ちる。金を一緒に埋めてくれ」だった。

彼は目を見開いたまま亡くなった。まぶたを閉じさせようと、その上にドル銀貨が置かれ、銀貨はあるじと一緒に埋められた。このことがあってから、彼は棺に金をいっぱい詰めて埋葬されたという噂が立ってしまった。墓は三たび暴かれ、棺桶が引きずりだされた。三度めには、亡骸《なきがら》は地面に投げ出され、死体の匂いに集まったハゲタカがそれをついばんでいた。墓は再度埋めなおされ、見張りがつけられたが、犯人は結局見つからなかった。

残虐性というものは、文明から見放された小社会《コミュニティ》で伝染する。

子どもの頃、チャリティという名の立派な奴隷をわたしは知っており、ほかの子どもたちと同様に、彼女のことが大好きだった。チャリティの若い女主人は嫁ぐことになり、彼女をルイジアナに伴って行った。

チャリティのまだ幼なかった息子のジェイムズは、感じの良さそうなご主人に売られたと思ったが、やがてご主人は借金を抱えるようになり、ジェイムズは、裕福だが残虐なことで知られる別の主人のところに売られてしまった。この男のもとで、犬の扱いを受けながら、彼は大人になった。ひどい鞭打ちのあと、あとで続きを打ってやると脅かされ、その苦痛から逃れるために、ジェイムズは森の中に逃げこんだ。考えられる限り、最も悲惨な状態に彼はいた――牛革で皮膚は裂け、半裸で、飢えでたまらず、パンの耳すら口に入る手だてはなかった。

数週間後、ジェイムズは捕まり、縛られて、主人のプランテーションに連れ戻された。数百回の鞭打ちのあと、パンと水だけを与え牢に閉じ込めておくいつもの処罰は、この憐れな奴隷の不届きには軽すぎると主人はみなした。よって、奴隷監督の気の済むまで鞭で打たせたあと、森に逃亡した期間だけ、ジェイムズを綿繰り機《コットン・ジン》の鉄のつめにはさんで放置することに決めた。この手負いの生き物は、頭からつま先まで鞭で切り裂かれたあと、肉が壊死せず治るようにと、濃い塩水で洗われた。そして綿繰り機の中に押し込められ、あおむけになれないときに横に向けるだけのわずかな隙間を残して、ギリギリと鉄のつめは締められた。毎朝、一片のパンと水を入れた椀を奴隷が運び、ジェイムズの手の届くところに置いた。奴隷は、そむくと厳罰に処すと脅されて、ジェイムズに口をきいてはいけない命令を受けていた。

四日目が過ぎたが、奴隷はパンと水を運びつづけた。二日目の朝、パンはなくなっていたが、水は手つかずだった。ジェイムズが四日五晩締め上げられたあと、四日間水が飲まれておらず、ひどい悪臭が小屋からする、と奴隷は主人に報告した。奴隷監督が確認のためにやられた。圧縮機のねじを開けてみると、そこには、ネズミや小動物にあちこち食べられた死体が転がっていた。ジェイムズのパンをむさぼり食べたネズミは、彼の命が消える前にも彼をかじったのかもしれない。かわいそうなチャリティ！　もし息子が殺害されたことを、いつか風の便りで聞いたなら、情の深いチャリティは、どうやってその知らせに耐えるのかと、祖母とわたしは何度も互いに問いつづけた。チャリティの夫のことも知っていたが、ジェイムズは男らしいところと、知性の点で父親に似ていた。そんな気質だったから、プランテーションの奴隷であることを、とても耐えがたく感じたのだ。

ジェイムズは粗末な木箱に入れられ、老齢で死んだ飼い犬にかけるほどの情けすらなしに土に埋められた。誰も何も言わなかった。彼は奴隷なのだ――ご主人は自分の所有するものに好きなことをする権利があると感じていた。それに、たった一人の奴隷の死が、彼にとって何であろうか？　ほかにも数百人の奴隷がいるというのに。こんなことをした奴隷の主人は、高い教育を受けた人物で、見た目には非の打ちどころがない紳士に見えた。彼はまたキリスト教徒である家名や立場を誇っていたが、彼こそが悪魔の最も忠実な信者と言うべきだろう。

同じように残忍なほかの奴隷所有者の話を、まだまだわたしは語ることができる。なぜなら彼らは例外的な人々ではないからだ。人間の心を持った奴隷主人はいなかったとは言わない。周囲の奴隷所有者がそんなありさまであったにもかかわらず、人間的な主人もいるにはいたが、しかし、そんな人々は「まるで天使の訪れのように――めずらしく、稀」だった。

そんな例外の一人だった若い婦人をわたしは知っている。彼女は孤児で、女一人とその子ども六人の奴隷を遺された。子どもたちの父親は自由黒人で、一家は快適な家を与えられ、両親と子どもたちは一緒に暮らしていた。お嬢さんはとても信心深いひとで、信仰を実践しているところがあった。奴隷たちに清らかな生活を送るよう諭《さと》し、自分の働きの成果を享受することを望んだ。彼女の信仰は、日曜日に身にまとい、次の日曜が来るまで置いておかれる晴れ着ではなかった。一番上の娘は、自由黒人と結婚することが許され、結婚式の前日、結婚が法的に認められても良いようにと、善きお嬢さんは娘を自由にした。

伝えられたところでは、この若いお嬢さんは、結婚は金目的ですると決めていたある男に、報われない恋心を抱いていた。そして時が経ち、彼女の資産家の叔父が亡くなった。叔父は黒人とのあいだにできた二人の息子に六〇〇〇ドルを贈与し、残りの財産を孤児の姪に遺した。鉄はやがて磁石を引き寄せ、お嬢さんと、彼女の重たくなった財布は、男のものになった。

結婚前に彼女は、自由にしてあげると奴隷たちに持ちかけた――夫を持てば、予期せぬ変化が彼らの運命に起きるかもしれず、彼らの幸せを保証したかったのだ。奴隷は、お嬢さんはこれまでずっと彼らの親友であったし、自由の身でどこに行こうが、彼女と一緒にいるほど幸せにはなれぬはずだからと、自由になることを拒んだ。それももっともだ、とわたしは思った。快適な暮らしぶりの彼らをよく見かけたものだし、あの家族ほど幸せな一家はこの町にはいないと思ったからだ。一家はそれまで奴隷とはどんなものかと一度たりとも感じたことがなかったが、その現実を悟らされたときには、すでに手遅れだった。

新しいご主人が、奴隷一家は彼の所有物だと主張したとき、子どもたちの父親は激怒し、奥さまとなったお嬢さんに庇護《ひご》を求めた。「今はもうどうすることもできないのですよ、ハリー」と彼女は言った。「一週間前にあった権限は、もう私にはないのよ。あなたの妻を自由にしてあげることだけはできたけど、子どもたちを自由にすることはできなかったのです」

父親は、子どもを誰にも渡さないと言い放ち、数日間森の中に潜伏させたが、やがて見つかり、連れて行かれてしまった。父親は牢屋に入れられ、上の二人の息子はジョージア州に売られた。幼すぎてご主人のお役に立たない小さな娘は、無残な母のもとに残された。ほかの三人は主人のプランテーションに連れて行かれた。いちばん年上の娘はすぐに妊娠した。奥さまは、その赤ん坊を見て泣き崩れた。奴隷たちにあれだけ説き続けた純潔が、自分の夫によって侵されたと知っていたのだ。その娘が二人目の子どもを産むと、ご主人は娘と子どもたちを自分の弟に売りつけた。そこで弟の子を二人産まされて、娘はまた売られた。二番目の娘は気が狂った。強いられた人生が、彼女を狂気に追い込んだのだ。

三番目の娘は五人の娘の母になり、四人目の子が生まれる前に、敬虔な奥さまは亡くなった。不遇な状況が許しえた限りのあらゆる慈しみを、最後まで彼女は奴隷に与えた。自分が愛した男が滅茶苦茶にした人生を、これ以上見ないで済むことを感謝しながら、安らかに死んでいった。

この男はそれでも、良いご主人と呼ばれていた。と言うのは、奴隷の食事や衣服の面で、彼はほかの奴隷主人と比べるとましであったし、プランテーションで鞭の音が響く回数も少なかったからである。奴隷制がなければ、彼はもっと良い人間になれたし、その妻ももっと幸せな女になっていただろう。

どんな筆の力も、奴隷制によって作り出され、すべてを覆いつくす堕落を、十分に表現することはできない。奴隷の少女たちは淫《みだ》らさと恐怖の中で育つ。鞭と、ご主人とその息子らが語るわいせつな話が、少女たちの教師だ。少女が一四歳か一五歳になると、彼女を所有する主人やその息子、監督人、あるいはそれら全員が、贈り物をして少女の気を引こうとする。それで目的が果たせないと、彼らの意思に服従するまで鞭で打たれるか、飢えさせられる。少女は、信心深い母親や祖母、あるいは善良な奥さまから神の教えを植えつけられているかもしれない。少女には好きなひとがいて、彼が与えてくれる意見や安らぎは、彼女の心にとってかけがえのないものかもしれない。それとも、少女を支配する放蕩《ほうとう》な男が、過度ないやらしさでせまるのかもしれない。しかし、抵抗しても希望はないのだ。

読者はわたしの言うことを信じても良いかもしれない。わたしはわたしの知っていることしか書かないから。いやらしい鳥ばかりが入った鳥かごで、二一年間も暮らしたのだから。わたしが経験し、この目で見たことから、わたしはこう証言できる。奴隷制は、黒人だけではなく、白人にとっても災いなのだ。それは白人の父親を残酷で好色にし、その息子を乱暴でみだらにし、それは娘を汚染し、妻をみじめにする。黒人に関しては、彼らの極度の苦しみ、人格破壊の深さについて表現するには、わたしの筆の力は弱すぎる。

しかし、この邪な制度に起因し、蔓延する道徳の破壊に気づいている奴隷所有者は、ほとんどいない。葉枯れ病にかかった綿花の話はするが――我が子の心を枯らすものについては話すことはない。

奴隷制の悪について十分に確かめたいのであれば、南部のプランテーションに行き、奴隷商人を名乗ればよい。すると包み隠しはなくなる。そして、死後も不滅の魂を持つ人間が、こんなことをするとは絶対に思えないようなことを、そこで見たり聞いたりするだろう。

9 忍びよる危険

わたしの恋人が町を去ったあと、ドクター・フリントは新しい策略を思いついた。自分の計画の最大の障害は、わたしが奥さまの怒りを怖れていることだと彼は考えたようだった。彼は実にそっけない口調で、町から四マイル離れた寂しい場所に、小さな家をわたしのために建ててやる、と言った。その言葉にわたしはぞっとした――しかしそのまま、おまえにおまえだけの家を与え、貴婦人《レディー》のように扱ってやろう、と彼が言うのを聞かねばならなかった。

これまでは多くのひとに囲まれて生活していたので、わたしは恐ろしい運命からまぬがれることが可能だったのだ。祖母はわたしのことできつい訓戒をドクターに与えていた。自分が彼をどんな性格だと思っているか、また、ドクターとわたしに関する聞き捨てならない醜聞が巷《ちまた》にあり、嫉妬をあらわにしたフリント夫人が、噂の伝聞に多分に寄与している、とかなり率直に祖母は告げた。

ご主人がわたしの家を建てるのに、そんなに手間も金もかからないはずだと言ったときは、どうせ彼の計画をくじく何かが起こるだろうと希望を抱いていたが、まもなく家の建設がはじまったことを耳にした。わたしは創造主である神に、絶対にあの家には入りません、と誓いを立てた。不幸な生き地獄を一日一日過ごして生きるほどなら、それならプランテーションで夜明けから夜更けまでつらい労働をするほうがよかった。牢屋に入れられて、そこで死ぬほうがよかった。少女時代の未来を立ち枯らせ、わたしの人生を砂漠のように不毛にした、吐き気をもよおすほど憎いご主人に、これまで長く苦労をさせられたあげく、彼の思いどおりに踏みつけられる獲物には、わたしはならない。そうわたしは心に決めた。彼を打ち負かすためには、何でもやろう、考えられることはすべてやってやろう――でも、わたしに何ができるのだろう？　わたしは何度も何度も考えて、そして絶望し、底知れぬ闇の中に、自ら飛び込んだ。

そして読者よ、わたしの人生は不幸な時代に入った。忘れられるものなら、喜んで忘れてしまいたい。あの頃をふりかえると、悲しみと恥ずかしさで胸がいっぱいになる。お話しするのはつらいことだが、真実を語るとお約束したし、それでどんな思いをすることになっても、誠実にそうするつもりである。主人から強制されたから、わたしはそうせざるを得なかったという言い訳で、自分をかばうことはしない。事実、そうではなかったのだから。また、わたしの無知や思慮のなさも理由にすることはできない。ご主人はすでに何年もわたしの心を、いやらしい考えでいっぱいにし、祖母から、また幼少時に善きお嬢さんから植えつけられた清い教えを破壊するために、できる限りのことをしてきた。奴隷制からわたしが受けた影響は、ほかの少女のそれと変わらなかった――つまり、世界には邪悪なやり方が存在すると、大人になる前に知ったということである。わたしは自分がしたことがわかっていて、しかも意図的なしたたかさでそうしたのだ。

だからと言って、幸せな読者のお嬢さん方、憐れで孤独な奴隷少女を、どうぞあまりきびしく判断しないでください。あなたは子ども時代から、ずっと純潔が庇護される環境に育ち、愛をむける対象を自由に選べ、「家庭」というものが法に守られているのですから。もしも奴隷制がとっくに廃止されていたなら、こんなわたしだって好きな男性と結婚できただろう。法に守られた家庭を持っていただろう。そして、これから物語るような、つらい告白をしなければならないこともなかっただろう。

しかし、少女だったわたしのあらゆる将来への期待は、奴隷制によって絶やされていた。わたしも清らかなままでいたかった。最もひどい逆境の中でも、わたしは自尊心を保つためにせいいっぱい努力した。けれど、悪魔のような奴隷制にぎゅっと握りしめられて、わたしはたった一人でもがいていた。その怪物はわたしには強すぎたのだ。わたしは神や人間に見捨てられた気がした。どんなにがんばっても、わたしのすべての努力は無駄にならねばならぬ運命のようで、絶望の中でわたしは無謀になっていった。

ドクター・フリントの虐待とその妻の嫉妬が巷の噂となっていたことは、すでにお話しした。多くのひとの口端《くちは》に上る中、ある独身の白人紳士が、わたしが置かれた状況のことを、たまたま耳にした。彼はわたしの祖母を知っていた縁で、通りでわたしによく話しかけてくれるようになった。わたしの境遇に関心を持ってくれたようで、ご主人に関することを質問してきたので、いくらかはわたしも答えていた。紳士はひどく同情してくれ、わたしを助けたい、と言ってくれた。彼はわたしに会える機会をたえず見はからい、ひんぱんに手紙をくれるようになった。わたしは憐れな奴隷少女で、わずか一五歳だった。

優れた人物から関心をむけられることは、もちろん誰をも得意な気にさせる。人間は本質的なところでは、みんな同じなのだ。彼が示してくれた同情をありがたく思い、優しい言葉には勇気づけられた。こんな紳士と知り合いになれるのは、すてきなことのように思えた。少しずつ、愛情がわたしの心にめばえた。

彼は教育のある雄弁家で、ああ、彼を信じた憐れな奴隷少女には、雄弁すぎたのかもしれない。もちろん、こんなすべてがどんな方向に行こうとしているのかは、わたしには見えていた。わたしたちのあいだに超えられない格差があることは理解していた。けれど、独身で、自分のご主人でもない男性から興味の対象とみなされることは、奴隷の自尊心や感情にも――もしそういうものが、ひどい状況下でも残されていたなら――受け入れられるような気がした。

自ら望んで身を預けることは、誰かの欲望に服従させられることよりは、恥ずかしくないことのように思う。支配されることのない恋人を持つことは、自由であることにどこか似ている。恋人は優しさや好意をもって、相手の心をとらえるが、奴隷所有者は、気のむくままに奴隷に無礼をはたらけて、奴隷はそれを誰かに言うことすらできない。もっと言えば、独身男性とのあいだのことは、結果として妻を不幸にする妻帯者とのあいだに起こることほど、悪の程度がひどくないように思う。こんなことは詭弁《きべん》かもしれない。だが、奴隷に課せられた種々の条件は道徳観を混乱させ、事実、道徳的な行動を不可能にするのだ。

人里離れた場所で、ご主人がわたしの小屋の建設をはじめたと知ったとき、別の気持ちがこれまでわたしがお話しした気持ちと混ざりあった。復讐と打算的な考えが、くすぐられたわたしの虚栄心と、紳士が見せた親愛に対する真摯な感謝の思いに加わった。わたしがほかのひとを好きになること以上に、ドクター・フリントを激怒させるものは、わたしには思いつかなかった。ちっぽけなことかもしれないが、それはわたしがあの暴君に勝てる何かだった。ドクターは仕返しとしてわたしを売りに出し、わたしの友人であるその紳士サンズ氏は、必ずわたしを購入してくれると思った。彼はご主人よりずっと寛大で、ひとの心がわかるひとだったから、そうなればわたしはサンズ氏を通して、容易に自由になれる気がした。

運命の危機がわたしにせまり、わたしは必死にもがいていた。自分の子どもがあの年老いた暴君の所有物になり、自分がその母親になると考えただけで震えが止まらなかった。ドクター・フリントに新たな気まぐれが起こり次第、それまでの犠牲者は邪魔になり、遠くに売られていた。特に奴隷に子どもが生まれた場合はそうだった。自分が奴隷に孕《はら》ませた子が、自分や妻の視界に長くとどまることを、ドクターは許さなかった。

わたしを所有しない男には、子どもの面倒をしっかり見てくれるよう頼むことができる。そしてこの場合、わたしの望みはきっと叶えられる気がした。子どももきっと自由にしてもらえる気がした。こんな考えを頭の中にめぐらせながら、またそれ以外に、自分の恐ろしい運命から逃れる手だてを知らず、わたしは唯一の選択肢に、真っ逆さまに飛び込んだ。

良識ある読者よ、わたしを憐れみ、許してください！　あなたは奴隷がどんなものか、おわかりにならない。法律にも慣習にもまったく守られることがなく、法律はあなたを家財のひとつにおとしめ、他人の意思でのみ動かすのだ。あなたは、罠から逃れるため、憎い暴君の魔手から逃げるために、苦心しきったことはない。主人の足音におびえ、その声に震えたこともない。わたしは間違ったことをした。そのことをわたし以上に理解しているひとはいない。つらく、恥ずかしい記憶は、死を迎えるその日まで、いつまでもわたしから離れないだろう。けれど、人生に起こった出来事を冷静に振りかえってみると、奴隷の女はほかの女と同じ基準で判断されるべきではないと、やはり思うのだ。

数ヵ月が経った。不幸に感じる時間が多かった。わたしが危ない目に遭わないようにと、これまで懸命に守ってくれた祖母に、やがてわたしが引き起こすであろう悲しみを思い、人知れずわたしはなげいた。自分が年老いた祖母の最大の心のなぐさめであることはわかっていた。ほかの多くの奴隷に似ず、わたしが自分の品位を落としていないことが、祖母がわたしを誇る理由であることもわかっていた。自分がもはや祖母の愛情を受けるに値しない人間になってしまったことを打ち明けてしまいたかった。でも、そんな恐ろしいことを口に出すことはできなかった。

ドクター・フリントに対しては、彼にこの秘密を打ち明けるときのことを思うたび、わたしはひそかに勝ち誇った満足感を心に感じていた。ときおり彼は自分の計画について話していたが、わたしはだまって、何も言わなかった。そしてついに、ドクターがわたしの小屋が完成したと告げ、そこに移るよう命令した。絶対に小屋には一歩も足を踏み入れない、とわたしは答えた。彼は言った。「そんな話は聞き飽きた。無理矢理担ぎこまれることになっても、おまえは小屋に行くのだ。そしてずっとそこで暮らすのだ」

「わたしは絶対に小屋には行きません。数ヵ月後に、わたしは母親になるのです」

彼はぽかんと驚いて、言葉を失いその場に立ちつくした。そして何も言わず、そのまま屋敷を出て行った。

――彼に打ち勝てば、幸せを感じるだろうと思っていた。しかし、いまや真実は明らかになり、わたしの身内の耳にも入るだろう。みじめだった。つつましい暮らしの中で、わたしが正しい心を持って育ったことが、家族の誇りだった。いまや、どうやって彼らの顔を見ることができよう？　わたしの自尊心は消えてしまった！　奴隷だけど倫理観を持って生きようと決心していたのに。「嵐が来るなら来ればいい！　この命が終わるまで、戦ってやる」とわたしは言っていたのに。それがなんて恥ずかしいことをしてしまったのか！

わたしは祖母の家に向かった。打ち明けようとくちびるは動いても、言葉はのどにつかえて出てこなかった。木陰になった玄関に座り、縫い物をはじめた。祖母は何かおかしい、わたしに何かあったと察した。奴隷の母親というものは、いつも抜け目ないものである。子どもには安全は許されていないと知っているからだ。

そのとき、フリント夫人が狂ったように飛び込んで来て、夫のことでわたしを非難した。何かおかしいと普段から疑っていた祖母は、夫人の話を真に受けて、わたしを怒鳴りつけた。

「ああ、リンダ！　とうとうこんなことになってしまったのかい？　今のおまえを見るくらいなら、おまえが死んでしまったほうが良かった。おまえは死んだお母さんの恥だよ！」

祖母はわたしの指から母の形見の結婚指輪と、銀の指貫《ゆびぬき》を取り上げた。

「行っておしまい！」祖母は叫んだ。「二度とこの家に来るんじゃない！」

祖母の非難があまりに熾烈《しれつ》だったので、わたしは何も答えることができなかった。一度しか流したことのない苦すぎる涙が、わたしの答えだった。わたしは立ち上がりかけたができなくて、うずくまって泣きだした。祖母はだまっていたが、しわが刻まれた頰には涙が流れ、わたしの胸は焼きつくようだった。祖母はいつもあんなにわたしに優しかったのに！　あんなに優しかったのに！　祖母の足もとに身を投げて、真実を打ち明けることができたら！

しかし祖母はわたしに行けと言い、二度と戻ってくるなと命じた。数分後、何とか力をふりしぼり、わたしは祖母に従った。小さな門をどんな気持ちで閉めたことだろう――子どもの頃、いつも待ちきれない思いで開けたあの門を！　門はそれまで聞いたことのない音を立てて閉じた。

わたしはどこに行けるというのだろう？　ご主人のところに戻るのは恐ろしすぎた。どこに行くのか、自分がどうなってしまうのか考えもなく、あてどなく歩きつづけた。四〜五マイル行ったとき、疲れで足が止まった。古い樹の根もとに腰をおろした。上を見上げると、太い枝のあいまから星が輝いていた。星は明るくおだやかな光を投げかけて、わたしをあざわらっていた！

何時間か過ぎ、ひとりでそのまま座っていると寒気がして、ひどく気分が悪くなった。わたしは地面にうずくまった。心は恐ろしい思いでいっぱいだった。このまま死なせてくれるよう、神に祈った。しかし、祈りは聞き入れられなかった。ようやく気力をふりしぼって身を起こし、母の友人だった婦人の家へ向かって、さらに遠くへ歩きはじめた。

そこに来た理由を説明すると、彼女はわたしをなだめようとしてくれた。が、わたしをなだめることは不可能だった。祖母と仲直りさえできれば、自分の恥にも耐えられると思った。祖母に自分の胸の内を打ち明けたかった。もし祖母が真実がどうであったかを知ったなら、何年もわたしが耐えつづけたことを知ったなら、もしかしたら祖母は、それほどきびしい判断をわたしに下さないかもしれない。

婦人は祖母を呼びにやったほうが良いと言い、わたしはそれに従った。しかし、祖母はすぐには来てくれず、はらはらしながら思い悩む日が何日か続いた。祖母は完全にわたしを見捨ててしまったのだろうか？　――いや、祖母は来てくれた。わたしは彼女の前にひざまずき、わたしの人生を穢《けが》した事柄についての話をした。どれだけ長いあいだ、わたしが苦しめられたかということ、逃れる方法が見つからなかったこと、そして、苦しみが頂点に達したとき、絶望的に感じたこと。祖母はだまって聞いていた。もしいつか祖母の許しを得られる希望が持てるなら、どんなことにも耐えるし、どんなことでもすると言った。亡くなった母のために、わたしを憐れんでくれるよう懇願した。

そして祖母は憐れみをくれた。彼女は「許してあげよう」とは言わなかったが、わたしを涙をたたえた目で愛しそうに見た。そして老いたその手を、そっとわたしの頭の上に置き、「かわいそうに！　かわいそうに！」とつぶやいた。

10 対決

わたしは善き祖母の家に戻った。祖母はサンズ氏と話をした。なぜ彼女の子羊を容赦してくれなかったのか——品性のことなど気にしない奴隷がよそにたくさんいるではないか——と訊いたとき、彼は返答を避けたが、希望が持てるような話を優しい口調でしてくれた。彼はわたしの子どもの面倒を見るし、どんな条件でもわたしを買い取る、と約束した。

ドクター・フリントの姿は五日間見ていなかった。わたしが事実を告白した日から一度も見ていなかった。ようやく彼はやってくると、おまえは自分で自分の顔に泥をぬった、と言われた。わたしはご主人に対して罪を犯し、老いた祖母に恥をかかせたと言うのである。彼の申し出を受け入れていたなら、彼は医者として、わたしの恥が公になることを避けられたと暗にほのめかした。彼はへりくだった態度でわたしを憐れんでさえ見せた。これ以上いまいましいものが、この世にあるのだろうか？　彼の虐待こそが、わたしが罪を犯すことになった元凶ではないか！

「リンダ」ドクターは言った。「おまえは私にけしからぬことを働いたが、おまえに同情するし、もし私の願いを聞いてくれるなら、許してあげよう。おまえが結婚したがっていたあの男が子どもの父親なのか？　嘘をつくなら、地獄の炎に焼かれるぞ」

以前のように不敵な気持ちにはなれなかった。ドクターに対する最も強力な武器は、もうわたしには失くなっていた。自分でも自分は堕落した気がしたので、だまって彼の暴言に耐えようと決めていた。しかし、いつもわたしを敬い接してくれた恋人までもが、このように蔑《さげす》まれたとき、ドクターさえいなければ、わたしは貞淑で、自由で、幸せな妻になっていただろうと思うと、わたしの中で何かが切れてしまった。

「わたしは神と自分に対して罪を犯しました」とわたしは応じた。「でも、あなたに対しては罪を犯していません」

彼はぎりぎりと歯を食いしばり、「このガキめ！」とつぶやいた。おさえきれない怒りとともにドクターがつかつかとわたしにせまってきた。

「強情者！　おまえの骨をくだいて粉にしてやるぞ！　ろくでなしの若造に身を投げ出したのはおまえだ。おまえはバカなので、おまえのことなど何とも思っていない奴にすぐだまされるのだ。時が経てば、このことは私とおまえのあいだで清算されよう。おまえは今わからなくなっているのだ。だが、おまえの親友はこのご主人だけだと、今にわかるだろう。私の寛大さがその証拠だ。私は、どんなふうにもおまえを罰することができる。革紐《かわひも》の下であの世に行くまで、鞭で打たせることもできるのだ。

だが、おまえを殺したくはない。おまえの暮らしを、もっと良くすることすらできたのだ。ほかの誰にもできないだろう。おまえは私の奴隷なのだ。妻は本件で気分を害しているので、おまえが屋敷に戻ることを許さない。よって当座はここに居てもよい。だが、しょっちゅう会いに来るからな。また明日来る」

翌日、彼は顔をしかめながらやって来た。それは何かに満足していない証拠だった。わたしの健康状態について聞いたあと、わたしの食事代は支払われているのか、誰がこの家を訪れたかと訊いた。そして彼はつづけて、これまでしなければならなかったことを忘れていた、と言った。つまり、医者として、彼はわたしに説明しておくべきことがあったと言い、そして、どんな恥知らずでも赤面してしまうような話をした。彼はわたしに立てと命じ、わたしはそれに従った。「おまえに命令する」と彼は言った。

「子どもの父親は白人なのか、黒人なのか」わたしはたじろいだ。

「今すぐ答えろ！」彼は声を上げた。わたしは答えを告げた。彼は狼のようにわたしに襲いかかると、骨を折らんとばかりに乱暴にわたしの腕をつかみ、「その男を愛しているのか？」とくぐもった声でたずねた。

「彼を憎んでいないだけで、わたしには十分なのです」

ドクターはわたしを殴りつけようと腕を振りあげた――しかし、その腕はやがて降ろされた。何が彼を止めたのかはわからない。彼はくちびるを固く結び、腰を下ろした。しばらくして、ようやく彼は口を開いた。

「ここに来たのは」彼は言った。「おまえに友好的な提案をしようと思ったからだ。が、恩知らずのおまえのために私は気分を害し、もう我慢の限界を超えた。おまえは私の善意を押しのけた。なぜおまえを殺さないのか不思議なほどだ」ふたたび彼はわたしを殴ろうとするかのように立ち上がった。しかし彼は話しつづけた。

「ひとつ条件を飲めば、おまえのこの無礼と罪は許してやろう。おまえは今後一切、子どもの父親と接触してはならぬ。そいつに何かを頼んだり、もらったりすることも禁じる。私がおまえと子どもの面倒を見る。その男に捨てられる前に今ここで約束したほうがいいぞ。これが私がおまえに示す最後の情けだ」

子どもとその母であるわたしをののしる男に、面倒など見てもらう気はない、というようなことをわたしは口にした。彼は、わたしほど品位を落とした女には、ほかに何も期待する権利はないと返答した。これが最後だと念を押し、申し出を受け入れるのか、と彼はわたしにたずねた。受け入れない、とわたしは答えた。

「いいだろう」と彼は言った。「おまえのでたらめな人生の結果を受け入れることだな。二度と私に助けを求めてくるなよ。おまえは私の奴隷で、ずっと私の奴隷なのだ。絶対におまえを売りはしない。それだけは信頼してもいいだろう」

わたしの心の中の希望は、ドクターが出て行き、扉が閉まるとともに消え果てた。彼が怒り狂ってわたしを奴隷商人に売り渡すともくろんでいた。そして、それを見はからって、子どもの父親が買い取ってくれると。

ちょうどその頃、フィリップ叔父が航海から戻ることになっていた。彼の出立の前日、わたしは花嫁となる若い友人の介添え人をつとめた。あの頃も不安で胸がさわぐ日々を送っていたが、作り笑顔でやり過ごすことができた。あれからたった一年しか経っていなかった。でも何という恐ろしい変化がたくみに起こったことだろう。みじめで心は真っ暗になっていた。状況が、太陽の下で輝く時節と、流れつづける涙の中で生まれた時節に、それぞれ別の色彩を与える。その年がどんなものを運んでくるか、誰にもわかりはしないのだ。

叔父が戻ったと聞いても、うれしい気持ちにはなれなかった。叔父は何が起きたか知りながら、わたしに会いたがった。わたしは最初叔父を避けたが、わたしの部屋で会うのならと、結局同意した。叔父はいつもと同じようにわたしに接してくれた。叔父の涙を、わたしの熱い頬に感じたとき、どんなに心が揺さぶられたことか！　遠い日に祖母が語った言葉を思い出した――「生きていても、つらい目ばかりだったから、早くお導きになったんじゃないのかね」。気落ちしたわたしの心は、本当にそうであったと神にひれふす気持ちになれた。

でもなぜ、とわたしは思った。なぜ親せきのみんなは、わたしに希望を抱いたりするのだろう？　奴隷少女にお決まりの人生から、わたしを救ってくれるものがあるのだろうか？　わたしより、もっと美人で、もっと賢い少女たちも、同じような運命か、もっともっと悲惨な運命を歩んだ。なぜ彼らは、わたしがその運命から逃れられると思うのだろうか？

わたしの赤ちゃんが生まれたとき、未熟児だと言われた。四ポンドしかなかったが、神さまが命を授けてくれた。ドクターがわたしは朝まで持たないと言うのを聞いた。それまで何度も死を願ってきたが、そのときは赤ちゃんが一緒に死なない限り、死にたくなかった。ベッドを離れられるまで、何週間もかかった。元気だった以前の自分がぼろぼろになってしまった気がした。それから一年ほど、寒気や熱を感じない日はなく、赤ちゃんも病弱で、小さな手足がよく痛むようだった。ドクター・フリントは、わたしの健康状態を見にひんぱんにやってきた。そして、彼の奴隷が一人増えたと、わたしに思い出させることを忘れなかった。

月日が経つにつれて、わたしの息子はだんだん元気になっていった。一歳になると、皆が彼を可愛いと言ってくれた。からみつく細い蔦のような息子の愛は、わたしの存在の奥深くに根のように入りこんでいった。しかし、そんな引き離しがたい愛しさにも、愛情と痛みの交ざりあった気持ちが、わたしには起きるのだった。

11 もう一つのいのち

出産後、ご主人の家には戻らなかった。ご老体はわたしを思いどおりにできないことで大さわぎをしたが、彼の妻は、何があろうとわたしが戻ってきたら殺してやると言い切り、ドクターもその言葉を疑わなかった。ときには数ヵ月間、ドクターはわたしに近づかないこともあった。しかし、しばらくすると彼はやって来て、彼の忍耐やわたしの忘恩に関する、手あかのついた話をふたたびはじめるのだった。

まるで不必要にもかかわらず、わたしが自分で自分の品位を下げたということを納得させようとドクターは必死だった。悪意に満ちた不埒者は、その話題だけは長々と説教する必要がなかった。わたしは十分に恥を受けていたのだから。何もわからない赤ちゃんが、その何よりの証拠だった。わたしが彼からの善き助言を台なしにした、そうドクターが語るとき、だまることで侮蔑を表したが、もはや善良で清らかな人間からは、わたしは敬われる資格はないのだと思うと、つらい涙がこぼれた。ああ、わたしはまだ奴隷制の毒の手に握られていた。世に顔向けできる女になれる機会《チャンス》などなかった。今よりも良い生活を送れる見込みなど、どこにもなかった。

ときにはこうだった。わたしが彼の言うところの「親切な申し出」を受ける気がないと知ると、彼はわたしの子どもを売りに出すと脅した。

「そうすれば、おまえも少しは謙虚になれるかもしれんな」

謙虚になる！　わたしはこれ以上ないほど屈辱にまみれているのではなかったの？　なのに、彼のその脅し文句は、わたしの心をズタズタに切り裂いた。法は彼にそうする権力《パワー》を与えていた。奴隷所有者は抜け目なく、父ではなく「子は母の身分に付帯する条件を引き継ぐ」という法律を制定させており、つまり自分のわいせつ行為の結果が、自身の金への執着に支障を起こさないようにしていた。

そんなことを考えると、わたしの無垢な息子をしっかり胸に抱きしめずにはいられなかった。この子が奴隷商人の手に落ちる不幸を考えると、恐ろしい幻影が心の中に次々とわきあがった。息子の上に涙を落としながら、わたしはつぶやいた。「わたしの赤ちゃん！　やつらはあなたを冷たい小屋の中に置き去りにして死なせ、掘った穴に、犬のように投げ込むのよ」

わたしがふたたび母親になると知ったとき、ドクター・フリントは狂ったように激高した。彼は家を飛び出すと、大きなはさみを持って戻ってきた。わたしはきれいな髪をしていた。わたしが髪を形よく結っていると、うぬぼれがすぎると彼はよく文句を言っていた。ドクターは怒鳴り、ののしりながら、わたしの髪の毛すべてをざくざく根元から切り落とした。わたしが口答えをしたので、彼はわたしを殴りつけた。

その数ヵ月前にも、かっとなった彼はわたしを二階から下へ投げ落としたことがあった。わたしはひどい傷を負い、長いあいだベッドで寝がえりを打つことさえできなかった。そのとき彼はこう言った。「リンダ、神に誓って、もう二度とおまえに手を上げたりしない」。だが、わたしには、彼はやがてこんな誓いは忘れてしまうとわかっていた。

わたしの状況を知ったあとのドクターは、地獄から迷い出た、行き場のない亡霊のようだった。彼は毎日わたしのところにやって来ては、筆ではとても表現できないような侮辱を言いつのった。仮にわたしにその能力があっても、表現したりはしないだろう。彼の言ったことは、あまりに低俗で、むかむかするのだから。

ドクターの嫌がらせができるだけ祖母に知られないように気をつかった。わたしがかける心労がなくとも、祖母の人生は十分悲しすぎた。わたしが暴力をふるわれ、口に出せば舌が麻痺するほどの、おぞましい呪いの言葉を吐きかけられているところに出くわし、祖母が毎回だまっていられたわけがなかった。祖母がわたしを守ろうとしたことは、自然なことであり、また母親代わりとして当然のことであったけれど、それは事態を悪化させただけだった。

女の子が生まれたと知ったとき、わたしの心はこれまで以上に真っ暗になった。奴隷制は男にとってもひどいものだが、女にはさらにおぞましい。すべての奴隷が担う重荷のほかに、悪事、苦悶、そして恥が、特別に加算されるのだから。

わたしが彼に対して犯したとされる、この新しい罪のために、おまえを死ぬまで苦しませてやる、とドクターはそう断言し、そして事実、わたしが彼の支配下にある限り、その誓いは守られることになる。

出産から四日目に、ドクターは突然わたしの部屋に押し入り、起き上がって赤ちゃんを彼のところに連れてくるよう命じた。面倒を見てくれていた付き添い人は、そのとき食事を用意しに行っており、わたしは部屋に一人でいた。ほかにどうしようもなかった。わたしは起き上がり、赤ん坊を抱き上げると部屋の向こう側に座るドクターのほうへ行った。

「そこに立っていろ」と彼は言った。「戻れと言うまではな!」

子どもは父親に顔立ちがよく似ていた。また祖母に当たる、亡くなったサンズ夫人にも似ていた。ドクターはそのことに気づくと、出産で身体が弱り、震えながらわたしが立ちすくんでいるあいだ、思いつくありったけの悪罵《あくば》を、わたしと子どもに浴びせかけた。とうに亡くなり墓に眠る赤ん坊の祖母さえも、さんざんにののしった。彼の暴言の途中で、わたしは気を失い、彼の足もとに倒れてしまった。それで彼もようやくはっとした。赤ん坊をわたしの腕から取り上げてベッドに寝かせ、誰かがやってくる前にわたしを正気づかせようと、わたしの顔に冷たい水をかけ、起き上がらせると激しく揺すぶった。ちょうどそのとき、祖母が部屋に入ってきたので、ドクターはあわてて家から出ていった。

この仕打ちは相当わたしの身にこたえた。だが、ドクターを呼ぼうと言う周囲に、このまま死なせてほしいと頼んだ。ドクターがそばにいることほど、恐怖を感じるものはなかった。わたしは何とか回復し、子どもたちのためには、死なないでよかった、と思った。一九歳だったが、子どもとわたしを結びつける絆がなければ、死によって自由になれるほうが、わたしにはうれしかった。

12 ドクター・フリントの策略

子どもたちは健やかに育っていった。ドクター・フリントは勝ち誇った笑みを浮かべてこう言った。「このガキどもは、ゆくゆくまとまった額の金を私にもたらしてくれるぞ」

わたしは思った。神さまはわたしを助けてくださるのだから、子どもたちがドクターの手中に陥ることは絶対にない。子どもたちがあの男の支配下に置かれるくらいなら、むしろ殺されたほうが良いように思えた。わたしと子どもが自由になれるだけのお金は用意できる。だが、今の状況では、それは何の意味もないことだった。ドクター・フリントはお金に目がなかったが、金よりも権力のほうに執着があった。

このことを仲間とさんざん話し合うと、わたしたち親子が自由になれる計画をもう一度やってみよう、と彼らは言ってくれた。そのとき、ちょうどテキサスに移住する奴隷所有者がいて、彼に金を払い、わたしを買い取る交渉をしてくれるよう頼むことになった。九〇〇ドルから交渉し、一二〇〇ドルまで買取り額を上げられることになっていた。だが、ドクターはわたしの売却を拒否した。

「旦那」とドクターは言った。「あの娘は私のものじゃない。娘の持ち物でね、私には売る権利がない。それに、あの娘の愛人があんたをここに寄越したんじゃないかと、私は疑っていましてね。もしそうなら、そいつに言ってやるがいい。どんなに金を積まれても、あの娘もその子どもらも売らんとな」

翌日、ドクターはわたしのところにやってきた。彼が入ってくると、心臓の鼓動が速くなるのがわかった。これまで見たことのないような堂々たる足取りで、老人は近づいてきた。椅子に腰を下ろすと、軽蔑をあらわにしてわたしをじっと見つめた。

子どもたちは彼におびえるようになっていた。下の子エレンは彼を見るたび、目を固く閉じ、わたしの肩に顔をうずめて隠した。上のベニーはもう五歳になろうとしていたが、「あの悪いひとは、なぜうちによく来るの？　あのひとはぼくたちを傷つけたいの？」とよく訊いていた。そんなとき、わたしはだまって可愛い息子をしっかりと腕に抱き、この子が大きくなって、その問いに答えられるようになる前に、この子はきっと自由になるんだ、と信じた。ただ薄気味悪く、何も言わずに座っているドクターに気づくと、息子は遊ぶのを止め、わたしにすり寄ってきた。わたしの苦悩の元凶は、ついに口をひらいた。

「とうとう棄《す》てられたってわけか、そうだろう？」と彼は言った。「私の予想どおりになったというわけだ。おまえがやがてそういう扱いを受けると、何年も前に言ってやったのを覚えているか？　つまり、飽きられたってことか。ハッハッハ！　徳の高いご婦人はそんなことは聞きたくないようだがね、え？　ハッハッハ！」

『徳の高いご婦人』と呼ばれたとき、刺すような痛みが胸に走った。以前には言い返す力があったのに、もはやその力はわたしには失くなっていた。彼は続けた。「どうやら、新しいお楽しみを求めているようだな。おまえの新しい愛人がやってきて、おまえを買い取りたいと申し出たぞ。だがな、絶対におまえの望みどおりにはならんと言っておいてやる。おまえは私のものだ。そして永遠にそうなのだ。おまえを奴隷制から助け出せる人間は、この世に一人もおらんのだ。私ならそうしてやっただろうが、おまえは私の好意的な申し出を断ってしまったのだからな」

新しいお楽しみなど求めていない、とわたしは言った。そして、わたしを買い取ろうという男に会ったこともないと。

「私がでたらめを言っているとでも言うのか？」彼は大声を上げて、座っていた椅子から、わたしを床に引きずり下ろした。「あの男に会ったことはないともう一度言ってみるか？」

「そう言いますとも」とわたしは答えた。

彼はののしりながらわたしの腕をぐるりとねじり上げた。ベンが泣き叫びはじめたので、おばあちゃんのところに行きなさい、と言った。

「一歩でも動くなよ、このガキ！」と彼は言った。息子はわたしのそばに寄り、わたしを守ろうとするかのように腕をわたしに絡みつけた。この息子の仕草は、立腹したご主人の怒りをさらに激しくした。彼は息子をつかみ上げると、部屋の向こうに思いきり放り投げた。息子が死んでしまったと思い、わたしは急いで抱き起こそうとした。

「まだだ！」ドクターは大声を出した。「目を覚ますまで、ほうっておけ」

「はなして！　はなして！」わたしは叫んだ。「はなさないと、ひとを呼びます」

もがいて一度彼から逃れたが、また彼はわたしをつかんだ。そのとき、誰かがドアを開け、彼はやっとわたしをはなした。気を失った息子を抱き上げ、後ろを振りかえると狼藉者《ろうぜきもの》はいなくなっていた。こわごわと、小さな身体の上に身をかがめると、血の気がなく、ピクリとも動かなかった。ようやく茶色の瞳が開いたとき、わたしが幸せに思ったかどうかはわからない。

以前とまったく同じ嫌がらせが、ふたたび開始された。ドクターは、朝に、昼に、夜にやって来た。どんな嫉妬に狂った恋人も、その恋敵《ライバル》を、わたしとわたしのお楽しみの相手と目された見知らぬ奴隷所有者をドクターが監視した執拗さで、見張ったことはないだろう。祖母が家にいないときは、ドクターは「男」が隠れていないかと、家中の部屋をひとつひとつ探し回った。

そんなある日、ドクターは、数日前に自分が商人に売りとばしたばかりの若い娘に、たまたま我が家で出くわした。彼の弁では、奴隷の監督人とねんごろになりすぎたので少女を売ったということだった。売却後に元の自分の奴隷に会うことを、ドクター・フリントは嫌悪していた。

彼は少女ローズに出て行くよう命じたが、もはや彼はローズのご主人ではなく、彼女はその命令を無視した。ドクターにおさえつけられた人生を強いられたローズが、このときだけは勝者だった。彼は怒り、灰色の目をギラギラさせて彼女をにらみつけたが、それが彼の持てる力の限界だった。

「なぜこの娘がここにいるんだ?」彼はわめいた。「私がこいつを売り払ったと知りながら、何の権利があってこんなことを許すのだ?」

「ここは祖母の家で、ローズは祖母に会いに来たのです。正しい目的でこの家に来る者を、追い立てる権利はわたしにはありません」わたしは答えた。

彼はわたしをなぐった。ローズが彼の奴隷のままでいたら、彼女が暴力を振るわれていただろう。大声に祖母が気づき、部屋に飛び込んできたときに、二発目がわたしをおそっていた。祖母はそのような暴力が自分の屋根の下で行われることを、だまって我慢する種類《タイプ》の女ではなかった。ドクターはわたしが不遜《ふそん》な態度を取ったからだ、と弁明しはじめた。祖母の怒りはだんだんひどくなり、とうとう言葉になってあふれ出た。

「うちから出て行け!」祖母は怒鳴った。「自分の家に帰って自分の女房と子どもの面倒を見るがいい。うちの家族を見張る以外に、やることは山ほどあるだろう」

彼は、わたしが出産したことを理由に祖母をなじり、こんな生き方をわたしに許容している責任で祖母を非難した。わたしがここに住んでいるのは、彼の妻がそう強いているだけじゃないか、と祖母は言った。それはドクターの責任なので、こっちは責められる覚えはない。そもそも、すべてのもめごとの張本人はおまえじゃないか、と言い立てた。言えば言うほど、祖母はだんだん熱くなっていった。

「いいかい、フリント先生」と祖母は言った。「余命もあまりないようだから、そろそろお祈りでもはじめたほうがいいんじゃないですか。あんたの魂から穢れを取り除くには、残りの人生祈り続けても足りないくらいだよ」

「おまえはいったい誰に向かって口をきいてるつもりなんだ？」彼はわめいた。祖母はそれに答えて言った。「ああ。誰に口をきいているかなんて、ちゃんとわかってるとも」

ドクターは怒り狂って家を出ていった。わたしは祖母の顔を見た。互いの目が合った。祖母の目からは怒りが消え、祖母は悲しげで、疲れて見えた――絶え間ない戦いに、疲れて見えた。わたしへの愛情が薄れてしまったのだろうか、と思った。もしそうだとしても、祖母はそれをわたしに見せはしないだろう。祖母はいつも優しく、いつでもわたしの悩みに同情してくれた。悪魔のような奴隷制さえなければ、こんなつましい家でも、安心して満ち足りた生活を送れたように思う。

ドクターに煩わされることなく、冬が過ぎた。うつくしい春がやってきた。自然がふたたび輝きはじめると、ひとの心もよみがえることが多い。萎《しお》れていたわたしの希望も、花が咲くと共に少し元気を取り戻した。わたしはまた自由を夢見るようになった。わたしのためよりも、子どもたちのために。何度も何度も計画を練った。どの計画にも壁が立ちふさがっていた。どうやっても越えられない気がしたけれど、でも、希望は捨てなかった。

そして、姑息なドクターがまたやって来た。

「最近おまえに会っていなかったが、おまえに対する関心が変わったわけではない。今後おまえに一切情けをかけないと言ったときは、軽率だった。取り消させておくれ。リンダ、おまえは自分と子どもの自由を望んでいて、それは私にしか与えられないものだ。今から私が提案することに同意するなら、おまえと子どもを自由にしてやろう。

子どもの父親とは、金輪際縁を切らねばならぬ。私はおまえに小屋を与え、そこに子どもたちと住むがいい。そこでおまえは、うちの家族のための縫いもの程度の軽い仕事しかやらなくてよい。どうだ、よく考えてみるんだな、リンダ——住まいと自由だ！　過去のことは水に流そう。もし私がおまえにきつく当たったことがあったなら、それはおまえが強情だからだ。おまえは私が、自分の子どもに従順さを求めていることを知っているだろう。おまえは私の目にはまだ子どもだからな」

そこで彼は、わたしの答えを待つように話を切ったが、わたしはだまっていた。「なぜ何も言わないんだ？」と彼は言った。「これ以上良い話が聞けるとでも思っているのか？」

「何も思っていません」

「ではこの提案を受け入れるのだな？」

「いいえ」

彼は怒りを爆発させそうになったが、何とかおさえてこう応えた。

「考えずに答えを言ったな。だがこの提案には表と裏があるのだ。表の明るいほうを拒否すると、裏の暗いほうを選ばねばならぬ。この提案を受け入れるか、おまえと子どもを一緒に息子のプランテーションに送るかだ。おまえの持ち主である娘が結婚するまで、おまえはそこに留まることになる。それで、子どもたちはそこで、ほかのニグロのガキたちと同じようにやっていくのさ。考えるのに一週間猶予をやろう」

彼は狡猾《こうかつ》だった。でも、彼のような人間を信用してはいけないことは、わたしだってわかっていた。すぐにお答えする用意がある、とわたしは答えた。

「今じゃなくて良い」と彼は言った。「おまえは感情的になりすぎるからな。忘れるな。おまえと子どもたちは、今日からあと一週間で自由になれるんだ。もしおまえが選ぶならば」

いまやおぞましい賭けに、子どもたちの運命がぶらさがっていた！　この申し出は罠だとわかっていた。もし受け入れれば、二度とそこから逃げ出すことはできない。彼の言う「自由」の約束についても、もし彼が自由証書《フリーペーパー》をくれたとしても、法的に無効になるよう細工されているに違いない。——もうひとつの選択肢しかありえなかった。わたしはプランテーションに行くことを決意した。でも、なんと完全に彼の支配下に入ることになるのだろう。考えるだけで身震いがした。仮に彼の足もとにひざまずいて、子どもたちのためにわたしを許してください、と嘆願しても、彼はわたしを足蹴にして拒否し、わたしが弱さを見せたことに勝ち誇ってみせるだろう。

回答期限の一週間が来る前に、若いフリント氏が、似合いの家柄の婦人とまもなく結婚する予定であると聞いた。これで、彼の所帯でわたしがどんな役目を務めるのか予想できた。以前一度だけ懲罰としてプランテーションに送られたことがあったが、息子に対して不安があったドクターは、わたしを早急に屋敷に戻したのだった。わたしの決意は固まった——わたしはドクターの企みをくじき、子どもたちを救け出してみせるか、そうすることで自滅するかのどちらかだ。この計画は誰にも打ち明けなかった。友人たちはわたしを思い留まらせようと説得しただろうし、結局彼らの助言に従わないことで、友人を傷つけたくなかった。

決断の日、ドクターはやってきて、わたしが賢い選択をしたことを望む、と言った。

「プランテーションに行く決心をしました」とわたしは答えた。

「その決断が、おまえの子どもたちにどんな重大なことを意味するかを考えてみたのか?」

考えてみた、とわたしは答えた。

「いいだろう。プランテーションに行け。そこで呪われるがいい」と彼は言った。「おまえの息子をあそこで働かせ、すぐに売りさばいてやる。娘も高く売るために育てられるんだぞ。これはおまえの選んだことだ！」

彼はほかにもひどいことをたくさん言って部屋を出た。それをここに記す必要はない。

わたしは足が貼り付いてしまったように動けなくなり、その場に立ちつくしていると、祖母がやってきて、こう言った。「リンダや、おまえ、あいつに何と答えたんだい？」

プランテーションに行くと答えた、と祖母に伝えた。

「行かなきゃならないのかい？」祖母は言った。「何とか止める手だてはないのだろうか？」

どんな手だても無駄だ、と答えたが、祖母は希望を捨てないでおくれ、とわたしにせまった。祖母はドクターの家に行き、自分がどれほど長いあいだ、どんなに献身的に一族に仕えたか、自分の乳飲み子を退けて、代わりに彼の妻に乳を与えたかを思い出させてやる、と言った。また、わたしがあまりに長くフリント家から離れていたため、いまさらわたしがいなくても困らないこと、そしてわたしが働く時間に相当する金を支払う用意があり、その金でプランテーションの労働により見合った、力のある女を雇うことができると説明してくる、と言った。わたしは祖母に行かないように願ったが、祖母は、「ドクターは私の願いは聞いてくれるよ、リンダ」と耳を貸さなかった。

祖母はドクターの家に行き、わたしが思ったとおりに扱われた。ドクターは冷ややかに祖母の話を聞き、要求を退けた。わたしのためを思って提案をしてやったのに、わたしは思い上がりすぎている。よって、プランテーションではわたしの態度に見合った扱いを受けるだろう、と彼は祖母に伝えた。

いまや祖母は完全に気落ちしていた。わたしには誰も知らない希望があった。でも、わたしはそれをひとりで戦わなければならないのだ。わたしには女としての自負心《プライド》と、子どもたちの母としての愛があった。この闇夜の時間が過ぎれば、明るい夜明けが子どもたちのためにやってくる、と決めたのだ。わたしのご主人には権力と法が味方しているが、わたしには、固い決意があった。どちらにも力が宿っているのだ。

Ⅱ
逃亡

1835-1842

サンズ氏の子どもを身ごもることで自由の道を開こうとしたリンダに対し、ドクター・フリントの変質的な執着は止むどころか、いまや子どもたちも彼の支配下に入れられ、プランテーションで奴隷として調教されることになる。リンダはふたたび自分と子どもの自由のために一計を案ずる。どしゃぶりの雨が降る真夜中、プランテーションから逃げ出したリンダには懸賞金がかけられ、報復のために子どもたちは牢に入れられてしまう。

リンダ(ハリエット)が7年間隠れた屋根裏 見取り図

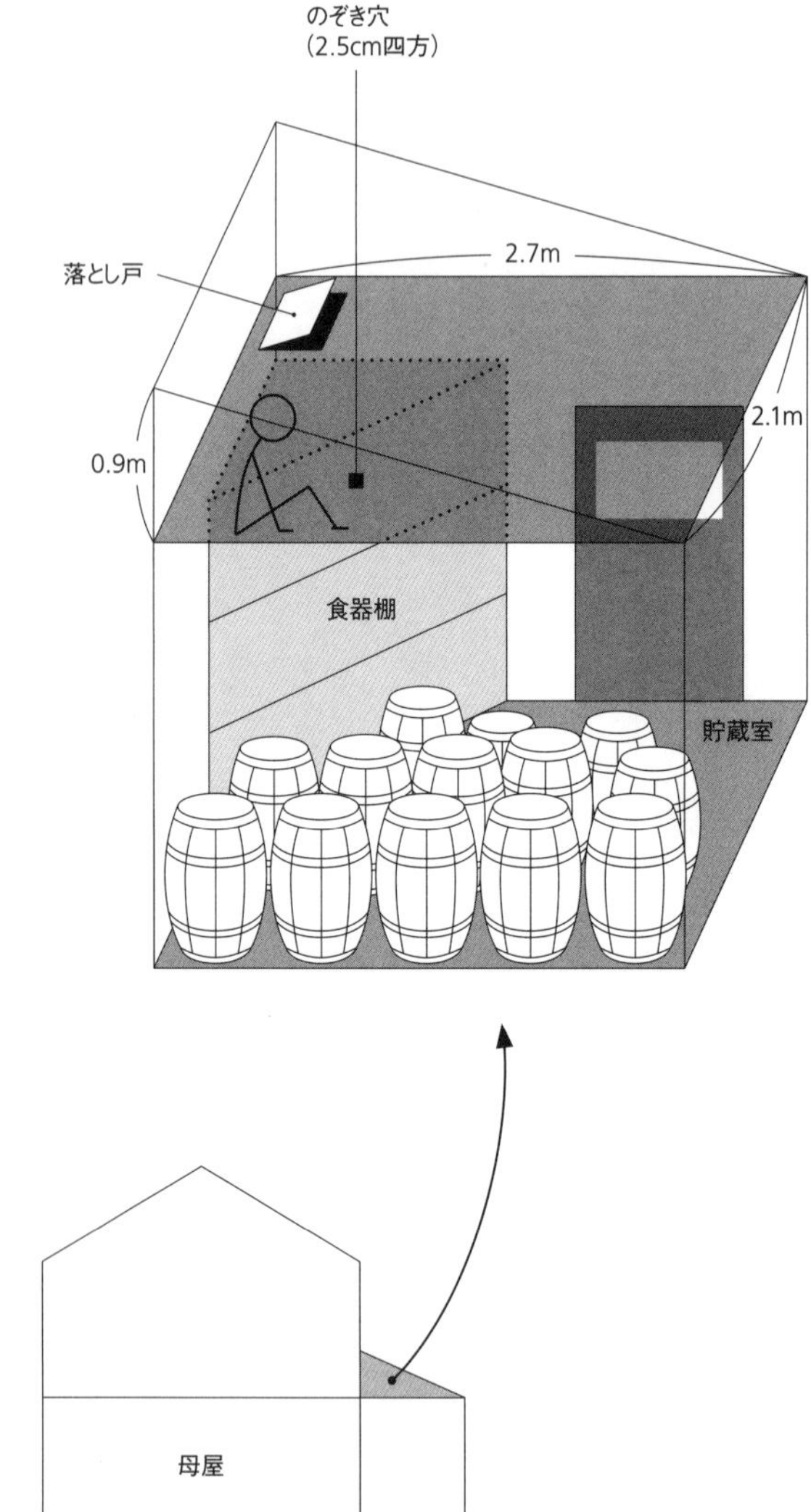

13 プランテーション

翌朝早く、下の娘を連れて祖母の家を出た。息子は具合が悪かったので、家に残した。古い荷馬車にがたがた揺られながら、いろんな悲しいことを考えていた。これまでは、苦しむのはわたし一人で済んでいたが、いまや我が子も奴隷として扱われるのだ。農園に建つ母屋が見えてくると、報復のために以前そこに送られたときのことを思い返してみた。今回わたしがプランテーションに送られる、本当の目的は何なのか——わからなかった。仕事に関する限り、命令に従おうと決めた。しかし心の中で、なるべく早くここを抜け出すことを決意した。

若きフリント氏はわたしたちの到着を待ちうけており、今日の仕事について指示するので、彼について二階に上がるよう言われた。わたしの小さなエレンは階下《した》の台所に残された。それまで可愛がられて育てられたエレンにとって、それは大きな変化だった。エレンは庭で一人で遊ぶだろう、と若いご主人は言ってくれた。彼は子どもがそばにいるのが大嫌いだったので、そう言ってくれてありがたかった。

若主人が花嫁を迎えるまでに家の準備を整えることが、わたしの仕事だった。シーツ、テーブルクロス、タオル、カーテン、じゅうたんの山に埋もれながら、針を動かす指と同じ速度で、頭ではいろんな計画を練った。お昼になると、エレンのところに行くことを許された。

エレンは泣き疲れて眠っていた。フリント氏が隣人にこう話すのが聞こえた。

「あの娘をここに連れてきた。町の流儀をすぐに忘れさせてやるよ。あの娘がダメになったのには父にも責任がある。もっと早くにきちんと叩きこむべきだったんだ」

わざとわたしに聞こえるようにそう話す若主人は、面と向かってわたしに言ったほうが男らしかっただろう。彼は、近所のひとが聞いたらびっくりしたかもしれないことを、すでに直接わたしに言っていた。蛙の子は蛙で、彼は父親にそっくりだった。

仕事に関する限り、奴隷のくせに貴婦人のように振るまうと非難される理由を、若主人に与えないことに決めた。悲惨な運命を目の前にぶらさげられ、昼も夜も働いた。子どものそばに横になるとき、この子がご主人に殴りつけられるのを見るよりも、息を引き取るのを見るほうが、わたしにはどんなに耐えやすいかと思った。ほかの奴隷の子どもたちは、日常的に彼に殴られていた。奴隷の母親の心は鞭でこなごなに砕かれ、それを止める勇気もなく、ただその場に立ちつくすだけだった。わたしがあれほどまでに「叩きこまれる」までに、あとどれだけ苦しまなければならないのだろうか?

ここでの生活に満足していると思われるように気を配った。ときどき祖母の家に短い伝言を託すことができた。そんなとき、家族で暮らしていた日々のことを思い出すと、わたしがここで普通におだやかに生活していると周囲に思わせるのが、しばし難しくなることもあった。そんなわたしの努力にもかかわらず、フリント氏は疑いの目をわたしに向けていた。

エレンは、新しい生活がもたらした試練の数々に耐えられなかった。わたしから引き離され、面倒を見てくれるひとが誰もいなくなったエレンは、辺りを歩きまわっては泣きつづけたために、数日後には具合が悪くなった。ある日、エレンはわたしが仕事をしている部屋の窓の下に座り、泣いていた。泣き疲れた小さな嗚咽は、母親の心に血を流させる。なのにわたしは我慢して、心を鬼にしなければならなかった。

しばらくすると泣き声が止み、窓から外を見ると、エレンはいなくなっていた。そろそろ正午だったので、わたしは思い切って階下に彼女を探しに行った。母屋は床下が高く作られ、地上から二フィートの高さがあった。縁の下をのぞいてみると、少し奥まったところでエレンが眠っていた。わたしは這《は》っていき、エレンを引きずり出した。娘を腕に抱えながら、このままもう目が覚めないほうが、この子にとってはどんなに良いかと思い、思わずそう口にしてしまった。すると、「何か言ったか?」と声がして、わたしはぎょっとした。見上げると、フリント氏がすぐ横に立っていた。彼はそれ以上何も言わず、顔をしかめて歩いていった。

その夜、彼はエレンに、ビスケット一枚と砂糖入りのミルクを運ばせた。わたしはこの気前の良い行為に驚いた。あとで聞いた話では、その日の午後、母屋の床下から這い出た大きな蛇を、彼は始末していたということだった。そんな出来事があったので、めずらしく親切心が彼に起きたのだと思う。

翌朝、町に向かうくたびれた荷馬車に、屋根用の木材がたくさん積まれているのを見た。わたしは荷台にエレンを乗せ、祖母のところに送らせた。フリント氏はあとで、彼の許可を取るべきだったと言ったが、子どもは病気で世話が必要なのに、わたしにはその時間がない、と答えておいた。彼はこの件を見過ごすことにした。と言うのも、短期間にわたしが多くの仕事を片付けたことに、彼は気づいていたからだ。

フリント氏は、しばしば家中を歩きまわり、仕事をなまけている者がいないかと見てまわった。彼は家事については不案内だったので、わたしの仕事の管理は、すべてわたしにまかされた。監視人を雇い入れるよりも、彼はそれで満足していた。家のことを取り仕切ったり、奴隷の服を縫ったりするために、わたしがプランテーションで必要だと、彼はよく父親に頼んでいたが、そんな提案を受け入れるには、あの老いた男は息子の性格を知りすぎていた。

プランテーションで働きはじめて一ヵ月が過ぎた頃、フリント氏の大叔母が彼を訪ねてやってきた。この老婦人は、競売台に乗せられた祖母を五〇ドルで買い取り、自由にしてくれたひとだった。みんなからミス・ファニーと呼ばれたこの婦人のことを、祖母は大好きだった。ミス・ファニーはよく祖母の家に来て、お茶を一緒にしていた。そんな折には、雪のようにまっ白いテーブルクロスが布かれ、磁器の茶碗と銀のスプーンが、古風な食器棚から取り出され、並べられた。温かいマフィン、お茶に合うラスク、おいしい砂糖菓子が並んだ。祖母は乳をしぼるために牛を二頭飼っており、新鮮なクリームはミス・ファニーの大好物だった。町でいちばんの味だ、と彼女はいつも言っていた。老女たちはくつろいだひとときを過ごした。二人は何かしながらおしゃべりをし、旧い話になったときは、時にめがねが涙で曇ってしまい、二人はめがねを外して拭かなければならなかった。ミス・ファニーが辞するときには、彼女のかばんは、いちばん上手に焼けた祖母のケーキでふくれ上がり、またすぐ遊びに来てくれるよう乞われるのだった。

そんないろんな思い出から、わたしはミス・ファニーを慕っており、そんな彼女にプランテーションで会えてうれしかった。彼女の滞在中は、度量が広く、義を重んじる彼女の心の温もりが、屋敷を心地よいものに変えたように思えた。どんなことでもいいから、彼女ができることはないか、とたずねてくれた。大丈夫です、とわたしは答えた。ミス・ファニーは、彼女らしい独特の話し方でわたしをなぐさめてくれ、こう言うのだった。

「おまえや、おまえのお祖母《ばあ》さんとご家族全員が、お墓の下で安らかに眠ることを、この私は願っていますとも。でも、その日が来るまではね、私はおまえたちのことを心配せずにはいられないんだよ」

この善き魂を持つ婦人は、わたしが死ではなく自由をもって、何とか自分と子どもたちについてだけは、彼女の心に平安を与えようと計画していることなど、夢にも思っていなかった。

ほぼ六週間が経過し、フリント氏の花嫁が、この屋敷の女主人となるときが来た。準備はすべて完了し、フリント氏はよくやったと言ってくれた。彼は土曜に出発し、花嫁を連れて水曜日に戻ってくることになっていた。種々の指示を受けたあと、わたしは思い切って日曜を町で過ごす許可を求めた。わたしの願いは聞き入れられ、その好意にはありがたく思った。彼に何かをお願いしたことはこれが初めてで、また最後にするつもりだった。心に描いていた計画を実行するのに夜は短かすぎたが、日曜日が一日使えるならば、勝算はあった。

わたしは安息日を祖母と過ごした。あの日のように、おだやかで、うつくしい日が、かつて天国から送られたことはなかったように思う。それは、わたしにとって、対立するさまざまな感情が、わき上がる日でもあった。わたしをこれまで守ってくれた、大切な古いこの屋根の下で過ごす日は、もう二度と来ないのかもしれない。誠実な、生涯の友である祖母と話ができるのは、これが最後かもしれない。もう二度と、子どもたちと一緒には、なれないのかもしれない！　でも、それでいい、とわたしは思った。彼らが奴隷になるよりは、それでいいのだ。わたしの色の白い娘を待ちうける運命のことはわかっていた。わたしは娘を救ってみせる。それか、わたしはその過程で自滅するまでだ。

若くして亡くなった両親に向かい、この誓いを立てるために、わたしは奴隷が埋められた墓地へ向かった。今まで何度もそうしたように、両親の墓前にひざまずき、わたしに課された試練を見ることなく、またわたしが犯した罪をなげくことなく、二人が早く天に召されたことを神に感謝した。母が亡くなったとき、わたしは母から祝福を授かったのだ。以来、困難にあるときは、ときにはわたしをたしなめ、ときには傷ついた心をいやすように、優しい言葉で語りかける母の声が聞こえるような気がしていた。亡くなった母の記憶に満ち足りた思いを抱けるわたしと比べて、わたしの子どもたちは、そんなふうに完全にはわたしのことを思い出すことはないのだろう。そう思うたびに、あふれ出るつらい涙を止めることはできなかった。

墓地は森の中にあり、夕闇がせまりはじめていた。ときどき鳥がさえずる以外、死のような静寂を破るものは何もなかった。その荘厳な情景《シーン》はわたしを圧倒した。一〇年以上ここに来ていたが、そのときほどこの場所を厳《おごそ》かに感じたことはなかった。母が埋葬された場所には、黒ずんだ木の切り株が、父が母のために植えた木の姿をわずかに残していた。父の墓には、名前を示した小さな木ぎれが置かれていたが、その文字はほとんど消えかけていた。わたしはひざまずき、それぞれの墓の残骸にキスをして、わたしがこれから行おうとしている絶体絶命の試みを、導き、助けてくださるよう、神に深く祈りをささげた。

「自由か、死にいたるまでは、立ち止まってはいけない」

――ナット・ターナーの乱[*3]まで、奴隷が祈りのために集うことが許されていた集会所の跡を通りかかったとき、そう語りかける父の声が聞こえた気がした。確認された希望を胸に、わたしは足を速めた。墓地でささげた祈りにより、わたしの神への信頼は、さらに強められた。

捜索が終わるまでの数週間、友だちの家に潜伏する計画を立てていた。わたしが逃亡すれば、わたしの奴隷としての価値が失われたことにドクターは落胆し、子どもたちに関しても、いずれわたしを追って逃亡する可能性が高く、やがて無価値になる危険があるので、今売れるうちにわたしたちを売り、金に換えたほうが得策だとドクターはきっと考え、我々の売却に合意する、とわたしは考えていた。そして、わたしたちを買ってくれるひとには当てがあった。

わたしがいないあいだ、子どもたちが快適に過ごせるようにできる限りのことをした。荷造りをしていると、祖母が部屋に入ってきて、何をしているのかとたずねた。「片づけをしているのよ」と答えた。明るく振るまってみたが、抜け目ない祖母の目は、表に現れない何かを感じ取ったようだった。祖母はわたしを引っ張っていき、座るよう命じた。そして真剣なまなざしでわたしを見つめ、こう言った。

「リンダ、おまえは老いぼれたこの婆さんを殺したいのかい？　小さくて何もできないあの子たちを置き去りにするつもりなのかい？　私は年を取って、昔おまえとウィリアムにしてあげたように、子どもたちにはしてあげられないんだよ」

万一わたしがいなくなっても、子どもたちの父親が、きっと彼らを自由にしてくれる、とわたしは答えた。
「ああ、娘よ」と祖母は言った。「彼をそんなに信用してはいけない。死ぬまで子どものそばにいて、一緒に苦しんであげるのさ。子どもを見捨てる母親を、尊敬する人間がいるものかい。もし子どもを見捨てれば、二度とおまえは幸せを感じることはない。おまえがいなくなれば、残りの短い人生を、私はみじめに過ごすんだよ。どうせおまえは捕まって、連れ戻される。そうしたら、もっと恐ろしい思いをするよ。きっぱりとあきらめるんだ、リンダ。もう少しだけ我慢してみようじゃないか。おまえやおばあちゃんが思っているより、もっと事態は良くなるかもしれないよ」

真にわたしを心配し、愛してくれる祖母の心に、やがてかけることになる苦痛のことを思うと、わたしの勇気はくじけてしまった。もう少し我慢してみる、とわたしは祖母に伝え、無断で家から物を持ち出したりしないと約束した。

子どもたちがわたしのひざに上がってきたり、頭をもたれかけてくると、祖母は決まってこう言っていた。「かわいそうな子だよ！　お母さんがいなくなったら、どうするんだい？　お母さんは、おばあちゃんのようにおまえたちを愛していないんだよ」。そしてわたしの愛情の

＊3　ヴァージニア州の奴隷が起こした、アメリカ最大の奴隷暴動。一八三一年八月、ナット・ターナーは仲間と共に蜂起し、白人約六〇名を殺害した。この事件で、白人人口に対し奴隷人口の多い南部は、恐慌状態に陥った。

欠如を非難するかのように、子どもたちを自分の胸にぎゅっと抱きしめた。だが、そんなときでも、祖母はわたしが自分の命よりも、子どもたちを愛していることを知っていた。その晩、祖母と一緒に眠ったが、それが祖母と眠った最後の夜になった。その思い出は長いあいだ、わたしの心を離れることがなかった。

月曜日、わたしは一人でプランテーションに戻り、来る大切な日の準備に明け暮れた。水曜日になった。その日はうつくしい日で、奴隷たちの顔も、太陽と同じくらいにかがやいていた。憐れな生き物たちは、はしゃいでいた。奴隷はフリント氏の花嫁から贈り物がもらえると思っていたし、彼女の支配下では状況が良くなるかもしれないという期待もあった。そんなことはあり得ない、とわたしは感じていた。奴隷所有者の若い妻たちは往々にして、自分の権力と威厳は、残虐性により確立し、維持されるべきだと考えていることを、わたしは知っていたからである。それに、若きフリント夫人についてすでに聞きおよんだ話からも、ご主人や監督人より寛大に、彼女が奴隷を扱うと考えられる理由がなかった。

わたしはほかの者たちと共に新郎新婦を迎えるために、入口のそばに控えた。花嫁は、端正な顔立ちをした、華奢《きゃしゃ》な感じの若い婦人で、自分の新しい屋敷を見ると感きわまって、ぽっと顔を赤らめた。幸せな未来を心に描いているんだ、と思った。だけど、どれだけすぐに、彼女の太陽の上に雲がかかるのかと思うと、悲しくなった。彼女は家をくまなく見てまわり、わたしが用意したあれこれが気に入ったと喜んでいた。大奥さまとなった大フリント夫人が、わたしに関する偏見を吹き込んでいるのではないかと怖れていたので、なるべく若奥さまに気に入られるよう努力した。

すべてはつつがなく進み、夕食になった。生まれて初めて夕食会で給仕をさせられることも、その席に客として招かれているドクター・フリント夫妻とやがて顔を合わせることに比べれば、半分も恥ずかしくなかった。わたしが花嫁を迎える準備をプランテーションでしていたときに、大フリント夫人が一度も現れなかったことは不可解だった。五年間、わたしは彼女と顔を合わせたことがなく、またいまさら会いたいとも思わなかった。夫人は安易に神に祈るひとだったが、プランテーションで給仕をするわたしの姿を見て、彼女の祈りは神の特別なおはからいによって叶えられたと思ったに違いない。夫人にとって、わたしが屈辱的に扱われたり、いじめられたりするのを見ることほどゆかいなことはなかった。今わたしは、彼女がそうであってほしいと思う状況——厳格で、節操のないご主人の手中にいた。

翌日、新しい奥さまが家事を開始した。わたしは家事一切をまかされた女中というわけではなかったが、言われたことは何でもやらねばならなかった。そして、月曜の晩になった。それは週の内でも、いつも忙しいときだった。奴隷たちは月曜の夜、その週の食糧を支給されたからである。男の奴隷には、肉三ポンド（約一・四キロ）、コーン一ペック（約八・八リットル）、一ダースほどの鰊《にしん》が支給された。女には、肉一・五ポンド（約〇・七キロ）、一ペックのコーン、同じ数の鰊が与えられた。一二歳以上の子どもは、女奴隷の半分の量をもらった。

若奥さまは、自分のプランテーションで、何がどのように行われているのかを視察しにやってきて、ただちに彼女の性格の片鱗《へんりん》をあらわした。食糧の支給を待っていた奴隷の中に、フリント家の三代にわたる主人に、邪心なくつとめた年老いた奴隷がいた。よたよたと彼がわずかな肉を取りに進み出ると、奥さまは「年寄りには肉はやらない」と言った。老いて働けぬ黒んぼは、草でも食べろと言うのである。気の毒なおじいさん！　彼は墓の下で休息を得るまでに、その後もひどく苦しめられた。

若奥さまとわたしはとてもうまくやっていた。が、週の終わりに、大フリント夫人が再度プランテーションにやってきて、義理の娘と二人で密室にこもり、長いあいだ話をして帰っていった。話の内容は察しがついた。ドクターの大奥さまは、わたしが了承すれば、ここから出られるはずのひとつの条件について、誰かから耳にしたらしく、どうしてもわたしをこのまま農場に引き留めておきたかったのだ。もし彼女がありのままのわたしに信頼を寄せてくれたなら、わたしがそのような条件を飲む可能性に、何の怖れも抱かなかっただろうに。

町に帰るために馬車に乗り込みながら、夫人は、若奥さまにこう言った。

「やつらをなるべく早く連れてくること。それを忘れないで」警戒心でぴりぴりしていたので、大奥さまは子どもたちのことを言っているのだとすぐにわかった。

その翌日にはドクターがやってきた。お茶用のテーブルを広げようと部屋に入ると、彼がこう言うのが聞こえた。「これ以上待つ必要はない。明日呼びにやるのだ」

わたしには、すべてがすっと見通せた。子どもたちが農場に来れば、彼らがわたしの足かせとなり、わたしをここに留まらせる。この農場は、奴隷というわたしたちの運命に、わたしたちはみじめに服従せざるを得ないということを叩きこむのに適しているのだ。

ドクターが帰ったあと、ある紳士がやってきた。彼は祖母とその身内に対し、いつも好意的な情を示してくれたひとだった。フリント氏は、無給で、ぼろを着せられ、半ば餓え死にしそうな奴隷の男女による労働の成果を見せるために、紳士を農場に連れて行った。彼らは綿花の出来だけを気にしていた。出来は上々ということになり、紳士は商売仲間に見せるために、綿花の見本を持って屋敷に戻ってきた。わたしは手洗い用の水を持ってくるように言いつけられた。水を運んでいくと、紳士がたずねた。「リンダ、新しい家はどうだい?」。期待どおりだったので納得しています、とわたしは答えた。彼はこう応じた。

「彼らはおまえが満足しているとは思ってないようで、明日、子どもたちをここに連れてくると言っていた。気の毒だね、リンダ。おまえと子どもたちが良くしてもらえるといいんだが」

わたしは彼に感謝することもできず、夢中で部屋を飛び出した。わたしの予感は当たっていたのだ。子どもたちは「叩きこまれる」ためにプランテーションに連れて来られるのだ。

今でも、機宜《きぎ》を得てこのことを知らせてくれた紳士に感謝している。わたしはすぐに行動しなければ、と思った。

14 逃亡

屋敷ではわたしがいなくなることを、明らかに怖れていた。そして、いまやわたしを農場に引き留めるために、子どもたちも彼らの支配下に入れられようとしている――今夜、逃亡するしかない。わたしが決めた、この自由へのひとつの過程が、老いゆく大好きな祖母にもたらす心痛のことは覚えていた。子どもたちを自由にするためでなければ、祖母の忠告を無下にすることはなかっただろう。わたしは震える足取りで、晩の仕事に取りかかった。フリント氏は自室から、なぜ屋敷の戸締まりがまだ終わっていないのか、と二度呼びかけた。わたしは、まだ仕事が終わっていないものですから、と答えた。

「時間は十分あったはずだ」と彼は言った。「口のきき方に気をつけろ!」

窓をすべて閉め、扉に全部鍵をかけ三階に上がり、真夜中を待った。そのあいだは時が止まってしまったように長く感じられ、最も必要としているこのときに、神がわたしを見放さないようにと、どれだけ熱心に祈っただろう! わたしは運にすべてを賭けようとしていた。もし失敗したら、ああ、わたしと子どもたちはどんな目に遭うのだろう? わたしのために、子どもたちは、苦しみを背負わされることになるのだろう。

午前〇時半、わたしは静かに階段を下りた。物音を聞いた気がして、二階で立ち止まった。居間まで手探りで進み、窓から外を見た。その夜は闇夜で、何も見えなかった。わたしは窓をそっと押し上げて、ぱっと外に飛び降りた。外は大粒の雨が降っており、あまりの暗さにわたしは面食らった。ひざまずいて、お導きとお護りを願って、小声で神に短い祈りをつぶやいた。そして手探りで道まで出ると、ほとんど光のようなすばやさで町へ向かった。

祖母の家に着いたが、祖母に会う勇気はなかった。祖母はきっとこう言うだろう。「リンダ、おまえは私を殺すつもりかい」。そう言われたら、心がくじけてしまう。祖母の間借り人で、家に数年暮らす女性の部屋の窓をそっと指で叩いた。彼女は忠実な友で、秘密を打ち明けても安心なひとだった。彼女が気づいてくれるまで、こつこつと窓を叩きつづけた。ようやく窓が開いたので、わたしはささやいた。「サリー、わたし、逃げて来たの。中に入れてちょうだい、早く」

サリーは玄関をそっと開け、低い声で言った。

「頼むからやめておくれよ。あんたのお祖母さんはあんたと子どもたちを買い取ろうとしてるんだよ。先週サンズさんがここに来て、仕事で町を離れるけど、どんなことでもするから、あんたと子どもたちを買い取ってほしい、とお祖母さんに話してたよ。逃げちゃだめだよ、リンダ。これじゃ、お祖母さんは苦労のしっぱなしだよ」

わたしは答えた。「サリー、やつらは明日子どもたちをプランテーションに連れていくつもりなの。わたしが彼らの支配下にある限り、子どもたちを誰にも売り渡す気はない。それでも、わたしにプランテーションに戻れと言うの？」

「じゃ、だめだ。戻っちゃやだめだ」彼女は言った。「あんたがいなくなったことが知れたら、厄介者の子どもたちは、わざわざ連れに来ないね。でも、どこに隠れるんだい？　やつらはこの家を隅から隅まで知ってるんだ」

かくまってくれる場所はあるが、それ以上知らないほうが良い、と答えた。フリント氏と巡査が早朝部屋を捜索するはずなので、明るくなるとすぐにわたしの部屋に行き、衣装箱からわたしの衣類を取り出し、彼女の服の中に隠してくれるよう頼んだ。

子どもたちの顔を見ると、すでにいろんな想いでいっぱいのわたしの心は持たないのではないかと怖かったが、かと言って、彼らをひとめ見ることなしに、どうなるかわからない未来に向かって飛び込むこともできなかった。わたしは小さなベニーと赤ちゃんのエレンが眠るベッドの上にかがみこんだ。かわいそうな子！　父もなく、母も失う子どもたち！　彼らの父親のことを思い出した。彼は子どもを可愛がろうとしてくれたが、女の心にとって子どもがすべてであるようには、子どもは彼のすべてではなかった。わたしはひざまずき、あどけなく眠る子のために祈りをささげた。そして軽くキスをすると、部屋を出た。

玄関を出ようとすると、サリーがわたしの肩に手をかけて言った。「リンダ、あんたはたった一人で逃げるつもりなのかい？　叔父さんを呼んでこよう」

「やめて、サリー」とわたしは答えた。「わたしのために誰にも迷惑をかけたくないの」

ふたたび闇と雨の中に飛び出した。わたしをかくまってくれる友人の家に着くまで、雨の中を走り続けた。


翌朝早く、フリント氏はわたしを探して祖母の家へやってきた。祖母はわたしを見ていないと言い、プランテーションにいるんじゃないんですか、と答えた。彼は祖母の表情を険しく見つめながら言った。「あいつが逃げたことについて、何も知らないのか？」祖母は何も知らないと言明した。

「何の素ぶりもなく、夕べあいつは逃げ出した。さんざん良くしてやったのに。妻はリンダを気に入っていたんだ。すぐに見つけて、連れ戻してやる。子どもたちはここにいるのか？」

祖母が家にいると話すと、彼はこう言った。「それはいい。子どもを置いているなら、そんなに遠くには逃げないはずだ。もしうちの黒んぼがこのいまいましい一件に関わっているとわかったら、鞭打ち五〇〇回だ」そして彼の父の家に行きかけたが、また戻ってきて強い調子でこう言い足した。

「あいつを連れ戻せ。そうすれば子どもたちと一緒に暮らさせてやろう」

この知らせにドクターは激怒し、狂ったように叫び、怒鳴りちらした。その日は、フリント親子にとっては忙しい一日になった。祖母の家は上から下まで調べられた。わたしの衣装箱が空だったので、彼らはわたしが衣類を持って逃げたと結論づけた。

一〇時までに北部行きのすべての船舶は徹底的に調べられ、逃亡奴隷隠匿《いんとく》に関する法律が、すべての船内で読み上げられた。夜には夜警が町を見回った。祖母がどんなに動揺しているかと思い、伝言しようとしたが、それは不可能だった。祖母の家に出入りする者はきびしく監視されていた。フリント家の所有物である子どもたちに関して責任を持たない限り、彼らを連れて行くとドクターは言い、祖母はむろん責任を持ちます、と答えた。翌日は捜索に費やされた。夜になるまでに、次のような広告が、町から数マイル四方のすべての街角や公共施設に貼り出された。

三〇〇ドルの懸賞金！　知的で聡明なムラートのリンダと称する娘（二一）、署名者の許より逃亡。身長五フィート四インチ。瞳茶色。巻き毛がかった黒髪だが、直毛にもできる。前歯に虫歯の跡あり。読み書き可能で、おそらく自由州への逃亡を画策中。法の定めにより、当該奴隷を隠匿または雇用すれば罰則有り。州内で拘束した者には一五〇ドル、州外で拘束し、引き渡しまたは牢に監禁した場合は三〇〇ドルを進呈。

ドクター・フリント

リンダ（ハリエット）逃亡時、新聞に掲載された実際の懸賞広告

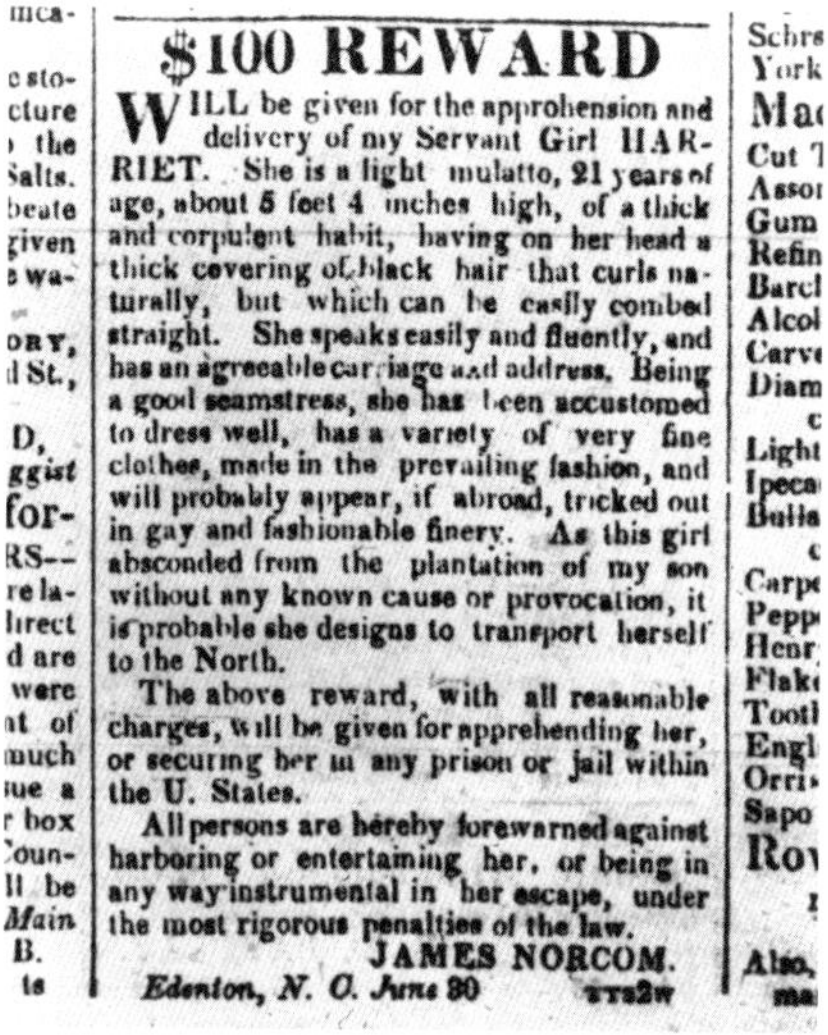

$100 REWARD

WILL be given for the apprehension and delivery of my Servant Girl HARRIET. She is a light mulatto, 21 years of age, about 5 feet 4 inches high, of a thick and corpulent habit, having on her head a thick covering of black hair that curls naturally, but which can be easily combed straight. She speaks easily and fluently, and has an agreeable carriage and address. Being a good seamstress, she has been accustomed to dress well, has a variety of very fine clothes, made in the prevailing fashion, and will probably appear, if abroad, tricked out in gay and fashionable finery. As this girl absconded from the plantation of my son without any known cause or provocation, it is probable she designs to transport herself to the North.

The above reward, with all reasonable charges, will be given for apprehending her, or securing her in any prison or jail within the U. States.

All persons are hereby forewarned against harboring or entertaining her, or being in any way instrumental in her escape, under the most rigorous penalties of the law.

JAMES NORCOM.

Edenton, N. C. June 30 ꞏ ꞏ ꞏ ꞏ ts2w

＊1835年7月4日、ヴァージニア州の新聞に掲載された懸賞広告。
著者の記述とは多少内容が異なる。

100ドルの懸賞金

ハリエットという名の奴隷少女を捕獲した者に進呈。21才の色白のムラートで、身長5フィート4インチ（約162cm）。体格が良く、巻き毛がかった黒髪だが、直毛にもできる。流暢に言葉を話し、愛想良い振るまいや話し方をする。裁縫を得意とし、身なり良く、上質な流行の洋服を多数所持。在所では派手で洒落た装いに見える可能性あり。思い当たる理由も問題もなく、倅のプランテーションから失踪。北部に向かっているものと思われる。

同女を拘束、または米国内の刑務所に収監した者に、上述の懸賞金と妥当な範囲の諸経費を支給。

同女を蔵匿、援助、その他逃亡のほう助をした者には、法により厳しい制裁有り。

ジェイムズ・ノーコム

イーデントン、ノースカロライナ　6月30日

15 危険な日々

わたしの捜索は、考えていたよりも執拗につづけられた。わたしは逃亡は不可能なのではないかと思いはじめていた。かくまってくれた友人を巻きこむことになったら、と異常な不安の中にいた。もし発覚すれば、その結果は恐ろしいものになることはわかっていた。自分が捕まるのも恐ろしかったが、わたしに情けをかけたために、無実のひとが苦しむ姿を見るよりは、一人で捕まったほうが良いと思った。

おびえながら一週間が過ぎたとき、追跡者が近所にやってきたことを知ったわたしは、ついに隠れ家を突き止められたのだと思った。わたしは潜んでいた家を飛び出し、茂みの中に身を隠した。恐怖に震えながら二時間ほど経ったとき、突然へびのようなものが、ぬるりと脚に絡みついてきた。恐ろしさのあまり思い切りなぐりつけると、その生き物はふっと力を弱めたが、死んだかどうかはわからなかった。辺りはとても暗く、姿を見分けることができず、ただ何か冷たくて、べとべとしたものだった。すると、すぐに痛みが襲ってきて、毒を持つものに嚙まれたことがわかった。こうなっては隠れていた茂みから出ねばならず、這うようにして隠れ家に戻った。痛みは激しくなり、苦痛にゆがむわたしの顔を見て、友人は仰天した。温かい灰と酢で湿布を作ってくれるよう頼み、かなり腫れていた脚にそれをあてがった。処置をしてとりあえずはほっとしたが、腫れは引かなかった。ひょっとすると歩けなくなるのではという恐怖は、ずきずき脈打つ痛みよりも、ずっと恐ろしく感じた。

用心しながらも、わたしは伝言を身内に伝えることができた。彼らはひどく脅かされ、わたしが無事に逃げおおせる機会はないものとあきらめており、ご主人のところに戻り、許しを乞うようすすめ、見せしめに懲罰を受けても仕方がないと考えていた。しかし、そんな助言はわたしの意志に何の影響も及ぼさなかった。この運頼みの危険に人生を賭けたとき、何が起こっても絶対に後戻りはしないとわたしは決めたのだ。この二四時間わたしは痛みに耐えてがんばっているのだと、友人が何とか伝えると、彼らも主人のところに戻れと言うのをやめた。この状況を何とかしなければいけない。早急に。でもどこに助けを求めれば良いのか、わからなかった。――そのとき神は、その憐れみ深さにおいて「真の友」をわたしに現してくださった。

祖母の知り合いの奥さま連中の中に、祖母を幼少時から知り、いつも親切にしてくれるあるご婦人がいた。彼女は母やわたしやウィリアムのことも知っており、いつも気にかけてくれていた。この難局のさなか、特に不自然なことではなかったが、夫人は祖母に会いに来てくれた。悲しみ、途方に暮れる祖母の顔を見て、わたしの居場所を知っているのか、わたしは無事なのか、と夫人はたずねた。祖母は何も答えず、ただ首を振った。「マーサおばさん、もっとこちちへ」と親切な夫人は言った。「すべて話してちょうだいな。何かしてあげられることがあるかもしれないから」

この夫人の夫は多くの奴隷を保有し、売買も行っていた。彼女は自分名義でも多数の奴隷を持っていたが、彼らを優しく遇し、売却は決して認めなかった。夫人にはほかの奴隷所有者の妻とは違うところがあった。祖母は一心に夫人を見つめた。表情の何かが「信じてください！」と語りかけ、祖母は彼女に心を許した。

夫人は、祖母がこまごまと語るわたしの逃亡の話にじっと耳を傾け、しばらく椅子に座り、思案していた。が、やがて彼女はこう言った。

「マーサおばさん、お二人に同情しますわ。もしリンダが自由州へ逃亡できる機会《チャンス》があるとお考えなら、しばらくリンダをかくまってあげましょう。ですがその前に、私の名前を決して口にしないと誓約しなければなりません。もしこのことが明るみになれば、私や家族はおしまいです。うちでこの秘密を知るのは料理女だけです。命を預けられるほど忠実な女ですし、リンダのことを好いていますので。危険な賭けですが、きっと悪いようにはならないと信じています。暗くなるとすぐ、町の夜警がはじまる前に、支度をしておくよう伝えてください。わたしは女中たちに用事を言いつけて外出させ、ベティにリンダを迎えにやります」

落ち合う場所が決められ、二人は承知した。祖母は夫人の高潔な申し出に礼を言うことができなかった。感動で胸がいっぱいになり、夫人の足もとに崩れおち、子どものようにむせび泣いた。

わたしはある時間に隠れ家を出て、支援者が待つある場所に行くよう指示を受けた。用心のために、名前は知らされなかった。誰に会い、どこに連れて行かれるのかを推測する手がかりさえなかった。こんなふうに何もわからないまま行動することは気が進まなかったが、わたしにはほかに選択肢がなかった。ここに居つづけてはまずい。わたしは変装し、勇気をふるいたたせて、最悪の場合も考えながら、指示された場所に向かった。すると、そこには友だちのベティがいた。彼女が待っているなんて思いもよらなかった。わたしたちは無言で先を急いだ。脚はひどく痛み、いまにも地面にへたりこんでしまうかと思ったが、恐怖がわたしに力を与えてくれた。

誰にも見られず夫人の屋敷に入った。ベティが言った最初の言葉はこうだった。

「よかったよ、もう安心だ。あの悪魔の野郎はこの屋敷には探しに来ないよ。奥さまが用意した安全な場所にあんたを連れてったらね、あったかくておいしいごはんを持っていってあげるよ。怖い思いをしたんだから、食べたいだろ」

ベティは職業柄、食べることが人生でいちばん大切だと考えていた。不安や感謝、いろんな思いで胸がはりさけそうで、食事のことなどわたしが考えていないとは思っていなかった。

奥さまがやってきて、自身の寝所や私室がある区画の真上に位置する小部屋にわたしを連れて行った。「ここなら安全です、リンダ」と夫人は言った。「ここは使わないものをしまっておくために使っている物置なの。女中たちはここにやられることがないので、物音でも耳にしない限り、疑うことはありません。いつも鍵をかけてある部屋で、鍵はベティに預けます。でもね、私のためにもあなたのためにも用心してちょうだい。そしてこの秘密を守ること。この秘密が知れると、私と家族はおしまいです。朝はほかの女中を忙しくさせて、ベティにこっそり朝食を運ばせるようにするけれど、そのあとは夜までここにベティが出入りしては危険です。わたしもときどき様子を見に来ますよ。勇気を出して。こんな状況が早く終われればいいですね」

ベティは「あったかくておいしいごはん」を持ってきてくれ、奥さまは急いで階下に降りて、ベティが誰にも見られず仕事に戻れるよう、ほかの女中に指示を出しに行った。夫人のご厚意がどんなに身にしみたことだろう。言葉がのどにつかえて出てこなかった。恩人の足にひれ伏して口づけすることくらいは、できたかもしれないのに。神がこの善い行いにより、あのキリスト教徒の婦人をいつまでも祝福してくださいますように！

その夜、自分は今この町でいちばん幸運な奴隷だと思いながら床に入った。朝が来て、わたしの小部屋に光があふれた。安全な隠れ場所を与えてくださったことを、天の神さまに感謝した。窓の向かい側には、羽根布団がたくさん積んであった。その上に上ると身体は埋もれすっかり隠れて、ドクター・フリントが医院に向かうときに通る道が見渡せた。はらはらしたが、彼の姿を眺めると、ちょっとした満足感がわたしの心に湧いてきた。今のところ、わたしは彼の足をすくい、うまくいっている。奴隷が卑怯なことをすると、責められる者がいるのだろうか？　奴隷はいつもずるい行為を受け入れるよう仕向けられている。狡猾さは、弱く、抑圧された者が、暴君の力に対抗して持てる、唯一の武器なのだ。

ご主人が子どもたちを売り払ったという知らせが届かないかと、わたしは毎日待っていた。売りに出されれば、買い取るひとが待ち受けてくれているとわかっていた。しかし、ドクター・フリントが考えたのは、お金よりも、まず復讐だった。弟ウィリアムと、フリント家に二〇年つとめたやさしい伯母、小さなベニーと二歳になったばかりのエレンは、親族からわたしの情報を聞き出すために、牢屋に入れられた。わたしが連れ戻されるまでは、二度と彼らに会わせない、とドクターはそう祖母に言い放った。

その事実を何日もわたしは知らされなかった。そしてやっと子どもたちが不潔な牢屋に入れられたと聞かされると、すぐに駆けつけねば、と衝動的にわたしは思った。子どもたちを自由にするために危険を冒しているわたしが、そのために彼らを牢屋で死なせてしまったら？　考えるだけで身を引き裂かれる思いだった。

わたしの恩人は、牢屋でも伯母が子どもたちの面倒をしっかり見てくれているだろうから、とわたしをなだめようとした。けれど、妹の孤児であるわたしたちに、あれほどいつも優しくしてくれた伯母が、わたしたちを愛した罪により牢につながれていると思うと、恩人の言葉はいっそうわたしを苦しめた。思うに、皆はわたしと子どもとの固い結びつきを知っていたので、わたしが無謀なことをするのではないかと怖れたのではないだろうか。

やがて、弟のウィリアムが手紙を送ってくれた。やっと読めるかどうかという筆跡で、こう書かれていた。

「姉さん、今どこにいようとも、どうかここには来ないでほしい。ぼくらはみんな姉さんよりずっと幸せなはずです。姉さんがここに来れば、ぼくたちみんながおしまいです。ここに来れば、やつらはこれまで姉さんがどこにいたかを白状させて、殺してしまうかもしれません。友の助言を聞いてください。ぼくのためでも、子どもたちのためでもなく、姉さんを助けてくれたひとたちのために、あのひとたちの人生を台なしにしないで」

かわいそうなウィリアム！　彼もわたしの弟であるがゆえに苦しまなければならなかった。わたしは弟の助言を聞き入れ、大人しく潜んでいることにした。月の終わりに伯母が釈放された。というのも、大フリント夫人は伯母なしでこれ以上やっていけなくなったからである。夫人は自分で自分の家事使用人をしなければならないことにうんざりした。自分で自分に食事を言いつけて、作って食べることは、夫人には面倒くさくて、これ以上は無理だった。

子どもたちは牢に残され、少しでも楽に暮らせるように、ウィリアムができるだけのことをしてくれた。ときどきベティも牢に様子を見に行ってくれ、状況を知らせてくれた。牢に入ることは許されなかったが、鉄格子のはまった窓越しに会話を交わすあいだ、ウィリアムが子どもたちを持ち上げて見せてくれた。ベティは子どもたちが片言で話したことをくりかえしてくれ、お母さんに会いたいと言っていたと聞くと、こらえきれず、涙があふれた。するとベティは大声で言うのだ。「これ、何を泣くことがあるのさ！　子どもたちの話をすると、あんたはまったく死にそうになる。そんなにビクビクするもんじゃないよ。そんなんじゃ、これからこの世で生きてけないよ」

　ベティは善いひとだった！　彼女はこの世で子を持つことがなかった。なのにどうして、ベティはわたしの気持ちがわかったのだろう？　ベティの夫は大の子ども好きで、神が子どもを授けてくれない理由を不思議に感じていた。エレンが牢から出され、ドクター・フリントの家に連れて行かれたという知らせを、夫は申し訳なさそうに、ベティに伝えた。エレンは牢に入れられる少し前に麻疹に罹り、目に症状が出たのだ。ドクターは治療のために、エレンを自宅に連れて帰った。子どもたちはドクターと夫人をいつも怖れており、フリント家の屋敷にも一度も入ったことがなかった。かわいそうなエレンは一日中牢に戻りたいと泣きつづけた。子どもの直感は、正しい。

　エレンは、自分が牢では可愛がられることがわかっていた。叫んだりすすり泣きつづけるエレンは、フリント夫人の気に障った。晩になる前に彼女は奴隷を一人を呼び、こう言いつけた。

「ほら、ビル。このチビを、牢屋に返してきな。うるさいったらありゃしないよ。大人しくするんだったら、この小さなおしゃまさんを置いてやってもいいけども。そのうち、娘の便利な侍女になるだろうよ。でもこの白い顔でこの家にいられたんじゃ、この娘を殺すか甘やかすかどっちかだ。ドクターがこのチビを、風と水が運べる限り遠くに売り払ってしまえばいいのに。あの奥さま気取りの母親は、逃げたらどうなるかそのうち知ることになるんだ。捕まえたら、鉄の鎖をつけて牢屋に半年入れてから、砂糖黍《さとうきび》プランテーションに売ってやる。あいつが奴隷根性を叩きこまれるのを見なくちゃね。なにそこに突っ立ってるの、ビル！　なんでそのガキを連れて行かないの？　いいかい、通りでどんな黒人に会っても、その子と話をさせるんじゃないよ！」

夫人がそう言ったと聞いたとき、フリント夫人の「殺すか甘やかすかどっちか」という言葉に、思わず微笑んでしまった。後者になるおそれはほとんどない、とわたしは一人で思った。フリント家に連れて行かれたエレンが、牢屋に連れ戻されるまで泣きわめいたことは、神の特別のおはからいのひとつだったと、あれからずっと考えている。

同じ夜、ドクター・フリントは急患に呼ばれ、夜明け近くに町に戻ってきた。祖母の家の側を通りかかったとき、家に灯りがついているのを見て、「これはリンダに関係あるのではないか」と考えた。「なぜこんな早い時間に起きているんだ？」と彼は言った。

「おまえの家に灯りが点いているのを見て、リンダの居場所がわかったと伝えようと思ってな。どこを探せば良いかわかったので、今日一二時になる前に連れ戻してやる」

彼が出ていくと、祖母と叔父は心配そうに顔を見合わせた。これは彼らを脅かすためのドクターのお決まりのはったりなのか、それとも違うのかは判断がつかず、不安の中で、とにかくベティに伝言したほうが良いということになった。

奥さままで不安にさせてはとの思いから、ベティは彼女一人でこの問題の解決にあたることにした。ベティはわたしが潜伏する部屋に来ると、起きて早く服を着ろとせきたてた。そして急いで一緒に階下《した》に降り、庭を横切り厨房に入った。ベティはドアに鍵をかけると、床板を一枚持ち上げた。わたしが横になれるように、床下の穴には野牛《バッファロー》の毛皮と絨毯の切れ端が広げてあり、わたしの上には薄い布団を掛けてくれた。「そこにいるんだよ」と彼女は言った。

「やつらがあんたについてほんとに知ってるのか、わかるまでね。あいつらは一二時までにあんたをひっつかまえると言ってるんだと。もしやつらがあんたの居場所をほんとに知ってたとしても、もう知りやしない。今度だけはがっかりするだろう。あたしに言えるのはそれだけだよ。ここに来てあたしの物をひっかきまわしたりしてごらん、この黒んぼさまからありがたい罵声が飛んでくるってわけさ」

床下の穴は浅く、ほこりが入らないよう両手で目を覆《おお》えるだけの隙間しかなかった。と言うのは、一時間に二〇回ほどベティはわたしの上を通り、炉と食器棚のあいだを往復したからだ。ベティがひとりでいるときは、彼女がドクター・フリントとその仲間をののしる悪口が聞こえ、ときどきゲラゲラと笑いながら、こうも言っていた。「今度ばかりは、この黒んぼさまは、やつらにはお茶目過ぎたってわけだ」

女中たちが厨房にやってくると、わたしに情報が入るように、ベティは調子よく口を割らせた。ベティは、わたしがあそこにいた、ここにいた、あの場所にいたらしい、という話を何度も女中相手にくりかえした。女中たちは、リンダはあんなところにいるほど馬鹿じゃないとか、とっくにニューヨークかフィラデルフィアに逃げているだろう、と答えた。皆が寝静まった後、ベティは床板を持ち上げて言った。「さあ出ておいで。出てきなよ。やつらはあんたの居場所なんか知りやしない。あれは黒んぼをビクビクさせる白人お得意の嘘だったんだ」

この大冒険から数日後、さらに恐ろしいことが起こった。階段を上がったところにある隠れ場所に静かに座っていると、いろんな楽しい情景が心に浮かんできた。

子どもたちを人質にして、わたしを見つけようというドクターの企みは失敗するので、ほどなく彼は失望し、子どもたちを売る気になるだろう、とわたしは思った。そうしたら彼らを買うために、待ちかまえているひとがいるのだ——そんな未来を夢想していたとき、突然背筋がぞっとする声を聴いた。その声の主には聞き覚えがありすぎた。これまであれほどひどい目に遭わされた、自分の前のご主人の声にすぐに気づかないわけがない。彼はこの屋敷の中にいた。わたしを捕まえに来たのだと思った。恐怖にかられながら、周りを見回した。どこにも逃げ場はなかった。声が遠のいたので、巡査も同行し、屋敷内を捜索しているのだと思った。驚き、がたがた震えながらも、わたしの寛大な恩人にかかる迷惑のことが心を離れなかった。わたしに親しくしてくれる人々に、悲しみをもたらすだけの運命に、どうやらわたしは生まれたみたい——それは、わたしの人生という苦い珈琲の、苦すぎる一滴だった。

やがて、近づく足音が聞こえ、この部屋の鍵穴がかちゃりと回った。わたしは崩れおちないように壁にしがみついた。やっとの思いで目を上げると、そこには、わたしの優しい恩人が一人で立っていた。胸がいっぱいで何も言えず、わたしは床にしゃがみこんだ。

「ご主人の声を、あなたが耳にしたのではないかしらと思いましてね」と夫人は言った。「あなたがきっとおびえていると思って、何も怖がることはないと知らせに来ましたよ。あの老いぼれ紳士を笑い物にしてやることもできるのですよ。彼はあなたがニューヨークにいると信じていて、あなたを探しに行くための資金五〇〇ドルをうちに借りに来たのです。姉が利息をつけて貸せる現金を持っていたの。お金を手にしたので、ドクターは今夜にもニューヨークに発つ算段なんですって。だからね、当面あなたは安全なのですよ。ドクターはここにいる小鳥を探しに出かけて、財布をからにするだけね」

16　子どもたちが売られる！

ドクターが目的を果たすことなく、ニューヨークから戻ってきたのは言うまでもない。相当な出費であったようで、むしろしゅんとしていた。弟と子どもたちはすでに二ヵ月も牢に入れられており、それにも費用がかかっていた。わたしの仲間は、今はドクターの気落ちに働きかける好機だと考えた。サンズ氏は、商人をドクターに送り込み、弟ウィリアムには九〇〇ドル、子どもたち二人に対しては八〇〇ドルを提示した。

当時の奴隷の相場としては、それは高値だったが、ドクターは売却を拒否した。単に金だけの問題であれば、ドクターはベニーの年齢の子どもを二〇〇ドルで売っただろう。だが、彼はわたしに復讐する権利をあきらめることはできなかった。しかし、財政的にひっ迫した状況だったので、何とか折り合いをつけねばならぬと感じたらしい。エレンが一五歳になるまで手もとに置いておけば、高く売れることはドクターもわかっていた。だが、その前にエレンは死ぬかもしれず、また誰かに連れ去られる可能性がある、と思いいたったのではないかとわたしは思う。いずれにせよ、奴隷商人の提示を受け入れたほうが良いという結論に、やがてドクターは達した。

彼は通りで商人と会うと、いつ町を発つのかとたずねた。「今日の一〇時ですがね」と商人は答えた。「おや、そんなに早くかね?」とドクターは言った。「おまえさんからの提案をあれからずっと考えていてね、あの三人を一九〇〇ドルでと言ってくれるなら、売ってやろうと思ったのでな」

しばらくやり取りしたあと、商人はその条件で合意した。商人は、もう町を出発せねばならないが、いくつも用事が残っているので、ただちに売渡証明書を作成し、署名するようドクターに求めた。ドクターは牢に行き、ウィリアムに「今後行いを改めると約束するなら、もとの仕事に戻してやろう」と言ったが、ウィリアムは、むしろ自分は売られるほうが良い、と返答した。「それならおまえを売ってやる。この恩知らずのごろつきめ!」と彼はわめいた。一時間も経たないうちに代金が支払われ、署名、捺印された書類が届けられ、弟と子どもたちは商人のものになった。

それは、あわただしい取引だった。そしてあっけなく売買が終わると、ドクター特有の疑り深さがふたたび頭をもたげはじめた。彼は商人のところに戻り、こう言った。

「旦那、あの奴隷どもを州内で売れば一〇〇〇ドルの罰金を科す、という条件をあの取引に盛り込みたいのだが」

「遅すぎますさあ」と商人は言った。「取引はもう終わっちまったんで」商人はそのとき三人をすでにサンズ氏に売却していたが、そのことには触れなかった。ドクターは、三人を町から連れ出すときは「ごろつきのビル」には手枷をはめ、裏通りを通って行くよう要求した。商人はドクターに譲歩し、要望を聞いてやるように、こっそり指示を受けていた。

子どもたちはすぐに戻ってくると祖母は説明を受けていたが、彼らが本当に奴隷商人に連れて行かれてしまうように振るまってほしいと言い含められていた。言いつけどおりに、祖母は子どもたちの衣類を包むと、牢を訪れた。牢屋に着くと、手枷をはめられたウィリアムが大人の売却奴隷の中にいて、子どもたちは商人の馬車の荷台に乗せられていた。この情景はあまりに真にせまって見えた。これは何かの策略か、または手違いが起こったのかと恐怖にかられた祖母は、その場で卒倒し、家にかつぎこまれてしまった。

奴隷を乗せた荷馬車が町のホテルに停車したとき、ウィリアムを買い取りたいと通りに出てきた紳士が何人もいたが、商人は彼がすでに売却済みであることは告げず、申し出を退けた。そして、家畜のように追い払われ、見知らぬ土地に売られていく一群の人間たちにとって、試練のときがやってきた。夫は妻から、子どもは両親から引き離され、墓のこちら側では二度と互いの姿を見ることはない。無力感と、絶望した泣き声だけがそこにあった。

荷馬車が町を離れるのを眺めてドクター・フリントは目を細め、子どもたちが「風と水が運べる限り遠くに」とうとう連れて行かれると思ったフリント夫人は大喜びだった。事前の取り決めどおり、叔父が荷馬車のあとを数マイルほど追って行くと、古びた農家の前で馬車は停まった。

そこで商人はウィリアムの手枷を外しはじめた。外しながら彼はこう言った。

「ほんとにおまえは頭の良い野郎だな。俺の奴隷にしたいくらいさ。おまえさんを買いたがった旦那衆は、おまえは賢く正直な若造だから、良い家を世話してやってくれだとさ。明日になれば前のご主人は地団駄踏んで、あの子どもたちを売ったとは何てこった、と自分の老いぼれ加減に気づくだろうよ。あのご主人が、この子らのお母ちゃんを捕まえることはねえだろうな。北部に続く道を行っちまったんだね。

じゃあな、あんちゃん。この親切を忘れてくれんな。お礼にな、町の可愛い黒んぼの女の子たちみんなを言いくるめて、来年の秋には俺といっしょに町を出られるようにしといてくんな。それが俺の最後の旅にならあ。黒んぼ商売は、ひとの心が少しでもある男にはつらい商売だね。さあ、行こうか、みんな！」

そして、彼らは旅を続けた。ただ神のみが、その行き先をご存じなのだ。

この世の堕落しきった外道である奴隷商人という人々を、わたしは軽蔑し、嫌悪していると言えど、公平に言えば、この男にはいくばくかの感情があったように思える。彼は牢にいたウィリアムを気に入り、買い取りを申し出た。そしてわたしの子どもたちの話を聞くと、ドクター・フリントの支配下から自由にしてやろうと助けてくれ、慣例の手数料すら取らなかった。

叔父は荷馬車を手配して、ウィリアムと子どもたちを町に連れて帰った。そのときの祖母たちの喜びようといったら！　カーテンは降ろされ、ろうそくが灯された。幸せで胸がはちきれそうな祖母は、子どもたちをしっかり胸に抱きしめた。子どもたちも祖母に抱きついてキスし、手を叩いて歓声を上げた。祖母はひざまずき、祖母が神に心からの感謝を表すときの祈りのひとつを、何度も神にささげた。子どもたちの父親も、その場にしばらく同席していた。彼と子どもたちのあいだに存在したような「親子関係」は、たとえ奴隷所有者であっても、その心や意識を多少はとらえるとは言えるのだろうが、自身が分け与えた幸せを間近に目にし、純粋な喜びのひとときを、あのとき彼は経験したに違いない。

その晩、わたしは祝いの気持ちを分かち合うことはなかった。その日に起きた出来事は、まだわたしの耳に届いていなかった。奴隷は迷信的だと思われるかもしれないが、これからその晩わたしの身に起こったことをお話ししよう。

わたしはいつもどおり、窓辺の床に座りこんでいた。そこにいると、通りの話し声をだいたい聞くことができ、また外から見られる心配もなかった。屋敷の人々は床に入っており、静まりかえっていた。座って子どもたちのことを考えていたとき、低い旋律が聞こえた。セレナーデを演奏する楽団が窓のすぐ下に来ており、「ホーム、スウィートホーム」[*4]を奏でていた。それを聴いているうちに、やがて、メロディはメロディではなくなり、子どものうめき声に聞こえてきた。鼓動が速まり心臓が破裂しそうだった。わたしは座っていた姿勢から身を起こすとひざまずいた。ひとすじの月光が、目前の床の上を流れていた。その中から、わたしの二人の子どもたちの姿が現れて、そして、消えた。この目でしっかりとその姿を見たのだ。夢だと言うひともいれば、幻だと言うひともいるだろう。わたしはそれが何だったのか、説明することはできない。だが、その姿はわたしの心に強く刻まれ、子どもたちに何か起きたと確信した。

その日は朝からベティに会っていなかったが、ちょうどそのとき、彼女がそっと鍵をまわす音が聞こえた。ベティが部屋に入るや、わたしは彼女にしがみつき、子どもたちが死んでしまったのか、それとも売られてしまったのか教えてくれと頼んだ。だってわたしは子どもたちの幻をこの部屋で見たのだから、何かあったに違いない。

「おや、この娘《こ》は」とわたしを腕の中に入れながらベティは言った。

「かんしゃくを起こしたんだよ。今夜は一緒に寝てあげるよ。だって、うるさくして奥さまのお立場を台なしにしちまうからね。何かのことで、えらい興奮したんだね。あんたが泣きやんだら、話してあげようかね。そう、子どもたちは元気で、すんごく幸せだよ。あたしがこの目で見たんだから。さあご満足かい? これこれ、静かにしなってば! 誰かに聞こえちまうよ」

＊4　日本では「埴生《はにゅう》の宿」として知られている。

わたしはベティの言うとおりにしようとした。ベティは横になると、すぐにぐっすり眠ってしまった。だが、わたしのまぶたに睡魔が訪れることはなかった。

夜明けにベティは起き出し、厨房へ行ってしまった。じりじりと時が過ぎ、夕べわたしが見た幻が何度も頭に浮かんできた。しばらくして、二人の女が玄関先で話す声がした。一人はこの家の女中だった。もう一人の女が彼女にこう話しかけた。

「リンダ・ブレントの子どもたちが、昨日商人に売られたって聞いた？　あの子たちが町から連れ出されるのを見て、フリントの大旦那はひどくうれしがったそうじゃない。でもね、子どもたちは戻ってきたって言うよ。ありゃ子どもたちのパパさんの仕業じゃないの。ウィリアムも彼に買われたんだってさ。やれやれ、フリントの大旦那はこれをどうなさるもんやら！　あたし、マーシーおばさんとこに行って、どうなってるか見てくる」

わたしは叫び出さないよう、血がにじむまでくちびるを噛んでいた。子どもたちは祖母のもとにいるの？　それとも商人に連れて行かれたの？　心は不安に押しつぶされてしまいそうだった。いつになったらベティはここに来て、真実を教えてくれるの？　ようやくベティがやって来たとき、わたしは盗み聞いた話を彼女にくりかえした。ベティは顔いっぱいに明るい笑みを広げて、こう言った。「やれやれ、おバカさんだね！」

「ちゃんと全部話してあげるつもりだったんだよ。若い女中らが朝ごはんを食べているときに、奥さまがご自分からあんたに話したいと、あたしにおっしゃってね。でもかわいそうに！

これ以上引きのばすのは酷なことだ。じゃ、あたしが教えたげる。あんたの弟も子どもたちもパパさんに買われたんだよ！　あのフリントの大旦那のことを思うと、笑いすぎて涙が出たよ。あいつが怒鳴り散らす格好ったら！　今回だけは一杯食わしてやったってことになるさね。ああ、もう行かなくちゃ。でないとあたしが女中たちに一杯食わされちまうよ」

ベティは笑いながら出て行った。わたしは一人でつぶやいた。「子どもたちが自由になったというのは本当だろうか？　わたしは無駄に苦しんだわけではなかったのだ。神さま、良かった！」

子どもたちが祖母のもとに戻ったということが知れ渡ると、町全体が驚いた。その知らせは町中に伝わり、子どもたちには多くの優しい言葉がかけられた。

ドクター・フリントは、子どもたちの所有者を究明するために祖母の家に行き、祖母は事実を話した。そんなことだろうと思った、と彼は言った。

「それを聞いておいて良かった。最近リンダから知らせがあってな、もうすぐ私のところに戻る手はずになっている。リンダがいつか自由になれると期待する必要は絶対にない。私が生きている限り、彼女は私の奴隷でありつづけ、私の死後は私の子どもの奴隷になるのだ。もしおまえやフィリップがリンダの逃亡に関与したとわかったなら、フィリップを殺す。それから、もし通りでウィリアムが、生意気にも私に目を向けるなら、半殺しにしてやる。ガキどもも私に近づけるんじゃないぞ！」

ドクターが帰ろうとしたとき、彼の行いを自覚させるようなことを祖母は言った。彼は一瞬振りかえると、こいつが床に倒れるまで殴りつけてやる、と言わんばかりの目つきで祖母を睨みつけて、出て行った。

喜びと感謝の時期が、わたしに訪れていた。子どものとき以来、本当の幸せを感じたのはこれが初めてだった。ドクターの脅し文句は聞こえてきたが、以前のようにわたしを悩ます力は、もはやそれにはなかった。わたしの人生を覆っていたいちばん暗い雲は去ったのだ。奴隷制が、今後わたしにどんな危害を加えようと、子どもたちの鎖は解かれた。わたしが犠牲になるとしても、子どもたちは救われた。単純な心で、あの子たちの幸せのために約束してもらったことを信じたことが、結果的にわたしにとって良かったのだ。疑うより信頼したほうが、いつでもずっと良いのだから。

17 新たな危機

ドクターはこれまで以上に激高し、再度わたしの身内を攻撃することで復讐を遂げようとした。わたしの逃亡をほう助した容疑で、ドクターはフィリップ叔父を逮捕させた。叔父は法廷に引き出され、逃亡については何も知らないこと、わたしがプランテーションを去って以来、会っていないことを真摯《しんし》に誓ってみせた。わたしの逃亡に関与していないという保証に、五〇〇ドルの保釈金をドクターは叔父に要求した。保証人になろうという紳士は幾多もいたが、保釈金を積まず牢に戻れば、ほどなく保釈金なしで釈放されるだろうと、サンズ氏は助言してくれた。

叔父逮捕の知らせは祖母に伝えられ、また、祖母からベティに伝えられた。わたしを思ってくれるベティは、またわたしを厨房の床下にしまいこんだ。調理をしながらベティは歩きまわり、ひとり言をつぶやいているように見えたが、それは状況を随時わたしに知らせるためだった。叔父の収監が数日で終わるのならば、と自分に言い聞かせていたが、それでもわたしは不安だった。ドクター・フリントは叔父を最大限に愚弄《ぐろう》し、侮辱するだろう。叔父がかっとなって言い返しでもして、それで罪に問われることになりでもしたらと怖かった。法廷では白人が常に正しく、叔父の言い分は考慮されないことは、わたしにも十分わかっていた。

わたしの捜索は再開された。なぜかはわからないが、近所に潜伏している可能性があるという疑惑が生じたらしい。この隠れ家も捜索を受けた。わたしを捜し回る足音や声が、わたしの耳にも聞こえてきた。深夜、屋敷の者が寝静まってから、ベティが床下から出してくれた。捜索の恐怖や無理な姿勢でじっとしていたこと、そして地面からじわじわ伝わる湿り気で、わたしは体調を崩し、その後数日間起き上がることができなかった。叔父はその後すぐに釈放されたが、親せきや友人たちの動静は厳重に監視された。

わたしがこれ以上ここに留まれば危険だということは、もはや誰の目にも明らかだった。当初の見込みより長くここにいすぎたし、わたしがいる限り、優しい恩人は、絶えず心労の種を抱えることになるに違いない。かくまわれていたあいだ、仲間はわたしの逃亡計画を色々と画策してくれたが、追手の過度な警戒に阻まれ、どの計画も実行に移すことはできなかった。

ある朝、部屋に誰かが入ろうとする物音がして、わたしは飛び上がった。ガチャガチャと鍵をいくつも試す音がしたが、どの鍵も合わなかった。女中のしわざではないかとすぐに察しがついた。この部屋から物音を聞いたか、ベティがこの部屋に出入りするのに気づいたのだろう。ベティがいつもの時間にやってくると、わたしはすぐにこの話をした。

Ⅱ

逃亡

「誰がやったかわかってるさ」ベティは言った。「あたしが思うに、そりゃジェニーだ。あの黒んぼ娘の心には悪魔が棲んでいるのさ」

わたしの存在を疑わせる何かを、見たり聞いたりしたのではないだろうか、とベティに言ってみた。

「ない、ない！　そりゃないね！」とベティは大声で否定した。

「なんにも見ても聞いてもいないよ。なんかおかしいって思ってるだけさ。それだけだよ。あたしがうろちょろしてるのは、誰かが来たせいかと思って知りたいんだ。でもね、絶対わかりゃしない。そりゃ確かだよ。奥さまに言って、あの娘を何とかしてもらおう」

わたしはしばらく考えて、そして言った。「ベティ、わたし、今夜ここを出なきゃ」

「かわいそうにね。あんたがいいと思うようにしておくれよ」とベティは答えた。「いつかひょっこりあの黒んぼ娘があんたの目の前に飛び出しでもしたら、そりゃ怖いことになるだろうからね」

ベティは奥さまに事の経緯を話し、奥さまがフィリップ叔父と話をするまで、ジェニーを厨房で忙しくさせておくよう申しつかった。叔父はその晩に支援者を迎えにやらせると言ってくれた。この辺りはどこも非常に危ないので、北部に逃げるように奥さまは叔父に願って言った。けれど、わたしのような境遇の者が北部に逃げることは、容易なことではなかった。

屋敷からの脱出に万全を期すため、奥さまはジェニーを連れて郊外のお兄さんのところに出かけて行った。奥さまは安全のためにこの部屋に別れを言いに来ることは避けたが、心のこもった伝言を、ベティに預けていった。やがて、奥さまの馬車が玄関を離れる音がして、おびえた憐れな逃亡者のわたしに、これほど惜しみない情けをかけてくださった奥さまに、わたしはもう二度とお目にかかることはなかった！

今度はどこに連れて行かれるのか、まったくわからなかった。ベティは船乗りの着衣を、上着、ズボン、防水帽と一そろえ持ってきた。今後入用なことがあるかもしれないと、彼女はさらに小さな包みをわたしに持たせてくれた。明るい大声でベティは言った。「あんたが自由な土地に行けるなんて、あたしゃほんとにうれしいよ！　このベティさまのことを忘れないでおくれよ。きっとそのうち、あたしも行くからね」

わたしはこれまでのベティの親切に、感謝の気持ちを伝えようとしたが、ベティがそれを止めて言った。「礼なんか要らないよ。あんたを助けてあげられて、よかった。そんで、神さまがあんたのために、道を開いてくださるといいね。さあ、下の門まで送っていこう。ポケットに手を入れて、船乗りみたいにブラブラ歩くんだよ」

わたしは言われたとおりにして、ベティも満足してくれた。門のところで、ピーターという名の若い黒人が待っていた。彼は旧い知り合いで、以前は父の弟子をしていた。いつ会っても気立てのよい青年で、彼を信頼することに何のためらいもなかった。ベティは急いでわたしに別れを告げて、わたしたちは歩きはじめた。「リンダ、勇気を出して」と友人ピーターが言った。「短剣を持ってきた。たとえ殺されても、誰にもリンダを渡しやしない」

外を歩いたのは久しぶりで、新鮮な空気にあたって、元気が出た。それにささやき声でない普通の声で話しかけられることは心地よかった。途中、何人もの知り合いとすれちがったが、変装を見破られることはなかった。何も起こりませんように、と密かにわたしは祈った。わたしもだけど、何よりもピーターのために、彼が短剣を抜くことがありませんように。わたしたちは波止場に着くまで歩き続けた。

伯母ナンシーの夫は船乗りで、彼にも秘密に加わってもらわねばならなくなっていた。彼はわたしを小舟に乗せると、少し沖に停泊した船まで漕いで行き、甲板にわたしを引き上げた。その船には我々三人しか乗っていなかった。ここまで来て、やっと思い切って、わたしをどこにやるつもりなのかと切り出すと、彼らは計画を話してくれた。夜明け前までこの船に留まったあと、フィリップ叔父が隠れ場所を用意できるまで、蛇沼《スネーキー・スワンプ》と呼ばれる湿地帯に潜伏する、ということだった。たとえこの船が北部に向かう船であっても、北行きの船はすべて捜索されていたから、それに賭けるのは無謀なことだった。

午前四時ごろ、わたしたちはふたたび小舟に乗船し、沼地まで三マイルを漕いだ。毒を持つ動物に噛まれて以来、へびに対する恐怖心が高まっていて、沼地に入るのは足がすくんだ。しかし、わたしは選べるという状況にいないのだから、黒人として迫害された貧しいわたしの友たちが提供しえた最良の提案を、ありがたく受け入れた。

ピーターが先に上陸し、うっそうと茂る竹や、あらゆる形状で生い茂るいばらを、大きなナイフで切りながら道を作ってくれた。彼は小舟に戻ると、今度はわたしを抱きかかえ、竹やぶの中に作った場所まで運んでくれた。その場所に着くまでに、何百という蚊の大群が、いっせいに体中に群がってきた。一時間もすると、わたしの皮膚は蚊の毒にやられ、見るも無残にぶくぶくとふくれあがった。夜が白々と明けはじめると、無数のへびがわたしたちの周りを、うねうねと動き回るのが見えた。子どもの頃からへびは見慣れていたが、蛇沼のへびは、それまでわたしが見たどんなへびよりも巨大だった。今でも、あの朝の光景を思い出すと身震いがする。夕闇が近づくと蠢《うごめ》くへびはますます数を増し、身体の上まで這い上がらないように、木の枝で常に追い払わなければならなかった。周囲の竹は高くそびえ立ち、幾重にもわたしたちを取り囲み、ほんのわずかな先以外、見通しはきかなかった。

夕闇がせまる前に、小舟に見失われることを怖れ、沼地の入口に場所を移動した。ほどなく櫂《かい》を漕ぐ音がして、低い口笛が聞こえた。それはあらかじめ決めておいた合図だった。わたしたちは急いで小舟に乗り込み、船に連れ戻された。

その夜は悲惨な一夜を過ごした。沼地にこもった熱気、蚊の大群、絶え間ないへびの恐怖で、わたしは高熱を出してしまった。恐ろしい沼地に戻る時間だと起こされたとき、わたしはやっと寝付いたばかりで、どんなに勇気をふりしぼっても、起き上がれないのではないかと思った。しかし、わたしの頭の中では、大きな毒へびですら、文明社会と呼ばれる地に住む白人男性ほどは怖くなかった。今回はピーターが大量のタバコを持って行き、それを燃やして、蚊を追い払った。タバコの煙は蚊には効果があったが、わたしには吐き気とひどい頭痛を引き起こした。夜になるとまた船に戻った。日中わたしの体調があまりに悪かったため、ピーターはたとえ悪魔自身が町を巡回しようが、今夜はわたしは家で休むべきだ、と主張した。

わたしの新たな隠れ場所は祖母の家だと、彼らは教えてくれた。フリント一族が隅から隅まで知りつくしている祖母の家に隠れる場所があるとは、わたしには想像もつかなかった。まあ待ってごらん、すぐにわかるから、と彼らは言った。わたしたちは岸に向かって小舟を漕ぎ、大胆にも通りを歩いて祖母の家に向かった。わたしは船乗りの格好をして、炭で顔を黒く塗っていた。途中で何度か知り合いとすれちがった。子どもたちの父親がすぐそばを通りかかり、わたしはそっと彼の腕に触れてみたが、彼はわたしだとまったく気づかなかった。

「このひとときを楽しんでおいたほうがいい」道中ピーターはわたしにそう言った。「歩けることは、しばらくないかもしれないから」

彼は悲しそうな口調だった。心の優しいピーターは、なんと暗い穴倉が、わたしの住処として待ち受けているかを、そのとき隠していた。そして、わたしはその穴倉に、長い長いあいだ暮らすことになる。

18 屋根裏

何年も前に、せまい小屋が祖母の家の脇に建て増しされていた。梁のあいだに数枚の板を渡して天井板代わりとし、その板と母屋から続く傾斜した屋根のあいだに、とても小さい屋根裏《ギャレット》があったが、ねずみ以外がそこに立ち入ることはなかった。南部の一般的な小屋のつくりにならい、片流れ屋根には屋根板が貼ってあるだけだった。屋根裏は縦が九フィート（約二・七メートル）、横が七フィート（約二・一メートル）、高さは最も高い部分で三フィート（約〇・九メートル）で、急な傾斜に従い、だんだん天井は低くなり、釘を打っていないグラグラの床を突き刺すような形になっていた。

屋根裏の空間には、光も空気も入りこむ隙間がなかった。フィリップ叔父は大工で、屋根裏とその下の貯蔵室をつなぐ、巧妙な秘密の落とし戸を作っていた。わたしが沼地に隠れているあいだに、完成させたのだった。その貯蔵室はポーチに面していた。祖母の家に着くとすぐに、わたしは屋根裏の穴倉へ連れて行かれた。

そこの空気は息苦しく、漆黒の暗闇だった。床には布団が敷かれていた。片側を向けば、わりと快適に眠ることができたが、屋根の傾斜が急なため、母屋と逆側を向くと屋根に頭をぶつけた。ネズミが布団の上を這いまわったが、わたしは疲れていて、大嵐から命からがら助かったひとのように眠りこんでしまった。

そして朝になった。外から漏れる物音が朝になったことを教えてくれた。と言うのも、わたしの暗い穴倉では、朝も夜も変わりがなかった。光の欠如よりも、息苦しさのほうがつらかった。でも、なぐさめがなかったわけではない――子どもたちの声が聞こえてきたのだ。声は、うれしそうでもあり、寂しそうでもあった。わたしの目に涙があふれてきた。子どもたちにどれほど話しかけたかったことか！　ひとめ顔が見たかった。でも、外をのぞける穴も、隙間もなかった。いつまでも終わることがない息苦しい闇の世界が続いた。一筋の光もなく、来る日も来る日も窮屈な姿勢で、闇の中で座るか横になることしかできない生活が待っているとは、ぞっとするような現実だった。でも、わたしは、自分の奴隷の運命に残るよりは、この現実を選んだのだ。

食事は、叔父が考案した落とし戸を通じて、上に引き上げてとった。祖母、フィリップ叔父、ナンシー伯母は、機会を見はからいできる限り、落とし戸の間口まで登ってきては、わたしに話しかけてくれた。もちろん、昼間にそうすることは危険だったので、すべてが夜中に行われた。せまい屋根裏では立ち上がることができなかったが、四つんばいになって這いまわることで運動した。

ある日、頭を何かにぶつけたと思ったら、それは錐《きり》だった。落とし戸を作った際に、叔父がそこに刺し、そのまま忘れてしまったらしい。わたしは、まるでロビンソン・クルーソーが、そんなお宝を発見したようにうれしくなった。そして、運良くある考えが浮かんだ。わたしはひとり言をつぶやいた。「これで光が入れられる。これで子どもたちの顔が見えるわ」

周囲の注意を引いてはいけないと思い、昼間に作業することは避けた。でも、昼のあいだに手探りであちこち触れてみて、子どもたちをよく見かけそうな通りに面した壁を見つけると、錐をそこに突き刺して、夜になるのを待った。まず上下三列に、そして隙間にも穴を開けていった。そうやって約一インチ四方（約二・五センチ）の小さなのぞき穴を開けることができた。その晩は、外から運ばれる夜の空気を楽しみながら、穴のそばに夜遅くまで座っていた。

朝になると、子どもたちが出てこないかと見張った。最初に目に飛び込んだ人物は、なんと通りを歩くドクター・フリントだった。これは、何かひどいことが起こる悪い前兆ではないかと、ぞっとするような迷信めいた考えが心に浮かんだ。知り合いが幾人も通り過ぎていった。そして、とうとう楽しそうな子どもの笑い声が聞こえ、ふたつの可愛い顔がわたしのほうを見上げた。彼らは、わたしがここにいることも、自分たちが顔を見せることでわたしを幸せにしているることも、まるで知ってでもいるかのように、こちらを見上げていた。お母さんはここにいる、と伝えることができたなら！

これで屋根裏暮らしもいくぶん過ごしやすくなった。しかし、肌を刺し、我慢できないほどひどくただれさせる、針の先ほどの大きさの何百匹という赤い虫には、何週間も悩まされた。心配した祖母は、ハーブティーや炎症をおさえる薬を運んでくれ、なんとか虫も退治できた。焦げつくような夏の強い日差しを、薄い屋根板一枚でさえぎっているので、屋根裏の熱気は激しかった。でもわたしにはなぐさめがあった。のぞき穴から子どもたちを眺めることができたし、すぐ下にいるときは話し声さえ聞けた。

秋になり、熱波がおさまると、過ごしやすくなった。目も暗さに慣れてきたので、わたしが作った開口部分のそばで、決まった姿勢で本や布を持てば、読んだり、縫い物をしたりできるようになった。これは退屈で単調だった生活の、大きな気晴らしになった。

だが、冬になると、薄い屋根板を通して寒気が入り込み、恐ろしいほど寒くなった。北部の緯度が高い地域と比べると、南部の冬は長くも厳しくもないが、防寒を考えて家を建てないので、わたしのせまい隠れ家は、ひとが住める環境ではなかった。優しい祖母は、寝具や温かい飲み物を持ってきてくれたけれど、何とか暖をとろうとすれば、一日中布団にくるまっていなければならなかった。しかし、いろいろと用心したつもりだったのに、肩と足先は凍傷になってしまった。ああ、あの長く、暗い冬の日々に、目を楽しませてくれるものは何もなく、心を埋めてくれるものと言えば、ぞっとするような過去と、不安定な未来しかなかった！

気候が少し穏やかになり、布団を身体に巻きつけてのぞき穴のそばに座り、通りを歩く人々を眺めることができたときは、うれしかった。南部人には通りで立ち止まって話す習慣があり、わたしが耳にしてはいけないような話も、のぞき穴を通じてたくさん聞こえてきた。わたしが自由州に逃れたという意見はひんぱんに交わされた。わたしが近所に潜伏しているかもしれないと言った者は、ほとんどいなかった。もし祖母の家がわずかでも疑われていたならば、家が燃え尽きるまで、焼かれていたことだろう。

ドクター・フリントやその家族は、子どもたちからわたしに関する情報を得ようと、物を買ってやろうと言ったり、うまく丸めこもうと何度も試みていた。ある日、ドクターは子どもたちを商店に連れ出し、小さな輝く銀貨と派手なハンカチを見せて、わたしの居場所を話せば買ってあげよう、と言った。エレンは後ずさりしてドクターから離れ、ひとことも口をきかなかったが、ベニーが口を開き、こう言った。

「フリント先生、お母さんがどこにいるのか、ぼくにはわかりません。きっとニューヨークにいるんだと思います。もしまた先生がニューヨークに行かれるのなら、ぼくが会いたがっているので、家に戻ってと頼んでもらえませんか。でも、もし先生がお母さんを牢に入れたり、首をちょん切ってやると言うのなら、ニューヨークにすぐ戻って、とお母さんに言います」

19 クリスマスの休息

クリスマスが近づいた。祖母が布地を買ってくれ、子どもたちの衣類やおもちゃを作るために、わたしは忙しくなった。奴隷の更新日が間近にせまっておらず、家族が離ればなれになることを心配しなくて良かったならば、クリスマスは奴隷にとっても、心はずむ季節だったのかもしれない。

奴隷の母親ですら、クリスマスには子どもを喜ばせようとした。ベニーとエレンも、クリスマスの靴下をプレゼントでいっぱいにしてもらった。囚われの母親には、プレゼントを開けるときの驚きや歓声に接する恩恵は与えられなかったが、子どもたちが新しい服を着て通りを出かけるところをのぞき穴から眺めて、喜びを感じることはできた。サンタクロースからプレゼントをもらったの、とベニーが遊び仲間に訊いた。「うん」と男の子は答えた。「でも、サンタクロースなんかいないんだよ。靴下に何かを入れてくれるのは、お母さんなんだよ」

「それはちがうよ」とベニーが言った。「だってサンタは、ぼくとエレンにこの新しい服をくれたけど、ぼくらのお母さんはもうずっといないんだよ」

お母さんがその服を作ったのよ、と、どれほど彼に言ってあげたかったか！　その服を縫うあいだに、どれだけたくさんの涙がこぼれたことか！

クリスマスは、白人も黒人もごちそうを食べられる日でもあった。数シリングでも持っている奴隷は、おいしいものを買うためにお金を使い、多くの七面鳥や豚が「お許しのもとに」という主人への決まり文句なしに捕まえられた。豚や七面鳥が手に入らない者は、フクロネズミやアライグマを捕まえたが、そういった動物からも、おいしいごちそうを作ることができた。祖母は売るために、家禽《かきん》と豚を家で飼育していたが、クリスマスの夕食には、七面鳥と豚両方のローストを作ることが、祖母お決まりの慣わしだった。

クリスマスには、二名の客を呼んでいるので、特に静かにしているようわたしは注意を受けていた。一人は町の保安官で、もう一人は白人として認められようと必死になっている自由黒人で、白人のご機嫌を取るためなら、どんな情け知らずなことも、いつでも請け負うつもりの人間だった。

二人を客に選んだ動機が、祖母にはあった。祖母はわざと客人に家中を見せてまわった。一階のすべての部屋のドアは開け放たれ、自由に出入りできるようにしてあり、夕食が終わると、客は二階に乞われ、叔父が持ち帰ったばかりのきれいなマネシツグミを見るよう勧められた。二階でもドアはすべて開けられて、中をのぞくことができた。

客人がポーチでおしゃべりをする声が聞こえたときは、心臓が止まるかと思った。この黒人客が、幾晩もわたしを探しまわっていたことを、わたしは知っていたからである。彼の血管には、黒人奴隷の父の血が流れていることは、皆が知っていたが、白人として過してもらえるなら、彼は奴隷所有者の足に平気でキスするつもりだった。本当に嫌な男だった！ 保安官のほうは、自分の人種を偽る必要はなかった。彼も見下げ果てた仕事をしていたが、真の自分でないものに見せかけようとしないという点では、連れよりも優れていた。奴隷を買えるだけの金がある白人なら誰しも、保安官という仕事に就くのは卑しいことだと考えただろう。だが、行政はその職に権力を付与していた。午後九時以降に奴隷が外出しているのを見かけたならば、彼はその奴隷を好きなだけ鞭打つことができ、それは多くのひとが望む特権だった。

帰り際には、奥さまへのお土産にと、祖母のおいしいプディングを客人はそれぞれ持たされた。彼らが門を開けて出て行くのをのぞき穴から見送り、ふたたび門が閉じられたのを見て、わたしはほっとした。こんなふうに、隠れ家での最初のクリスマスは過ぎた。

20 やまい

春がやって来た。開口部分のわずかな隙間が許す限りの、新緑の小さな切れ端を見つめながら、あと何度、夏や冬をこのように過ごす運命なのだろうか、とわたしは自問した。外の世界の新鮮な空気を胸いっぱいに吸ってみたい。ちぢこまった手足を伸ばしてみたい。立ち上がれる空間が欲しい。そして地面を足のうらに感じることを夢見た。親せきたちは、常時わたしの逃亡の機会をうかがってくれていたが、実行可能で、何とか安全だと思える手だては見つからなかった。

暑い夏がふたたび到来し、屋根板から染み出した松の樹脂が、ぽたぽた頭に落ちて来た。長い夜のあいだは、息苦しさで気が休まることがなく、寝返りを打つ場所もなかった。ひとつだけあった利点は、空気の薄いこの空間には、蚊も遠慮して入ってこなかったことだった。

わたしはドクターをひどく憎悪しているけれど、わたしがたったひと夏の隠れ家生活で味わった苦労よりさらにひどい罰を、この世でもあの世でも、彼に望むことは難しい。しかし、法律は自由な空気のもとで暮らすことを彼には許し、一方罪のないわたしは、彼には行使可能な非情な法的制裁から逃れる唯一の手段として、こんな場所に閉じ込められていた！

なぜわたしは生きる力が持てたのだろう。わたしの命は長く持たないだろう、と何度も何度も思ったのに。それなのに、また次の秋が来て、くるくると秋風に回る木の葉を見、冬の訪れを肌で感じ、また夏が来て、屋根を突きぬけて降りそそぐ激しい雷雨に喜んで、急いで布団を上げた。そうすれば熱のこもった床板を、雨で冷やすことができたから。晩夏の嵐は、ときどき着ている物までずぶ濡れにし、涼しくなると心地よいとは言えなくなった。あまり強くない嵐は、屋根の隙間に槇皮《まいはだ》*5をつめてやり過ごせた。

暮らしは快適ではなかったけれど、目に入る外の出来事は、ひどい隠れ家と言えど、ここにいられることを感謝させてくれた。ある日、「この子はあいつの財産なんだ。だからあいつが望めば殺される」とつぶやきながら、門の前を通り過ぎる奴隷の姿を見た。祖母が女の身の上を話してくれた。女が仕える奥さまが、その日初めて彼女が生んだ赤ん坊を見て、色白の顔立ちからご主人にそっくりだと思った。奥さまは女と赤ん坊を追い出し、二度と帰ってくるなと命じた。女がご主人のところに行き状況を説明すると、奥さまと話をするので心配は要らぬ、と彼は約束してくれた。すると翌日、女は赤ん坊とともに、ジョージア州の奴隷商人に売られたのだった。

*5　木を繊維状に叩き、縄状に編んだもの。水を吸い膨張し、隙間をふさぐ。舟や桶などの水漏れを防ぐために使われる。

二度目の冬は、最初の冬よりもひどくつらいものになった。

せまい空間の中で動くことができなかったため、手足が麻痺し、寒さがきびしくなると、けいれんを引き起こした。頭部も激しい寒さにずきずきと痛んだ。顔や舌もこわばってしまい、口がきけなくなった。もちろん、この状況で医者を呼ぶことなど不可能だった。弟のウィリアムがやってきて、できる限りのことをしてくれた。フィリップ叔父もわたしをいたわり看病してくれ、祖母は気の毒に、回復の兆候が見えないものかと、何度も上がってきては、せまい屋根裏を這いまわった。

冷たい水しぶきを顔にかけられて、わたしが意識を取り戻すと、弟の腕に抱かれていて、弟が涙を流しながらわたしの顔をのぞきこんでいた。一六時間も昏睡していたので、わたしが死ぬと思った、とあとで弟は話してくれた。次にわたしはせん妄状態になり、わたし自身や友のこれまでの尽力を台なしにする危険があった。それを防ぐために、わたしは薬を使って麻痺させられた。疲れきった身体と病んだ心で、六週間寝たきりの状態が続いた。どうすれば治療の助言が得られるか、それが問題だった。

とうとう弟は、薬草治療をするトンプソン流の医師のところに出向き、わたしの種々の痛みを、あたかも自分の症状のように説明した。薬草、人参、軟膏を弟は持ち帰った。特に軟膏を、火のそばですりこめば効果があると指示されたが、この密閉されたせまい空間で、どうして火が熾《おこ》せよう？　炭を入れた火鉢が持ち込まれたが、換気ができず、危うくわたしは命を落としそうになった。そのあと、火を熾した石炭を鉄のおけに入れて運び、れんがの上に置いてみた。身体がとても弱っていたし、火の温もりを久しく感じたことがなかったので、その数個の石炭のありがたさに、わたしは泣いてしまった。

弟が持ち帰った薬にも効果があったと思うが、回復にはとても時間がかかった。幾日も横になっていると陰鬱な思いばかりが心をよぎった。悲惨と言えど、わたしはこの小さな隠れ家をありがたく思おうと、そして愛するように努力した。これは、わたしが子どもたちを取り戻した代償の一部なのだから。

ときには、神は情け深い父であると考え、この苦しみで、わたしの罪を贖《あがな》ってくださるのだと思った。また、ときには、この世は神の支配下にあっても、正義や憐れみというものは、存在しないようにも思えた。呪わしき奴隷制の存在が、なぜこの世に許され、なぜわたしは、少女時代からこれほど苦しめられ、人生を狂わされるような仕打ちを受けてきたのか、と問うた。わたしのこんな問いは、無明の中に取り残されたまま、今でもわたしの魂が納得する答えは見つからないままである。でも、いつか答えが見つかるような気がする。

わたしが病と闘っているあいだ、精神的重圧、不安、過労から、祖母が倒れてしまった。ずっとわたしの最良の友であり、子どもたちの母親代わりでありつづけた祖母がいなくなるかもしれないと考えるだけで、それは今まででいちばん心が締めつけられる試練となった。祖母の回復を、どんなに必死に祈ったことだろう！　あれほど長いあいだ、そして優しくわたしを見守りつづけた祖母を看病してあげることもできないとは、本当につらかった。

ある日、子どもの叫び声が聞こえ、気になってのぞき穴まで這って行くと、息子が血まみれになっているのが見えた。普段は鎖につながれている猛犬が、息子を襲い、嚙みついたのだ。医者が呼ばれ、傷を縫合するあいだ、我が子がうめき、泣き叫ぶ声が聞こえた。こんなとき、ただ苦しむ声を聞くだけでそばに行ってやれないとは、母親の心が引き裂かれるようだった！

しかし、子どもというものは、春のお天気のようである。にわか雨と太陽が交互に続く。夜までにベニーは明るさと元気を取り戻し、あの犬をひどい目に遭わせてやると息巻いていた。そして翌日、同じ犬が別の子どもにも嚙みつき、撃ち殺されたと医者から聞いて、息子は大はしゃぎだった。ベニーの傷は回復したが、歩けるようになるまでにはかなりかかった。

祖母がふせっていることが知られると、祖母の顧客であった奥さま連中が、ちょっとした見舞いの品を持って訪れ、何か欲しいものはないかと訊きに来た。ナンシー伯母が、ある夜フリント夫人に、祖母の付き添いに行ってもよいかとたずねると、「おまえが行く必要はない。行かせられないよ」と言われた。だが、近所のほかのご婦人方が、祖母にたいへんな気遣いを見せていることを知ると、キリスト教徒の慈善で引けをとるわけには行かぬとしゃしゃり出てきた。子どもの頃あれほど祖母に可愛がられた恩を、最悪の悪行でお返ししながら、あきれた恩着せがましさで、祖母の枕もとにやってきた。夫人は容態の深刻さに驚いたらしく、なぜドクター・フリントを呼びにやらなかったのか、とフィリップ叔父を怒鳴りつけた。夫人はすぐに自ら夫を呼びにやり、ドクターがやってきた。わたしは隠れ家に守られていたが、彼がこんな近くにいると事前に知っていたなら、さぞかし怖い思いをしただろう。

彼は祖母は重体だと言い、祖母を診ている医者が望むのであれば、自分が往診しようと言った。ドクターが好きなときにこの家に出入りすることを望む者はいなかったし、高額な請求書を書かせる機会を彼に与えようとも、誰も思わなかった。

フリント夫人が辞するときに、間借り人のサリーが、ベニーが脚を引きずっているのは、犬に嚙まれたからだと説明した。「そりゃいいね」と夫人は答えた。「ついでに犬に嚙み殺されると良かったんだ。母親に送ってやる良い知らせになるじゃないか。あの娘もいつか同じ目に遭うんだよ。いつか犬があの娘に襲いかかるんだ」。キリスト教徒がこんな言葉を残して夫と出て行き、そしてわたしの望みどおり、もう二度と戻ることはなかった。

病は峠を越え、祖母はもう大丈夫だ、と叔父が教えてくれたときに感じたうれしさとありがたさは、言葉で言い表すことができない。わたしは心からこう言えるようになった。「神は本当に慈悲深い。わたしが祖母を病気にし、死なせてしまったという苦悩を、わたしから取り除いてくださったのだから」

21 サンズ氏、下院議員に選出

夏も終わりかけた頃、ドクター・フリントは、わたしの三度目の捜索のために、ニューヨークに行った。この地域の議員候補者は二名いて、投票に間に合うように彼は町に戻ってきた。子どもたちの父親は、ホイッグ党の候補者だった。ドクターはそれまでは筋金入りのホイッグ党員だったが、いまや持てるすべての活力を、サンズ氏打倒に傾けはじめた。大勢の男連中を屋敷に食事に招待し、庭の木陰でラムやブランデーをたっぷり振るまった。ボウルに注がれた酒を飲み過ぎて、お祭り気分で気安くなり、対立候補の民主党に投票する気はないとでも言おうものなら、そのひとは礼儀作法などかまわず、通りにつまみだされた。

ドクターのお酒への出費は無駄になった。結局、サンズ氏が当選したのだ。[*6] このことは、わたしを不安にさせた。彼は子どもたちを自由にしておらず、もし彼が死ぬことがあれば、子どもたちは彼の相続人の思いどおりにされてしまう。ときおり耳に入る子どもたちの声は、「ぼくたちを確実に自由にする努力をせずに、お父さんをこの町から行かせないで」とわたしに願っているように聞こえた。

彼と最後に口をきいてから、もう何年も経っていた。船乗りの格好をしたわたしに、彼が気づかぬまま通り過ぎたあの夜から、のぞき穴から姿を見たこともなかった。彼は首都に向け出発する前に、子どもたちについて何か言うために、祖母のところに来るだろう。そう考えたわたしは、どうするかを決めた。

サンズ氏がワシントンに出発する前日、隠れ家から下の貯蔵室に降りようと、晩までに手はずをととのえた。身体は思ったよりこわばって、うまく動かすことができず、踏み板から踏み板へ足をひっかけるにも、かなり苦労した。床にたどりつくと、足首が体重を支えきれず、わたしは疲れ切って、その場にへたりこんでしまった。わたしの手足はもう動かないかもしれない。でも、ここに降りてきた目的を思い、やる気を出した。手とひざを使って窓際まで這っていき、大きな樽の後ろに隠れると、彼が来るのを待った。

時計が午後九時を打った。蒸気船は一〇時から一一時のあいだに出航するはずだった。わたしの希望はくじけそうになった。が、ちょうどそのとき、彼の声が、誰かにこう言うのが聞こえた。「ちょっとここで待っていてくれたまえ。マーサおばさんに挨拶したいんだ」。彼が家か

*6　サンズ氏こと、サミュエル・トレッドウェル・ソーヤーは第二五回連邦議会で、ノースカロライナ州選出の下院議員に当選した（一八三七年）。

ら出て来て、窓の外を通り過ぎたとき、わたしは声をかけた。

「待ってください。子どもたちのために、わたしに話をさせてください」

彼はぎくりとして、戸惑った様子だった。が、そのまま通り過ぎ、門の外に出て行った。わたしは少しだけ開けた鎧戸を閉じて、樽の後ろにうずくまった。これまでつらいことはたくさんあったけれど、そのとき受けた胸をつらぬくような痛みは、ほとんど感じたことがなかった。


子どもたちは、彼にとって、そんなにどうでもよい存在になってしまったのだろうか？　そして、願ってもわずかな時間すら与えてくれないほど、そのみじめな母親に対する気持ちも失ってしまったのだろうか？　心を締めつける思い出が、一度にせまってきて、誰かが鎧戸を開けようとする音を聞くまで、掛け金をかけることを忘れていた。見上げると、彼は戻って来てくれていた。「誰か私を呼びましたか？」声を低くして、彼は言った。

「わたしです」と答えた。「ああ、リンダ」と彼は言った。

「君の声だとすぐわかったけれど、友人に聞かれてはならないと思い、返事をするのが怖かった。どうしてここに戻ってきたんだい？　この家に戻るほど、自分を危険にさらすことはないというのに？　こんなことを許すなんて、家族の皆はどうかしている。君たち一家全員が、ひどい目に遭ったと、あとで私は聞かされることになるんだよ」

隠れ場所を知らせて、彼をわたしの問題に巻き込みたくなかったから、わたしはただこう伝えた。

「あなたが祖母にお別れを言うために、きっといらっしゃると思い、子どもたちを自由にしてくださることについて、お話ししに来たのです。あなたがワシントンにいる半年のあいだには、いろんなことが起こりましょう。そんな変化の危険を承知しながら、子どもたちの身をゆだねることは、あなたにふさわしいことではないと思います。わたし自身は何も求めません。お願いしたいことはただひとつ、わたしの子どもたちを自由にしてください。もしくはご出立前に、お知り合いにそうする権限を与えてください」

彼はそうしよう、と約束してくれ、またわたしを買い取る手はずも整えてあると言った。

こちらに近づいてくる足音が聞こえたので、わたしは急いで鎧戸を閉めた。軽率すぎると責められることはわかっていたので、家族に知られる前に、自分の隠れ家に這って戻るつもりだった。しかし、彼はふたたび祖母の家に戻り、貯蔵室の窓ごしにわたしと話したことを伝え、夜が明ける前にわたしをどこかへ移すよう懇願した。わたしがこの家にいるのは狂気以外の何物でもなく、家族全員がひどい目に遭わされることは目に見えている、と言った。幸運にも、彼は祖母の返答を待つ時間がなく、ただそれだけ言うと去ってしまった。そうでなければ、ひとの好い優しい祖母は、何もかも彼に打ち明けてしまっていただろう。

屋根裏に戻ろうとしたが、降りるより昇るほうがずっと難しかった。これで目的は果たせた。それまでわたしを何とか持たせてくれていた気力は、すっかり抜けてしまい、ぺたんと床に座り込んでしまった。わたしが冒した危険にびっくりして、祖母は真っ暗な貯蔵室にやってきて、後ろ手にドアに錠を差した。「リンダ、どこだい？」と祖母はささやき声で言った。「ここよ。窓際にいます」わたしは釈明した。「子どもたちを自由にすることなく、あのひとを遠くに行かせることは、できなかったの。何が起こるかわからないのに？」「さあ、出ておいで」と祖母は言った。「ここに一分でも長くいては、おまえの身が危ないよ。おまえがやったことは間違っている。でもね、責めたりしないよ。かわいそうに！」

助けなしでは屋根裏に上がれないことを話し、叔父を呼んできてもらった。叔父は来てくれて、わたしへの同情から叱ることができなかったようだ。叔父はわたしを抱きあげて洞穴《ほらあな》に戻し、そっと横にして、薬を与えてくれ、何かほかにしてほしいことはないか、とたずねてくれた。

叔父が行ってしまうと、ひとり考えること以外何もできなかった。ひとすじの光も差さない周囲の闇と同様に、心の中は真っ暗で、たったひとつの星さえ見えなかった。

友人たちは、わたしが一生歩けなくなるのではないかと心配した。あまりに長い幽閉生活にわたしもうみ疲れていた。子どもたちを自由にしたいという希望のためでなければ、わたしはとっくに死を望んでいたと思う。でも、彼らのために、わたしはまだ耐えるつもりだった。

22 目には目を

ドクター・フリントはわたしをあきらめたわけではなかった。彼はときどき祖母に、わたしはやがて自らの意思で戻り、彼に身をゆだねるだろう、そうなればわたしの家族か買い取りを希望する者に、わたしを売るつもりであると話していた。彼のずるい性格はよく承知していたので、これはわたしをおびき寄せるための罠であるとわかっていたし、皆もそう思った。そこでわたしは、彼のずるさに、わたしもずるさで対抗してやろうと考えた。わたしがニューヨークにいるとドクターに信じ込ませるために、ニューヨークから日付入りの手紙を送ろうと思いついた。

わたしは二通の手紙を書いた。一通は祖母宛、もう一通はドクター・フリント宛だった。ドクターに宛てた手紙には、白髪が増えた年齢の男が、自分の思いどおりになるという理由で、無力な少女をどんなふうに扱ったか、そしてどんなみじめな年月をその少女を与えたかを想起させる内容を書いた。祖母宛の手紙には、子どもたちを北部に連れてきてほしいと書き、子どもたちに、自分を尊敬することを教え、道徳的な価値観を持たせてやりたい、つまり南部では奴隷の母親が、子どもに教えることが許されていないことをこの地で教えて育てたい、と書いた。ニューヨークはたまに訪れるだけで住んではいないので、返事はボストンのある番地宛てに送ってくれと頼んだ。運ぶ時間を考えて、手紙には少し先の日付をつけ、日付に関する注意書きを、運んでくれるひとに宛てて添えた。

祖母にはわたしの計画を話しておく必要があった。手紙が来ることを承知し、またドクター・フリントがわたしが北部にいると言ってくるだろうから、心の準備をしてもらった。祖母は悲しげで、このことを気に病んでいる様子だった。こんなことをすれば、何か悪い結果になる、と思いこんでいた。わたしはこの計画をナンシー伯母にも伝え、フリント家で何か耳にしたら知らせてもらうことにした。落とし戸の隙間からこっそり伯母に説明すると、伯母はこうささやき返した。「うまくいくといいね。おまえと子どもたちさえ自由になれれば、あたしはもう一生奴隷でいいんだからね」

手紙は、その月の二〇日にニューヨークの郵便局に投かんするよう指示してあった。二四日の夕方に伯母がやって来て、ドクターと奥さまが、ある手紙についてひそひそと話していて、お茶の時間に屋敷に戻るときには、医院からその手紙を持って帰ると言っていたと教えてくれた。ということは、明日の朝わたしは屋根裏で、自分の手紙が読まれるのを聞くことになる、と思った。わたしは祖母に、明日きっとドクターはここにやってくるので、屋根裏まで声が聞こえるように、ある戸口に座らせて、ドアを開け放してくれるよう頼んだ。

II

逃亡

翌朝、わたしは屋根裏で、そのドアの開け閉めが聞こえる場所に陣取り、彫像のようにじっとしていた。ほどなく、門を乱暴に開ける音がして、聞き慣れた足音が家の中に入っていった。用意された椅子にドクターは座ると、こう切り出した。

「マーサ、今日はリンダからおまえに宛てた手紙を持ってきたぞ。あの娘は私にも手紙をくれてね。彼女が今どこにいるか、これで正確にわかった。だが、そのためにボストンに行くつもりはない。むしろ、彼女が自分の意思で、恥ずかしくないやり方で、ここに戻ってくることを望んでいるんだ。あの娘を迎えに行くのは、叔父のフィリップが適任だろう。フィリップならあの娘も完全に信用して、気がねなく行動できる。往復の旅費はこちらで出してやろう。戻ったなら、あの娘の友だちに、彼女の身柄を売ってやるつもりだ。子どもたちはすでに自由の身であるし——少なくとも、私はそう思っている——これでリンダが自由になれば、おまえさんもやっと幸せな家庭が持てる、というわけだ。なあマーサ、リンダがおまえ宛に送った手紙を、私が読んでも差し支えなかろう」

彼は封を切り、手紙を読みはじめた。老いた悪党！　彼はわたしが祖母に書いた手紙を隠し、自分で手紙をねつ造したのだ。その偽の手紙の趣旨はこんなものだった。

おばあちゃんへ

ずっと手紙を書きたかったけれど、おばあちゃんと子どもたちを恥知らずなやり方で置き去りにしたことを思うと、情けなくて書くことができませんでした。逃亡してからのわたしの苦しい生活を知ったなら、きっと同情し、許してくださることと存じます。わたしが自由のために払った対価は、とても大きかったのです。

もし奴隷の身分でなく、南部に帰れるようにしてくれれば、わたしは喜んで帰ってきます。もしそれができないなら、子どもたちを北部に送ってくれるようお願いします。子どもたちなしでは、やっていけそうにありません。ニューヨークでもフィラデルフィアでも、叔父の都合の良い場所に子どもたちを迎えに行くので、手遅れになる前にお知らせください。不幸にしているあなたの娘に、なるべく早くお返事ください。

リンダより

「まったく私が想像していたとおりだったな」と、老いた偽善者は腰を上げながら言った。「あの愚かな娘は、軽はずみな行動をいまや悔い改めて、帰りたいと言ってるんだよ。助けてやろうじゃないか、マーサ。フィリップと相談しておいてくれ。もし彼が行ってくれるなら、あの娘も安心して帰って来れるだろうからな。明日には答えを聞かせてくれ。では、失礼」

ポーチに出たところで、ドクターはわたしの幼い娘とぶつかりそうになった。

「おお、エレン、おまえなのかい？」と、彼はできるだけ丁寧な口調で娘に話しかけた。「ぶつかってすまないね。ご機嫌いかがかね？」

II

逃亡

「ありがとうございます」エレンは答えた。「お母さんがここに帰ってくると、おばあちゃんに話していらっしゃるのを聞きました。お母さんに会いたいです」

「おお、そうだとも、エレン。すぐにお母さんを連れて帰ってあげるからね」と彼は返答した。「そしたら、お母さんと好きなだけ一緒にいられるぞ、この縮れ毛の黒んぼ娘」

話をすべて聞いていたわたしには、これはまるで喜劇のようだった。他方で祖母は、叔父を行かせるとドクターが言ったことで、面食らい、悩んでいた。

次の日の晩、ドクター・フリントは、この件を話し合うためにやってきた。叔父は、彼がこれまで耳にしたマサチューセッツ州に関する話から考えると、逃亡奴隷を追って南部からやって来たと知れると、人々からひどい目に遭わされると思う、と話した。

「なんと、すべてでたらめだよ、フィリップ！」とドクターは言った。「おまえにボストンで騒ぎを起こしてもらいたいわけがないだろう？ 問題なく、ことは運ぶさ。リンダは帰りたいと手紙に書いているんだから。身内のおまえなら、彼女も信頼するだろう。だが、私が行くとなると、そうは行かん。私と一緒には、南部に帰りたくないかもしれんしなあ。それにあの罰当たりな奴隷廃止論者《アボリショニスト》どもに、もし私が彼女の主人だと知れたら、あの娘は南部に帰りたいんだ、といくら私が言っても、信じてはくれまい。ひと悶着になり、ましてリンダが、そのへんの奴隷のように、通りを引きずられて連れて行かれる姿を、私は見たくないのだよ。あの娘は私が示したあらゆる思いやりに感謝の意が足りないが、私はそれを許してやり、一人の友としてただ接したいだけなんだ。あの娘を私の奴隷に戻そうとなんて、これっぽっちも思っていない。この町に戻り次第、あの娘の友人に買ってもらうが良い」

叔父が彼の説得に納得しないことがわかると、ドクターは思わず、手紙に書かれていたボストンの住所に、わたしに該当する人物が住んでいるか照会するために、ボストン市長に手紙を出した、と口をすべらせた。ドクターは、自分がねつ造し、祖母に読んで聞かせた「わたしからの」手紙には、わたしの住所に関する記述を入れていなかった。もし、わたしがニューヨークの住所を書いていたなら、彼は再度ニューヨークまで出向いたことだろう。

家族がいつも危険にさらされた人生を送ったため、祖母は臆病になっており、おろおろした面持ちで、「ボストンの市長さんが、おまえがあの住所にいなかったとドクターに知らせたらどうするんだい？　手紙はドクターをだます策略じゃないかと、あいつは疑いだすよ。そして何か探りだして、私たちみんながひどい目に遭うことになるんじゃないのかね。ああ、リンダ、やっぱりあんな手紙を送ってはいけなかったんだよ」と気を揉んだ。

「心配しないで、おばあさん」わたしは祖母に言った。「ボストンの市長は、ドクター・フリントなんかのために黒んぼ探しなんかしないから。この手紙はきっと出しておいて良かったということになると思う。いつになるかわからないけど、わたしもこの暗い穴から抜け出せる日が来るわ」

「そうなるといいね」辛抱づよい友のような祖母は言った。「おまえのこんな生活は、もう五年になるよ。でも、いつかおまえが本当にここを出て行く日には、この年寄りは寂しく思うんだろうねえ。そして、おまえが鉄枷をはめられて連れ戻され、牢に入れられたと聞くんじゃないかと、毎日思いながら暮らすんだろうねえ。神さまが、この憐れな子をお助けくださいますように！『悪人も、あばれることをやめ、うみ疲れた者も、休みを得』[*7]られるところに、いつか私たちも行けることをありがたく思わなくては」

ボストン市長に手紙を書いたということは、ドクター・フリントはわたしの手紙を本物だと信じているということだった。裏を返せば、それはわたしがこの辺りに潜んでいるとは、彼はまったく考えていないということだ。ドクターにこの嘘を信じこませつづけなければならない。そうすれば、わたしも仲間も少しは気が軽くなるし、それに、逃亡の機会がありさえすれば、そう思われていることは好都合だった。そこでわたしは今後もときどき「北部からの」手紙を書くことにした。

二、三週間過ぎても、ボストン市長から何の連絡もないようなので、手や脚の筋力をつけるために、ときどき屋根裏を出て運動させてほしいというわたしの嘆願に、祖母は耳を傾けてくれるようになり、早朝に貯蔵室に降りて、しばらくいても良いということになった。貯蔵室は

*7　ヨブ記三章一七節。

樽でいっぱいで、落とし戸の下にわずかに床が見える程度だった。その場所はドアに面しており、ドアの上部はガラスがはまっていて、興味がある者はのぞけるように、わざとカーテンを吊っていなかった。貯蔵室は閉め切られ、新鮮な空気は入ってこなかったけれど、屋根裏よりはずっと爽快で、一度降りると戻るのは気が重かった。朝日が差し込みはじめると、わたしはすぐに下に降り、人々が動き出し、ポーチに誰かが来る危険がある八時頃まで貯蔵室で過ごした。手足に温もりと感覚を取り戻そうと、いろんなことをやってみたが、どれもうまくいかなかった。無感覚で硬くなった手足を動かすと痛みが走った。

小さな貯蔵室のせまい床で、何とか手や足を動かそうと奮闘していた初めの頃の朝に、もし、誰か敵に見つかっていたら、逃げることは不可能だったと思う。

23 弟に訪れた転機

弟ウィリアムは、ご主人となったサンズ氏に連れられ、ワシントンへ行ってしまった。弟と過ごした時間や、かけてくれた思いやりを思い出すと、彼の不在は寂しかった。弟が送ってくれた便りには、わたしに関する言及はなかったけれど、彼がわたしを忘れていないということを、わたしはちゃんと理解しているという含みで、手紙は書かれていた。わたしも筆跡を変えて、同じ含みで弟に手紙を書いた。

議会は長く続き、やっと会期が終わったあと、サンズ氏はこれから各地を回り、しばらく北部に滞在する予定なので、弟も同行する予定だと手紙で知らせてきた。サンズ氏は弟を自由にすると約束してくれていたが、いつ自由にするかは明言していなかった。

ウィリアムは、奴隷に与えられたチャンスに賭けてみるつもりだろうか、とわたしは考えた。子どもの頃、どうやったら自由になれるのかと、二人でよく話し合った記憶がよみがえってきて、彼は南部にはもう帰ってこない、と思った。

祖母はサンズ氏から手紙を受け取った。それにはウィリアムほど忠実なしもべはいないこと、また弟はサンズ氏にとって大切な友であると書いてあり、こんなに立派に息子を育てた母親はいないと、祖母をほめていた。サンズ氏は北部州とカナダを旅行し、そのあいだ、奴隷廃止論者がウィリアムを何度もそそのかそうとしたが、失敗に終わったことも書かれていた。もうすぐ南部に戻ります、という言葉で手紙は終わっていた。

旅行で得た新しい見聞について記された弟からの知らせを待ったが、手紙は一通も来なかった。そのうち、サンズ氏は迎えたばかりの妻をともない、晩秋に南部に戻る予定だと聞いた。しかし、ウィリアムから便りが届くことはなかった。その話を聞いて、南部の地では、もう二度と弟に会えることはない、とほとんどわたしは確信した。でも、故郷の友をなぐさめることも、弟はしないつもりなのだろうか？　牢獄にとらわれた憐れな生き物である、このわたしにも？　わたしの思いは、暗いわたしの過去と、何もわからない未来のあいだをさまよいつづけた。神以外に、誰にも見られることのない屋根裏で、ひとりわたしはつらい涙を流した。わたしを子どもたちのところに返して、社会の役に立つ女に、また良き母になれる機会をくださいと、どれだけ真摯に神に祈ったことだろう！

とうとう、旅人たちが町に戻ってくる日が来た。長く不在だった可愛い息子を、なつかしい我が家に迎えようと、真心こもった準備を祖母はあれこれとした。食事の準備が整い、ウィリアムのお皿も、彼のいつもの席に並べられた。空っぽの乗合馬車が通り過ぎていった。祖母は食事の時間を遅らせた。何か用事ができて、弟はご主人に引き留められているのかもしれないと考えたのだ。わたしも自分の牢獄で、愛しい弟の足音や声を耳にする瞬間を、それでもどきどきしながら待っていた。午後も遅くなってから、サンズ氏の使いの少年がやって来て、ウィリアムは彼と一緒に町に戻らなかったと祖母に告げた。弟は、奴隷廃止論者にかどわかされてしまったと。しかし、数日もしないうちに必ずウィリアムは帰ってくるだろうから、ご心労には及ばない、とサンズ氏は伝えてきた。ひとりで考える時間ができると、必ずウィリアムは帰ってくる、なぜなら、サンズ氏と一緒にいるよりも幸せに、彼が北部で暮らせることは絶対にないのだから、とそう言った。

祖母の涙を見、すすり泣く声を聞いたなら、弟は自由になったのではなく、死んでしまったと使いの者が告げたように思ったことだろう。祖母は、生きて可愛いお気に入りの子にはもう二度と会えない、と感じていた。しかし、わたしはもっと利己的だった。わたしはこのことで弟が何を得たかではなく、わたしが何を失ったかを考えていた。

新たな不安がわたしに芽生えた。サンズ氏は大金を投じて弟を購入したので、当然この損失が気に入らないだろう。そして、わたしの子どもたちはいまや彼の重要な財産となり、あの子たちが自由になれる見通しに影が差すかもしれない。わたしは無性に恐ろしくなった。子どもたちの自由をきちんとしたものにしなければならない。必ずそうしなければ。父親であり、主人でもあるサンズ氏が結婚した今は、特にそうだった。奴隷に対して交わされた約束の効力を、奴隷制を知り抜いたわたしが知らないはずがなかった。善意からはじまり、誠意がこめられた約束も、それが守られるかどうかは、状況次第なのだ。

次の安息日は、おだやかで澄みきった一日だった。あまりに麗しい日で、神の国の安息日のように思えた。声がわたしに届くようにと、祖母は子どもたちをポーチに連れ出した。気落ちしたわたしをなぐさめるつもりで祖母はそうしてくれたのであり、それは本当に安らぎになった。子どもたちは、子どもだけが持つ陽気さで、他愛もないおしゃべりをしていた。ベニーがこう言うのが聞こえた。

「おばあちゃん、ウィルおじさんはいなくなってしまったの？　もう帰ってこないの？　おじさんはお母さんを見つけるかもしれないね。そしたら、お母さん、喜ぶだろうね！　ねえ、おばあちゃんと、フィリップおじさんとみんなで、お母さんの住んでる町に行って住まない？　ぼくはぜったい気に入るな。エレンだってそうでしょう？」

「うん、私も気に入ると思う」エレンが答えた。「でも、どうやってお母さんを見つけるの？　どこに住んでいるのか、おばあちゃんは知ってるの？　お母さんがどんな顔をしてたか忘れちゃった——兄さんは覚えてる？」

ベニーがわたしの姿を説明しだしたとき、近所に住むアギーという名の奴隷の老女がやって来た。この憐れな女も、目の前でわが子が売られ、二度と消息を聞く望みもなく、どこかに連れて行かれるのを見たひとだった。アギーは祖母がそれまで泣いていたのを察し、思いやりのこもった声で呼びかけた。「マーサおばさん、どうしたんだい」

「ああ、アギーかい」祖母は答えた。「どうやらね、私の死に水をとって、土に埋めてくれる子どもも孫も、私には与えられない運命みたいなんだよ。あの子はミスター・サンズと一緒に戻らなかったよ。北部に残ったんだ」

アギーはうれしさにぱちんと手を叩いた。「あんたはそんなことで泣いてたのかい？」彼女は大声をあげた。「ひざまずいて、神さまを祝福しなきゃだよ！　あたしの子どもたちはどこに行ったかわからねえ。わかることもねえだろう。あんたも、かわいそうなリンダがどこに行ったか知らねえ。でも、弟はどこに行ったか知ってるじゃないか。自由な土地に行ったんだよ。そこがいちばんの場所なんだよ。神さまの行いをつべこべ言わずに、ひざまずいて善いことをしてくださったとお礼を言うんだよ」

わたしの利己心は、憐れなアギーの言葉に諭《さと》された。たかが仲間の奴隷が逃げたことに、彼女はあれほど喜んでくれているのに、実の姉であるわたしは、弟がつかんだ幸運が、自分の子どもにもたらす影響ばかりを考えていた。わたしはひざをついて、神に許しを乞うた。そして、家族の一人が奴隷制の魔の手から抜け出せたことに、心からの感謝をささげた。

ドクター・フリントの一族は、ウィリアムがサンズ氏を見捨てたと聞くと、くっくっといつまでも笑いつづけたという。フリント夫人は、お決まりのキリスト教徒たるお気持ちを、こう表現した。

「良かったじゃないか。ウィリアムが見つからないことを祈ってやるよ。ひとをだました人間が、結局金を失うのを見ることはうれしいことだね。それじゃあ、リンダの子どもたちがつぐなうことになるんだろうさ。あの子らが奴隷商人に連れて行かれるのを、また見たいものだ。あの黒んぼのチビどもが、町をのし歩くのを見せられるのはもうたくさんだ」

24 子どもたちの運命

新たな予期せぬ試練がわたしを待ち受けていた。ある日、サンズ夫妻が町を歩いていると、ベニーに出会った。夫人は彼を気に入って、「まあ可愛い黒んぼ！　どなたの持ち物なの？」と声を上げた。

ベニーはその答えを聞かなかったが、知らない女のひとに黒んぼと呼ばれたと憤慨して家に帰ってきた。数日後、サンズ氏は祖母を訪れ、子どもたちを自分の屋敷に連れてきてほしい、と言った。彼は妻に子どもたちと自分の関係を話したと言い、母親がいないと話したところ、奥さまは子どもたちに会いたい、と言っていると言うのだ。

彼が辞すると、祖母はわたしのところに来て、おまえはどうしたいのか、とたずねた。その質問はばかげていた。わたしがどうしたいかなんて。いったい、わたしに何ができるというのか？　子どもたちはサンズ氏の奴隷で、その母のわたしも奴隷で、その上わたしは死んだと、彼は妻に語っているというのに。彼は、本当にわたしが死んだと思ったのかもしれない。

わたしがあまりに傷つき、とまどって結論が出せずにいるうちに、子どもはわたしが知らぬまま、サンズ氏の屋敷に連れて行かれてしまった。サンズ夫人の妹が、イリノイ州から来て屋敷に滞在していた。婦人には子がなく、エレンを愛らしいと気に入った彼女は、実の娘のように養育するので引き取って育てたい、と申し出た。サンズ夫人はベニーを引き取りたいと言った。

祖母からこの話を聞いたとき、わたしはわたしの限界を超えて試されているように感じた。子どもたちを自由にするためにわたしが払った苦労は、こんな形でしか報われないのだろうか？　確かに、申し出は一見妥当だった。だが、奴隷所有者がいかに軽率に「親子関係」を口にするかも、わたしには痛いほどわかっていた。金銭的な問題が一家に生じた場合、または、たとえば新しく迎えた妻が、もっとお金が欲しいと言ったとき、都合良く金が手配できなければ、子どもたちは、金をつくる便利な手段に変えられてしまうかもしれない。奴隷制、そんな制度を、わたしは信じることはできない！　正規の法の手続きを経て、子どもたちが自由にならない限り、わたしが安らぎを感じることは絶対にないのだ。

自分のために何かしてほしいとサンズ氏に頼むことは、意地があり、わたしにはできなかった。でも、子どもたちのためなら、意地を捨ててお願いできると思った。彼にもう一度、昔彼がしてくれた約束のことを話してみよう。そして彼の名誉にかけて約束を守ってほしいと、すがりついてでもお願いしてみよう、と決心した。

わたしは祖母を説得し、彼のところに行かせ、こう伝えてもらった。わたしは死んではおらず、彼が以前わたしにしてくれた約束を守ってくれることを切にお願いする。最近話があった子どもたちに関する申し出について耳にしたが、わたしはそれを安心して受け入れることができない。彼は子どもたちを自由にする、と約束してくれた。今がその約束を果たすときです。

こんなことをすれば、わたしが近くに潜んでいるという事実が、わかってしまう危険があることは承知していた。だが、母親が子どものためにできないことがあるのだろうか？

驚きながらわたしからの伝言を聞くと、サンズ氏はこう言った。「子どもたちは自由だ。彼らが奴隷と主張する気はまったくなかった。リンダが将来を決めれば良い。ただ私の考えでは、子どもたちは北部に行ったほうが良い。と言うのは、ここが安全だとは思わないからだ。ドクター・フリントは、子どもたちはまだ自分のものだと言いふらしている。ドクターの言い分では、子どもたちは彼の娘の財産で、売買が行われたとき娘は未成年だったので、法的に契約は無効であると言っているんだ」

これまでわたしが子どもたちのためにこれほど苦労したあげく、結局彼らの運命は、古いご主人と新しいご主人という、二つの炎のあいだに置かれているとは！

――そして、わたしは無力だった。守ってくれる法律も、奴隷のわたしが行使可能なものはひとつもなかった。サンズ氏は、当面のあいだ、ブルックリンに転居した自分の親せきの家にエレンを行かせてはどうかと提案した。しっかり面倒を見、学校にも行かせると約束してくれた。これがわたしがエレンのためにできる最善の取り決めだったので、わたしはその提案に同意した。

交渉したのは、もちろんすべて祖母だった。サンズ夫人は本件に関し、祖母以外の誰かが関与しているとは知らなかった。夫人は、エレンを夫妻と一緒にワシントンに連れて行き、ブルックリンにエレンを連れて行ってくれるひとが見つかるまで、そこで預かろう、と提案した。夫人には生まれたばかりの娘がいた。わたしは、保母に抱えられて通りすぎるその子を、ちらりと見たことがあった。奴隷とのあいだに生まれた異母姉が、自由の身に生まれた妹の面倒を見るのかと考えると、やりきれない思いだったが、ほかに選択肢はなかった。

エレンの旅支度がはじまった。こんなに幼い娘を、ひとりぼっちで知らないひとのところにやらなければならないとは、いたたまれない思いだった。人生の嵐に立ち向かうのに、エレンには母からの愛もなく、ほとんど記憶さえなかった！　子どもが自然に抱く、親に対する愛情を、ベニーやエレンはわたしに対して感じることがあるのかと、わたしは疑問に感じていた。わたしはもう二度と娘に会うことはないかもしれない。だから彼女が出発する前に、わたしを見ておくべきだと強く望んだ。そうすれば、あの子の思い出の中に、わたしの記憶が残るかもしれない。けれど、わたしの屋根裏の牢獄に、娘を連れてくるには忍びなかった。

幼いエレンの心には、自分の母親が奴隷制の犠牲者であると知るだけでも、十分悲しすぎるだろうに、奴隷制のために母が押し込まれた、ひどい隠れ家まで見ることはない。空き部屋で、最後の一夜を可愛い娘と過ごすことを許してほしい、とわたしは願った。そんな小さな子どもに、自分を危険にさらしかねない秘密を預けるまねをするとは、狂気の沙汰だと皆は思った。わたしは、エレンの性格をずっと観察してきたが、娘がわたしを裏切る行為をすることはないように思う、と話した。そして、もしみんなが止めても、わたしは自分一人で実行し、エレンと話す時間を必ず作る、と言った。これは軽率に決められる問題ではないと反対されたが、わたしの決心は変わらないと知り、家族もとうとう折れてくれた。わたしは落とし戸から貯蔵室へ降り、叔父が門を見張っているあいだにポーチを抜けて、二階にある以前わたしが使っていた部屋へ入った。

この部屋を最後に見てから、五年以上の時が過ぎていた。どれほどたくさんの思い出が、一度に押し寄せてきたことか！　ここは、フリント夫人から屋敷を追い出されて、逃げ込んだ部屋だった。ここは、あの年老いた暴君が、わたしをあざ笑い、侮辱し、ののしった部屋だった。ここは、子どもたちを初めて腕に抱いた部屋だった。ここは、子どもたちの寝顔を見て、一夜ごとに悲しい愛情を育てた部屋だった。ここは、苦しみ抜いた果てに、神にひざまずき、わたしの罪を許してほしいと、祈りをささげた部屋だった。こんなに鮮明に何もかも思い出すなんて！　そして、この部屋を去ってから、長い長い陰鬱な日々を過ごし、やっと戻ってきたわたしは、ボロボロだった！

記憶の淵に深くはまりこんでいると、階段に足音を聞いた。ドアが開き、叔父のフィリップが、エレンの手を引きながら部屋に入ってきた。エレンの小さな身体に両手を絡め、わたしは言った。「エレン、かわいい娘。お母さんよ」エレンはびくっと体を引いて、わたしをじっと見つめた。そして、幼心でわたしを信じると、頬をわたしの頬に寄せた。こんなに長いあいだ虚ろだった胸に、わたしはしっかりと娘を抱きしめた。

口を開いたのはエレンだった。頭を起こすと目を丸くして「ほんとうに私のお母さんですか？」と訊いた。そうよ、とわたしは言った。会えなかった長いあいだも、ずっとエレンを愛しつづけていた。そして今エレンが遠くに行くと聞いて、お母さんのことを覚えておいてほしいと思い、一度会って話しておきたかった、と語りかけた。しゃくりあげながら、エレンは言った。

「お母さんが来てくれてうれしい。でも、どうしてもっと早く来てくれなかったの？ベニーと私はほんとうにお母さんに会いたかったのに！兄さんはお母さんのことを覚えていて、ときどき話してくれた。フリント先生が迎えに行ったときに、どうして帰ってこなかったの？」

わたしはこう答えた。「そのときは、帰れなかったのよ。でもこうして会えたじゃない。エレン、おまえは遠くに行っても大丈夫？」

「わかんない」と言って、エレンは泣きだした。

「おばあちゃんは泣いてはいけないと言うの。私はいいところに行って、読み書きも教えてもらえるからって。それで、そのうち手紙を書いてって。でも、そこにはベニーも、おばあちゃんもフィリップおじさんも、だれも私を可愛がってくれるひとがいないの。お母さん、私と一緒に行ってくれるの？　一緒に行こう、ね、お母さん！」

今は一緒に行けない、とわたしは答えた。でもいつか彼女を迎えに行き、ベニーと一緒に三人で幸せに暮らそう、と話した。エレンは、走っていって今ここにベニーを連れてきたい、と言った。近いうちにベニーもフィリップおじさんと北部に行くので、彼が出発する前にもこうして彼に会いに来るから、とわたしは説明した。

わたしはエレンに、今夜は一緒に眠ってあげようかと訊いた。「うん！」とエレンは答え、叔父のほうを向いてすがるように、「今夜はここにいてもいい？　お願い、おじさん！　このひとは私のお母さんなの」と頼むのだった。叔父はエレンの頭に手を置いて、いかめしい声でこう言った。

「エレン、おまえがおばあちゃんに約束した、絶対にひとに話してはいけない秘密とは、このことだったんだよ。もしおまえが誰かに話すと、そのひとは二度とおまえをおばあちゃんに会わせてくれなくなるし、お母さんもブルックリンに行けなくなってしまうんだよ」

「おじさん」とエレンは答えた。「私、ぜったいだれにも言いません」

叔父はエレンに、今夜わたしと一緒にいても良いと言ってくれた。叔父が部屋を出ると、わたしはエレンを腕の中に入れて、お母さんは奴隷なのだ、だからエレンはわたしに会ったことは誰にも言ってはいけないのだと話して聞かせた。また、良い子になるように、新しいおうちの人々に好かれるように努力するよう諭して、そうすれば神さまがエレンにお友だちを作ってくださるから、と話した。また、お祈りをするよう、そして憐れな母のためにもいつも祈ってくれることを忘れなければ、きっと神さまがわたしたちをもう一度会わせてくれると教えた。

エレンは泣き、わたしも娘の涙を止めようとは思わなかった。この子はもう二度と、母の胸に涙を落とす機会がないのかもしれない。エレンは一晩中わたしの腕の中にいて、わたしは眠るつもりはなかった。その夜のどの瞬間も、わたしにはかけがえのない時間だった。

エレンはもう寝てしまったと思ったときに、そっと額にキスをすると、エレンは「起きていますよ、お母さん」と言った。

夜明け前に、家族がわたしを隠れ家に連れ戻しに来た。窓のカーテンを少しだけ引いて、もうこれっきりになるかもしれない我が子の顔を眺めた。月の光がエレンの顔を照らし、何年も前、自由に向かって逃亡した夜にそうしたように、娘の上にかがんで顔を見つめた。激しい鼓動で心臓が飛び出しそうな胸に、エレンをぎゅっと抱きしめると、幼い瞳からつらすぎる涙がこぼれ、娘の頰を流れた。エレンは別れのキスをして、わたしの耳にささやいた。「お母さん、私、ぜったいにだれにも言わないから」――そしてエレンは誰にも言わなかった。

わたしは屋根裏に戻ると、布団に身を投げ出し、胸にあふれる想いが止まらなくて、暗闇でひとりで泣いた。心臓が破裂するほど泣いた。

エレンの出発の時間が近づくと、近所のひとや友人たちが、「元気でね、エレン。お母さんがおまえを見つけてくれるといいね。お母さんに会いたいだろうね！」と声をかけた。

「はい、会いたいです」とエレンは答えたが、小さな心がずしんと重くなる、深刻な秘密を彼女が抱えているとは、誰も思わなかった。エレンは愛情こまやかな子だったが、自分が心を許したひと以外には生来かなり内気な性格だったので、彼女なら秘密を守れるとわたしは考えていた。門が閉じる音がして、奴隷の母親だけに感じられる思いで、わたしはその音を聞いた。

その日は一日中、悲しいことばかりをひとりで考えていた。エレンをあきらめきれなかったのはわたしの身勝手で、イリノイ州のサンズ夫人の妹のところに養子に出したほうが良かったのではないかと思うこともあった。しかし、わたしの奴隷の経験が、わたしにその決断を許さなかった。いつか状況が変わり、あの子が南部に送り返される日が来ることが怖かった。ニューヨークであれば、いつか必ず行ける。そこなら、娘の面倒を見てやることも、ある程度守ってやることもできると思った。

ドクター・フリントの一族は、エレンが出発してしまうまで、この取り決めのことは何も知らず、知らせを聞くとひどく憤慨した。フリント夫人は、この件に関してあれこれ問いただすために、サンズ夫人の妹を訪問した。夫人は、自分の娘は売買契約書に署名できる年齢ではまだなく、わたしの子どもたちが娘の財産である以上、娘が成人するか結婚し次第、手の届く場所にいるならどこでだってつかまえてやる、とまくしたてた。

数日が数週間になり、数ヵ月経っても、エレンに関する知らせは届かなかった。わたしは祖母名義でブルックリンに手紙を送り、エレンの到着を問い合わせてみたが、まだ到着していないという返事が返ってきた。ワシントンにも手紙を出してみたが、まるきり無視された。ワシントンには、故郷でエレンを心配する人々に対し、同情しても良いはずの人間が一人いたが、以前彼がわたしとのあいだに築いた絆というものは、簡単に壊れ、ごみ同然に捨てられてしまうものなのだろう。だが、あの頃、どれだけ熱意をこめて、守ってあげたいと、悲しい無力な奴隷少女に、彼は語ってくれたことだろう！　そしてわたしは、どれほど一途に彼を信じたことか！　しかし、いまや疑念がわたしの心に芽生えていた。娘は死んでしまったのだろうか、それとも彼らにだまされて、売られてしまったのだろうか？

エレンの出立から半年が過ぎた頃、ブルックリンから祖母宛に手紙が届いた。その家族の一人である若い女性が書いたもので、エレンが今到着したと知らせていた。手紙にはエレン自身からの伝言も、こう添えられていた。「わたしは教わったとおりに努力し、毎日朝と晩にあなたのことをお祈りしています」。この言葉はわたしに宛てられたものと理解して、わたしの心の大きな安らぎとなった。女性はこう手紙を終えていた。

「エレンは、お行儀の良い子で、ここに来てくれたことをうれしく思っています。従兄のサンズが、私の小さな侍女にするよう、エレンを私にくださったのです。彼女を学校に行かせるつもりです。いつか自分で手紙が書けるようになることを願っています」

この手紙にわたしはうろたえ、困惑した。娘の父親は、エレンが成長し自活できるまで、他所の家に預けただけなのだろうか？　それとも、財産の一部として自分の従妹にあげたのだろうか？　もし後者であれば、従妹はいつでも南部に戻ることができ、エレンを奴隷として所有できるのだ。

彼は、わたしたちに対し、こんな恥ずべき悪事を行うことができたのか、というつらい考えを、頭の中から追い出そうとした。わたしは自分にこう言いきかせてみた。「人間にはわずかでも正義の心があるはずよ」。だが、そうつぶやいたあと、奴隷制がどのように、人間が持って生まれた心に反し、ひとに道を踏みはずさせてきたかを思いだして、嘆息した。屈託のない息子の顔を見ると、胸をつらぬかれるような痛みを感じた。息子は自分が自由だと思っていた。彼を奴隷に戻すことは耐えられなかった。奴隷制の魔の手から、ベニーを逃がさなければならない！

25 ナンシーおばさん

フリント家の奴隷だったすばらしい伯母についてはすでにお話しした。ドクターから恥ずべき虐待を受けていたあいだ、ずっとわたしを保護してくれたひとである。奴隷でも結婚できると仮定すれば、二〇歳のときに伯母は結婚した。ご主人と奥さまの了承を得て、牧師に式を執ってもらった。だがそれは形式上ということで、法的に有効なつながりではなかった。ご主人や奥さまはいつでも気の向いたときに、伯母の結婚を解消できた。呼び出しにすぐ応じられるように、伯母は奥さまの私室の入口に近い床に、いつも寝かされていた。

フリント夫人には、当時まだ子どもがいなかったが、妊娠していた。もし夫人が夜中に水が飲みたくなり、水を手渡してくれる奴隷がいなければ、奥さまはお困りではないか？　だから伯母はずっと入口に寝るよう強制され、ある真夜中、伯母が流産で担ぎ出されるまでそれは続いた。そして二週間後にはまた、フリント夫人に生まれた子の面倒を見るために、同じ場所に戻って寝るよう命じられた。夏も冬も伯母はそこで眠らされ、六回の流産をした。そのあいだも、伯母はずっとフリント夫人の子どもらの夜間の保母をつとめた。日中の重労働に加え、夜も休むことができなかったので、伯母の身体はぼろぼろになった。ドクター・フリントは、もう伯母は健康な子どもを産むことはできない、と診断した。一家に欠かすことができない大切な召使いである伯母を失うことを、ようやく危機に感じた一族は、家族に病人がいるとき以外、伯母が離れの一室で眠ることを許可した。

その後、伯母は病弱な赤ん坊を二人産んだが、一人は数日後に亡くなり、もう一人は数週間後に死んでしまった。最後の赤ん坊が亡くなったとき、伯母がその子を抱きながら、悲しみに耐えていたことをよく覚えている。「生きてくれれば良かった」と伯母はつぶやいた。「あたしの子どもは生きるなというのが、神のご意思なんだね。でもね、死んだ子どもたちに天国で顔向けできるように、あたしはがんばるよ」

伯母は母の双子の姉妹で、許される限り、孤児となった弟とわたしの母親代わりをつとめてくれた。ドクターの家にいたときは、いつも伯母と一緒に眠り、わたしと伯母は強い絆で結ばれていた。周囲がそろってわたしに逃亡を思い留まらせようとしているときも、伯母は変わらず応援してくれた。北部へ逃亡する可能性が断たれ、主人に許しを乞うたほうが良いとみんなが思ったときも、絶対にあきらめないようにと伝言してくれたのも、この伯母だった。わたしがやり抜けば、子どもたちを自由にできるかもしれない。その途中で、たとえわたしが死ぬことになっても、このまま何もせず、わたしの人生をだめにした同じ迫害の中に子どもを置き去りにし、苦しむままにさせるよりはずっと良い、と言ってくれた。

祖母に残ったもはやたった一人の娘だったこの伯母のもとに、祖母が呼びつけられたのは、わたしの隠れ家生活が六年目に入ったときだった。伯母は危篤で、もう持たないと言われた。祖母は何年ぶりかで、ドクター・フリントの屋敷に入った。一族は祖母にひどい仕打ちをしてきたが、祖母には何のためらいもなく、死にゆく娘のそばにいさせてくれるだけで、ありがたいと思った。母娘はいつも互いをいたわりあって人生を生きてきた。二人の心に、ずっと重くのしかかった秘密のことを話しておきたいと思いながら、今母娘は座り、お互いの瞳をただ見つめあうことしかできなかった。伯母の身体は麻痺におそわれていた。伯母はそれから二日しか持たず、最後の日は話すことができなくなった。口がきけなくなる前に、伯母は、やがて話せなくなっても悲しまないよう祖母に言った。自分が大丈夫なことは手を挙げて、祖母に伝えてみせるから、と気づかった。

死に瀕しても、枕もとにひざをついて見守りつづける老母に、笑顔を作って笑いかけようとする伯母の姿に、非情なドクター・フリントの心も、多少はほだされた。伯母はいつも忠実な召使いだった、彼女の代わりは見つからないだろう、と彼が語ったとき、一瞬だけドクターの瞳に涙が宿った。フリント夫人は動揺のあまり、自分の寝室に閉じこもった。

フリント夫人は、自分の憐れな乳姉妹の人生を子なしで終わらせたことに、何の後ろめたさも感じていないように見えた。残酷といえる身勝手さで、切れ切れの休息しか与えず、報われることも終わることもない重労働を何十年もさせて、夫人は伯母の身体を破壊した。

だが、今になって夫人は感傷的になった。疲れきって亡くなった奴隷を、自分の足もとに埋葬してやったなら、奴隷所有者と奴隷のあいだに育まれたうつくしい愛情を表現できると考えたのだろう。夫人は牧師を呼びにやり、ナンシー伯母をフリント家の墓所に埋葬することに異存はないかとたずねた。白人用の墓地に黒人が埋められた例はなかったし、伯母の家族全員は、奴隷専用の古い墓地に一緒に眠っていることを牧師は知っていた。そこで彼は夫人にこう答えた。「奥さんのご希望に沿うことに異存はありませんが、ナンシーの母上は、ご自身で決めたいかもしれませんな」

フリント夫人は、奴隷に感情が持てるとは、一度も考えたことがなかった。

意見を求められて祖母は、娘は家族全員が眠る墓地に、つまり、やがて自分もそこに埋めてもらうつもりの場所に埋葬してもらいたい、と即答した。フリント夫人は、ナンシーが自分から離れたところに埋められるのはつらいがと言いながらも、快く祖母の意向に同意した。「何しろ、ナンシーがずっと私のそばに――部屋の入口の床に寝ていることに、慣れきっているものですから」と夫人が言えば、もっと涙を誘う哀愁感が出たかもしれない。

フィリップ叔父は、姉の埋葬を自費でまかなう許可を得た。奴隷所有者たちは、奴隷やその身内からの、そんな申し出はいつも喜んで許してくれた。葬儀はとても簡素なものだったが、非の打ちどころがなく、整然とした式だった。伯母は安息日に埋葬され、フリント夫人の牧師が葬儀を執り行った。奴隷も、自由な身にある黒人も大勢参列し、わたしたち家族と親しい白人も、数名来てくれた。ドクター・フリントの馬車も来ていた。質素な墓に遺体が納められたとき、フリント夫人は涙を一粒落とすと、役目を上品に果たしたことにおそらく満足しながら、馬車に戻って行った。

こんなことや、ここに書ききれないことを、のぞき穴の側にひとり座って、家族が墓地から戻るのを待ちながら、ときどき泣いたり、眠ったり、生ける者と死せる者が現れる不思議な夢を見ながら、わたしは考えていた。

子どもに先立たれた祖母のなげく姿を見るのは、せつなかった。祖母はいつも気丈に耐えていたが、信仰が、これまで以上に祖母の支えになっていった。祖母の暗い人生は、さらに暗さを増し、老齢と苦労が、ひからびた顔に深いあとを残した。

階下からわたしを落とし戸のところに呼ぶために、合図のノックをする位置が四ヵ所あり、それぞれの場所に意味を決めていた。祖母は前よりひんぱんにわたしのところに来るようになり、深いしわが刻まれた頬をゆっくりとつたう涙をぬぐおうともせず、死んだ娘の話をするのだった。できる限りなぐさめようとしたが、祖母のいやしになる代わりに、このわたしこそが、途切れることのない不安と苦労の原因であるという事実に思いいたると、やりきれなかった。老いた腰は、重い苦労を支えて曲がっていた。重みに耐えかねて曲がっていたが、まだ折れてはいなかった。

26 運命の輪

光も空気もほとんど入ってこず、手足を動かす場所もなかったあの薄暗い小さな穴倉で、約七年間を過ごしたというわたしの証言を、読者が信じてくださるとは思わない。しかしこれは事実で、しかもわたしにとっての悲しい現実であり、あの長かった監禁生活のために、精神は言うまでもなく、今も身体が痛む。

数えきれないほどの晩、たったひとつの星がやっと見えるだけの、小さなのぞき穴のところで、夜が更けるまで座っていた。季節が過ぎゆく中、来る年も来る年も、「お母さんはここですよ」と心で叫びつづけながら、子どもたちの顔をのぞき見て、可愛い声に耳を澄ました。希望のない、単調なこの生活に入ってから、年月というものはどこかに行ってしまったように、ときどきわたしは思うことがあった。麻痺したようにぼうっとしていたこともあれば、この闇の日々はいつ終わるのだろうか、いつになったら太陽を浴び、新鮮な空気を吸えるのだろう、と待ちきれない思いに駆られることもあった。

エレンがいなくなってから、この思いはさらに強くなった。フィリップ叔父が同行するなら、いつでもベニーは北部に行って良いと、サンズ氏は合意していた。わたしは自分も北部に行き、子どもたちの面倒を見て、できる限り守ってやりたい、と強く望むようになった。

それに、このまま長くここにいれば、雨のせいでいつか屋根裏から追い出される恐れがあった。うすい屋根は修理不能なほど傷んでおり、誰かに見られるかもしれないと、叔父は屋根板を外して入れ替えることをためらった。夜に嵐になったときは、敷物やじゅうたんの端きれを屋根に広げて、雨漏りを防いでくれた。その場合は朝になっても、敷物を乾かしているように見えただろうが、日中に敷物を屋根に広げはじめれば、人目を引きすぎる。当然わたしの衣類や寝具はよくびしょ濡れになり、ひきつり硬くなっていた手足の痛みは、よけいにひどくなった。

自分の中であれこれと逃亡計画を立てては、祖母が落とし戸のところに来たときに、話してみることもあった。思いやり深い老女は、逃亡奴隷にひどく同情していた。逃亡に失敗し、捕らえられた奴隷たちの残酷な話を、祖母は知りすぎていた。なので、いくらわたしがそれとなく話題を出しても、「ああ、そんなことを考えるのは止めておくれ。心がつぶれてしまうよ」と祖母は不機嫌になった。わたしをいつも勇気づけてくれたナンシー伯母は、もうこの世にいなかった。しかし、弟ウィリアムと子どもたちの存在が、わたしを北部へと招きつづけた。

ここで、数ヵ月前に起きた出来事に戻らなければならない。伯母が亡くなった年の元旦に、ファニーという名の友人が、ご主人の借金のために競売にかけられることになった。ファニーは別の主人に売られ、彼女の四人の幼い娘たちは、遠くの別の主人に売られてしまったと聞かされた。そして、ファニーは彼女を買った新しい主人のもとから逃げ出し、まだ見つかっていないということだった。ファニーの母親が、近所に住む奴隷の老女アギーだった。アギーは祖母が所有する小さい長屋に住み、その長屋は祖母の敷地内にあった。アギーの家はくまなく調べられ、監視がつけられた。警ら隊がすぐそばに来たので、わたしは自分の隠れ家で息を殺していなければならなかった。

奴隷狩りはうまくかわすことができたが、その後まもなく、ベニーが偶然アギーの家でファニーの姿を目撃した。ベニーはこのことを祖母に伝えたので、祖母は彼に口止めし、もし話せばどんな恐ろしいことになるかと話して聞かせた。そして、ベニーは秘密を守った。アギーは、自分の娘の隠れ家を祖母が知っていたとも、この腰の曲がった隣人が、彼女と同じように不安と恐怖の重荷に苦しんでいたとも、夢にも思わなかった。だが、この危険な秘密は、迫害された二人の母親の仲を、共感という絆でさらに深めた。

わたしはだんだんと落ち着かない気持ちでいることが増えるようになっていた。身体は痛み、心は苦悩でいっぱいのこの暮らしは、もう長すぎた。ふとした手違いや、誰かの策略で、子どもたちが奴隷制に連れ去られてしまうのではないかという恐怖が、いつも頭から離れなかった。恐怖は次第に高まって、気がおかしくなりそうで、どんな危険を冒してでも、北極星《ノース・スター》をめざそう、とわたしは決意した。

このような危機の最中にいるわたしに、神は思いがけない形で、逃亡の道を開いてくださった。ある晩、友だちのピーターがやって来て、わたしに会いたいと告げた。

「とうとうこの時が来たよ」と彼は言った。「君が自由州に行けるチャンスを見つけた。二週間あるので、よく考えてくれ」

ようやくわたしが心を決めたとき、こんな機会が訪れるなんて、嘘ではないかと思った。ピーターは逃亡方法を説明してくれ、君が行きたいと言うだけで行けるんだと言った。行きます、と大喜びで答えようとした瞬間、ベニーのことが頭をよぎった。行きたい気持ちがつのったが、ドクター・フリントがいまや主張している、息子の所有権のことがひどく気にかかり、彼をここに残して、わたしだけが北部に逃れることはできない、とピーターに話した。

ピーターは、真剣に異議をとなえた。こんな良い機会はもう二度と来ないかもしれない、それにベニーは自由なのだから、あとから北部に連れてくれば良い。子どもたちの幸せのためにも、今はためらうときではない、とわたしを諭した。フィリップ叔父に相談してみる、とその場は答えるしかなかった。

叔父に相談すると、この計画をとても喜んでくれ、何としてでも行くようにと言った。自分の目が黒いうちは、わたしが北部の安全な場所に落ち着き次第、息子を自分で送り届けるか、

Ⅱ

逃亡

必ず誰かに連れて行かせるとも約束してくれた。わたしはこのチャンスに賭けることに決めた。だが、祖母には出発の直前まで知らせないほうが良いと思った。叔父は逆に、わたしが急にいなくなると祖母はかえってひどく悲しむだろうという意見だった。

「わしから事情を話しておくよ。おまえのためだけでなく、母さんのためにも、今おまえが北部に行くことが必要だとわかってもらうさ。母さんが、心労でつぶれそうになっているのは、おまえだってよくわかっているだろう」

わたしにもわかっていた。わたしを家にかくまっていることが、祖母をたえ間なく不安にさせている元凶であり、年を取ってよけいに、発覚の恐怖に祖母はおびえるようになっていた。叔父は祖母と話をし、このふってわいたような機会をつかむことが、わたしにとって不可欠であると説得することに、何とか成功した。

自由な女になれるという期待は、わたしの弱った体にはきつすぎる刺激だった。わたしは興奮すると同時にうろたえた。急いで自分の出発の用意と、ベニーがわたしのあとを追って来られるように準備を整えた。出発前に、注意と忠告を与え、そしてどんなに首を長くして彼の到着を待っているかということを、ベニーと会って話しておくことにした。

わたしは船で北部に逃れることになっていた。これ以上詳細を書くことは差し控える。わたしは準備万端でいたが、不測の事態が起こり、数日間、出航が延期された。そのあいだに、ジェイムズという逃亡奴隷が、無残な方法で殺害されたという知らせが町に広まった。不運な青年の母であるチャリティとは、昔なじみだった。ぞっとするような彼の死については、近隣の奴隷所有者の日常を描写した箇所ですでにお話ししたとおりである。[*8] 日頃から、奴隷の逃亡の話には神経質になっていた祖母は、この知らせに驚愕した。逃亡計画をすぐにあきらめなければ、わたしも必ず同じ運命をたどると確信し、号泣して行くなとわたしに頼むのだった。祖母の過度な狼狽に感化されたのか、行くと言えば絶望的になる祖母に対して、わたしも強くはなれなかった。胸が引き裂かれる思いであったが、計画は取りやめる、と祖母に約束した。

ピーターに決断を伝えると、彼は落胆すると同時に腹を立てた。これまでの経緯を考えると、次の機会は相当長いあいだ来ないかもしれない。こんなチャンスをみすみす逃すのは惜しい、と言った。この機会をふいにする必要はない、とわたしは答えた。同じようにかくまわれている友人が近所にいて、わたしのために用意してもらった船に、喜んで乗り込むはずだと、憐れなファニーの話をしてみた。ピーターは、黒人であろうと白人であろうと、困っているひとを見捨てることのない、人間愛に満ちた、気高い人間であったので、それなら代わりにファニーを助けてやろう、と言ってくれた。

アギーにこの話をすると、わたしたちが彼女の秘密を知っていたことにぎょっとしたが、こんな機会がファニーに与えられると知って、彼女はたいへん喜び、さっそく次の日の夜、ファニーは乗船する手はずになった。アギーもファニーも、わたしはとうに北部に逃亡したと思っていたので、わたしの名前は一切出なかった。指定の時間にファニーは船に乗せられ、小さな船室に身を隠した。この船旅にかかる費用は、イギリスまで船旅ができるほどの金額だった。

翌朝、のぞき穴から外を見ると、暗い、曇った天気だった。その日は風向きが悪く、船は出航できなかったという知らせを、夜になって受け取った。わたしの強い説得で、多大な危険を冒すことになったファニーとピーターのことがひどく心配になった。翌日も、風向きと天候は変わらなかった。船に連れて行かれたとき、ファニーは恐怖で死んだようになっていたと聞いたので、今彼女がどんな気持ちで船にいるかは容易に想像できた。祖母は屋根裏にひんぱんにやって来ては、わたしが行かなくて本当に良かったと言っていた。

三日目の朝、祖母は天井を小突いて、貯蔵室に下りてくるよう合図した。心配つづきの重圧から、祖母は精神的に参り、いまやどんな些細なことにもおびえるようになっていた。そのときも祖母は取り乱した様子で、いつものように貯蔵室のドアに鍵をかけることをうっかり忘れてしまい、そのことにわたしも気づかなかった。出航が足止めされていることを、ひどく気にかけているらしく、このままではファニー、ピーター、そしてわたしは見つかって捕らえられ、拷問を受けて殺されてしまう、フィリップの人生は台なしにされ、この家もばらばらに取

＊8　本書第八章。

り壊されてしまう、とおびえていた。祖母は、最近葬ったばかりの伯母ナンシーのことを、優しかった愛娘の話を持ち出して、理性を失い、手がつけられないほど興奮していた。祖母が震えながら立ちすくみ、泣いていると、外のポーチから声がした。

「マーシーおばさん、どこにいるのさ?」

その声に、祖母は飛び上がった。そして、わたしがいることを忘れて、思わずドアを開けてしまった。するとジェニーが、わたしが白人の恩人の屋敷にかくまわれていたとき、部屋に入ろうとした悪魔のような女中ジェニーが、貯蔵室に入ってきた。

「あちこち探しまわっちゃったよ、おばさん」とジェニーは言った。「奥さまがね、あんたのクラッカーがほしいってさ」

わたしは樽の後ろにそっとすべりこんだ。樽はわたしの姿をすっかり隠してくれたが、ジェニーがまっすぐ樽を見つめているような気がして、心臓は早鐘のように鳴っていた。祖母はすぐに自分がしたことに気づき、クラッカーを勘定するために急いでジェニーを連れて部屋を出ると、ドアに鍵をかけた。

数分後に戻ってきた祖母は、絶望を体現していた。

「許しておくれ!」祖母は叫んだ。「私がうっかりしていたために、おまえをだめにしてしまった。船はまだ行っていない。すぐに支度して、ファニーと一緒に逃げなさい。もう反対なんかしやしない。今日これからどんなことになるのか、誰にもわかりゃしないのだから」

II

逃亡

フィリップ叔父が呼びにやられ、あのジェニーなら二四時間以内にドクター・フリントに密告するという祖母の意見に同意した。叔父の考えはこうだった――できればわたしは船に乗ったほうが良い、しかし、もしそれが不可能であれば、家を壊されない限り見つかることはないのだから、このまま静かに屋根裏に隠れるしかない。また、このことで自分が動けばすぐに怪しまれるので、ピーターと連絡を取る、と言った。すでに十分すぎるほど、わたしのために危険な目に遭わせているピーターを、再度危険に関わらせることは気が引けたが、ほかに選択肢がないようだった。わたしの優柔不断さに腹を立てた彼であったが、度量の広い性格そのままに、今度こそ勇気を出し強い女になってくれるなら、もう一度わたしを助けよう、と即座に言ってくれた。

ピーターがただちに波止場に向かうと、風向きがようやく変わり、船がゆっくり下流に向けて出航したところだった。大至急の用件があると言いくるめ、二人の船頭に一ドルずつ渡して、船を追いかけてもらった。ピーターは船頭より色が白かったので、すごい速さで追いかけてくる小舟を見て、船に隠した逃亡奴隷を捕まえに、役人たちが追ってきたと船長は勘違いした。船長は帆を上げて逃げようとしたが、小舟は船に追いつき、疲れ知らずのピーターが甲板に飛び乗った。

船長はすぐに彼がピーターだとわかった。勘定を間違えたので、下の船室で話そう、とピーターは彼を誘って下に降りた。用件を話すと船長は驚いた。「なんと、その女はすでに船に乗っておるぞ。おまえさんや悪魔でも見つけられないようなところに、かくまっておるよ」

「別の女も運んでほしいんだ」とピーターは言った。「彼女もたいへんな状況にあるんだ。もし船を停めて、彼女も乗せてくれるなら、妥当な範囲でいくらでも支払おう」

「その女は何という名前だ？」

「リンダと言うんだ」

「それはこの船に乗っている女の名じゃないか」船長は言った。「こんなことが！　おまえさんは私を裏切るつもりだな」

「まさか！」とピーターは叫んだ。「あなたの髪の毛一本傷つけるまねを、するわけがありません。こんなに感謝しているのだから。本当に、もう一人とても危険な目に遭っている女がいるのです。どうか、ひとの心があれば、船を停めて乗せてやってくれ！」

しばらくして、ようやく誤解が解けた。この辺りにわたしが潜んでいると夢にも思わなかったファニーは、わたしの名前を名乗り、ただし名字は「ジョンソン」としていた。「リンダはよくある名前です」とピーターは言った。「ここに連れて来たい、別の女の名前はリンダ・ブレントです」

船長はある場所で夜になるまで待ってくれることを承知し、出航を遅らせた詫びに、気前良くお金を支払われた。

当然その日は、我々みんなが恐怖に震える一日となった。しかし、ジェニーがもしわたしに気づいたとしても、奥さまに告げ口するほど馬鹿ではないだろう、という結論に達した。そして、彼女のいる屋敷での取り決めを熟知しているわたしは、夜になるまでジェニーはフリント一族に会いに行く機会はない、と思った。あとになって考えてみると、結局彼女はわたしに気づかなかったのだと思う。彼女自身は、三〇枚の銀貨のためなら、苦しむ仲間も平気で裏切るような、卑しい性格の女だったにもかかわらず、あのあと何も起こらなかったからである。

夕暮れになり次第、すぐに出発できるようわたしは支度した。準備の合い間に、息子に会っておくことに決めた。息子には七年間会っていなかった。とは言え、わたしたちは同じ屋根の下にずっと一緒に暮らし、体調が良く、のぞき穴のそばまで行って座れるときは、毎日彼の姿を見ていた。貯蔵室の外に出る勇気はなかったので、息子を連れてきてもらい、ポーチ側のドアから見えないところで、二人きりにしてもらった。わたしたち親子にとって、感情的になりがちな再会だった。ひとしきり話し、泣いたあと、息子がこう言った。

「お母さんが北部に行けることになってうれしいよ。ぼくも一緒に行けたらいいのに。お母さんがこの家にいたことは、ぼくはずっと知っていたよ。誰かがお母さんを捕まえにくるんじゃないかと、いつもとってもこわかった！」

わたしは驚いて、なぜわたしが家にかくまわれているとわかったのかと聞いた。

「まだエレンが行ってしまう前に、ひさしのところに立っていたら、小屋の上の方から、誰かが咳をしたの。なぜかわからないけど、あれはお母さんだと、そう思ったんだ。それに、エレンが出発する前の夜、エレンがいなかったんだ。そしたら、夜中におばあちゃんが、エレンを連れてぼくたちの部屋に戻ってきた。だから、エレンはいなくなる前に、お母さんに会いに行ったのかもしれないって思ったの。だっておばあちゃんが、『さあ、もうおやすみ。いいかい、絶対誰にも言うんじゃないよ』ってこっそりエレンに言ったから」

わたしがこの家にいると勘ぐっていたことを、エレンにも話したのかと訊くと、話していないと息子は答えた。けれど、わたしが咳をする音を聞いて以来、エレンがひさしのある側でほかの子どもと遊んでいると、彼らが咳を聞いてはいけないと思い、家の反対側で遊ぶよう、いつも言いくるめていたという。またベニーは、ドクター・フリントをずっと見張っていて、ドクターが保安官や警ら隊と話すのを見かけると、必ず祖母に連絡していた、と話してくれた。

そう言われてみると、ひさし側にひとが来ているとき、ベニーが落ち着かない様子であったことを思い出した。そのときは、なぜそんな仕草をするのだろうと不審に思ったが、理由は思いつかなかった。このような分別が一二歳の少年にあることは、非凡だと思われるかもしれないが、不可解さと欺瞞、危険ととなり合わせの奴隷は、ごく幼いうちから、ひとを疑うことや周りを観察することを覚え、年齢とは不釣り合いに警戒心が強く、抜け目ないものである。ベニーは祖母やフィリップ叔父を問いただすこともなく、ほかの子どもが、わたしが北部にいると話すときは、相づちを打つのをよく耳にしていた。

わたしは息子に、今から本当に自由州に行くのだと説明し、お行儀よく、嘘をつかず、おばあちゃんの可愛い良い子であるならば、神さまがベニーに良くしてくださり、北部のわたしのもとに連れて来てくれること、そしたらエレンと三人で一緒に暮らそうと、話して聞かせた。

ベニーが、おばあちゃんが今日は一日中何も食べていない、という話をしているとき、祖母が鍵を開け、お金が入った小さな袋を持って入ってきて、わたしに持っていくよう差し出した。少なくともベニーの北部行きの旅費くらいは、手もとに残してくれるよう頼んだが、祖母は涙をぽろぽろ流し、全部持っていくように訴えるのだった。

「知らないひとばかりの町で、病気になるかもしれないよ」と祖母は言った。「おまえが救貧院に送られて、死ぬことになるのはいやだよ」ああ、ほんとうに慈しみ深い祖母だった！

最後に、隠れ家に上がってみた。この部屋の索莫《さくばく》とした様子は、もうわたしをぞっとさせなかった。わたしの魂には、希望の光が高く昇っていた。けれど、ありがたい自由への望みを手にしていても、この古い家を永遠に去ることは悲しかった。この家で、わたしはこれほど長い年月、愛する祖母に守られて暮らしてきた。この家で、初恋の夢を描いた。そしてその夢が消え去ったあと、二人の子どもが生まれて、わたしの乾いた寂しい心に、しっかりとその腕を絡ませてくれた。

出発する時間がせまり、ふたたび貯蔵室に下りた。祖母とベニーが待っていた。祖母はわたしの手を取り言った。

「リンダ、お祈りをしよう」

三人はひざまずいた。わたしは片手で息子をしっかりと胸に抱き、もう一方の手で、誠実で愛に満ちた、年老いた祖母を、これからわたしが永遠に置き去りにしようとしている友を、抱きしめた。お慈悲とご加護をこれほど熱心に求める祈りを、今も昔もどんな場所でも、あれ以来聞いたことがない。祈りの言葉は、わたしの心を感動で震わせ、神への信頼を確かなものにした。

ピーターが通りでわたしを待っていてくれた。わたしはすぐ彼のそばに駆けよった。身体は弱っていたが、決意だけはあふれていた。もう二度と目にすることはないとわかっていたが、わたしはなつかしい家を振りかえらなかった。

III

自由を求めて

1842-1861

7年間の屋根裏生活のあと、突如訪れた危機と幸運に助けられ、リンダは北部フィラデルフィアに向けて出発する。別れた娘エレンと再会するが、サンズ氏の約束とは裏腹に、娘は女中として遇されており、リンダを失望させる。

子どもたちと一緒に自活するために、ニューヨークで働きはじめるリンダに、フリント一族の追手がせまる。逃亡奴隷法成立により、ニューヨークでも奴隷として追われるリンダは、我が身の安全よりも、自由という栄光を獲得するために、自分がなすべきことを考えはじめる。

アメリカ大西洋岸地図

メイン
メイソン・ディクソン線
ヴァーモント
ニューハンプシャー
ボストン
マサチューセッツ
ニューヨーク
ロードアイランド
ミシガン
コネティカット
ニューヨーク
ペンシルヴェニア
フィラデルフィア
ニュージャージー
オハイオ
メリーランド
デラウェア
イリノイ
インディアナ
ワシントン
ヴァージニア
ミズーリ
ノーフォーク
ケンタッキー
イーデントン
ノースカロライナ
テネシー
アーカンソー
サウスカロライナ
ジョージア
ミシシッピ
アラバマ
N
ルイジアナ
フロリダ半島

III
自由を求めて

27 北へ！

どうやって波止場まで歩いたかはお話しすることができない。目はぐるぐると回り、手足はぎこちなくグラグラと動くだけだった。待ち合わせ場所で、叔父のフィリップと落ち合った。叔父は一足早く出向くために、事前に別の道を通って波止場に行き、危険だと判断した場合は、知らせてくれる手はずになっていた。

波止場には手漕ぎの小舟が用意されていた。舟に乗り込もうとしたとき、そっとわたしをひっぱるものがあった。振り向くと、青ざめ心配そうな顔をしたベニーがいた。息子はわたしの耳にささやいた。

「ドクターの家の窓をのぞいて来たよ。ドクターは今おうちにいるから、大丈夫。さよなら、お母さん。泣かないで。ぼくもすぐ行くから」

それだけ言うとベニーはすっと姿を消した。

これまで多大な苦労をかけた大好きな叔父の手を、わたしはしっかりと握りしめた。そして、わたしの身を守るため、恐ろしい危険を承知で助けてくれた、勇敢で心の広いピーターの手を握った。安全な逃亡手段が見つかったと、うれしさにぱっと顔をかがやかせながら話してくれた、いつも元気だった彼の笑顔を今でも忘れない。だが、あの知的で、新しい考えを持った、志の高い青年は、奴隷だった。文明国家とよばれる国の法律では、彼が馬や豚と一緒に売られることになっていたとは！　何も言わずに、わたしたちは別れた。お互いに胸がいっぱいで、何も言えなかった。

船に乗り込むと、船長が出て来てわたしにあいさつした。船長は、感じのよい初老の男だった。彼はわたしを箱のような小さな船室に案内してくれ、そこにはファニーが座っていた。ファニーは幻でも見たようにぎょっとして、心底驚いたように目をみはってわたしを見つめ、声を上げた。「リンダ、あんたなの？　あたし、幽霊を見てるの？」

互いにしっかりと抱き合うと、これまでの張りつめた感情がおさえきれなくなってしまった。わたしのすすり泣く声が船長の耳まで届き、彼はやってくると、とても温和な声で、彼とわたしたちの身を守るため、周囲の関心を引かないように、慎重にお願いします、と言った。また、海上にほかの船が見えるときは船室にいてほしいが、そうでなければデッキに出ても差し支えないと言ってくれた。

ファニーとわたしは、与えられた小さな船室で、二人きりで低い静かな声で語りあった。ファニーは、逃亡時の苦労と、母親の家にかくまわれていたときの恐怖を話してくれた。そして何よりも、子どもたち全員と別れることになった、あのおぞましい競売の日の話をとめどなく語るのだった。わたしが約七年間を過ごした場所を話すと、彼女はほとんど信じられないようだった。「わたしたち、同じようにつらいね」とわたしは言った。
「ちがう」と彼女は言った。「あんたは子どもに会えるけど、あたしは二度と子どものことを聞く望みがない」

船はまもなく航路を進みはじめたが、順調とは言えなかった。海上には向かい風が吹いていた。町から離れていれば、風向きなど気にしなかっただろうが、我々と敵のあいだを何マイルもの塩水がさえぎってくれない限り、保安官が乗船してくるのではないかという不安で気が気ではなかった。また、船長と船員に対しても安心できなかった。こういう種類の人々と接するのはわたしは初めてで、船乗りは粗野で、ときには情け知らずであるとも聞いていたからだ。彼らはわたしたちの運命を完全に手中に握っており、もし彼らが悪い人間であれば、途方もない悲劇が待ち受けていることになる。

船長は、すでに船賃を支払われているのだから、わたしたちを財産とみなす者の手に我々を引き渡して、もっと儲けてやろうという気になるのではないか？　もともとはひとを信じやすい性格だったが、奴隷制のために、わたしはひとを疑うことを覚えていた。他方でファニーはわたしのように、船長やその部下に対して不信感を抱いていなかった。最初は怖かったが、船が波止場で足止めされた三日間、船内の誰も彼女を裏切らなかったし、親切といえる以外の扱いを受けなかったと彼女は言うのだ。

やがて船長がやってきて、新鮮な外気に当たりにデッキに出てみてはどうかと言ってくれた。船長の愛想良くていねいな物腰と、ファニーの証言を考え合わせて、少しは心を落ち着けて、わたしたちは彼と一緒にデッキに上がってみた。彼はわたしたちを座り心地の良い椅子に座らせてくれ、ときどきは会話にも加わった。彼は南部に生まれ、人生のほとんどを奴隷州で過ごし、奴隷売買をしていた兄を最近亡くしたばかりだった。

「だがね」と船長は語った。「そりゃなさけない、下劣な商売で、実の兄が関わっていることが、恥ずかしくてならなかった」

蛇沼のそばを過ぎたとき、彼は沼地を指差し、「あれが、白人が作ったすべての法律に歯向かう奴隷の領地ですよ」[*9]と言った。あそこに身を隠さなければならなかった、あの恐ろしい日々が思い出された。憂い沼《ディズマル・スワンプ》とは呼ばれていなかったけれど、あの沼地を見ると、わたしはひどく憂鬱になった。

あの夜のことを忘れることはないだろう。香りの良い春風に当たるのは、とても爽快な気分だった！　チェサピーク湾を順調に進んでいたときの興奮を、どう表現したらよいだろう？　あのときの太陽のきらめき！　わくわくさせる、海を渡る風！　何よりも、わたしは怖れやためらいなしに、それを満喫することができた。空気や日光がこんなに素晴らしいものとは、それを奪われるまで考えたことがなかった。

陸地を離れて一〇日目に、フィラデルフィアの地がすぐそこにせまった。夜には到着するが、朝になるまで待ち、日が昇ってから堂々と上陸することが、疑念を招かない、最良の方法だと船長は考えていた。

わたしはこう答えた。「あなたのほうがよくご存じですから。でも、わたしたちが無事に上陸するまで、船に残って守ってくださいますか？」

彼はわたしの不信に気づき、ここまで無事に連れてきたのに、船旅の最後になってもあなたが私を信用していないとは残念です、と言った。ああ、そうは言っても、もし彼が奴隷だったなら、白人の男を信用することが、どんなに難しいかわかってくれただろう。わたしたちを置き去りにしたりせず、必ず面倒を見るから、心配なしに朝までぐっすり眠っても大丈夫だと彼は約束してくれた。

船長の名誉のために言おう。彼は南部人であったが、仮にわたしたちが、法に船旅を保障された白人婦人であったとしても、わたしたちが扱われた以上に、敬意をもって扱われることはなかった。

＊9　水が滞った地面に草木が生え、森林化した南部州の沼地には、奴隷所有者のもとから逃亡した奴隷が、当時多く隠れ住んでいた。グレート・ディズマル・スワンプはノースカロライナ州、ヴァージニア州一帯に広がる大湿原。

なかったであろう。わたしの聡明な友であるピーターは、船長の性格を的確に判断し、彼の道義心に、わたしたちの身をゆだねたのだ。

翌朝、明るくなりはじめるとすぐに、わたしはデッキに出てみた。一緒に日の出を見よう、とファニーを呼んだ。わたしたちが生まれて初めて見る、自由な地に昇る太陽だった。そのときは、そう信じていた。空がほのかに赤く染まり、巨大な球体が、ゆっくりと海面から現れるのを見た。そんなふうに見えた。やがて、波がきらめきはじめ、そしてすべてのものがうつくしい光をまとった。

眼前には、見知らぬ人々が住む土地が広がっていた。わたしとファニーはお互いを見つめあい、二人の瞳には、みるみる涙があふれてきた。わたしたちは、やっと奴隷制から逃げてきた。ここは、追手のいない、安全な地であろうこともわかっていた。でもこの世界で、わたしたちは孤独だった。愛するひとは、みんな故郷に置いてきた。悪魔のような奴隷制が、ひとの絆を、残酷に断ち切ってしまったのだ。

28 フィラデルフィア

北部には、奴隷を憐れんでくれる支援者がたくさんいると聞いていた。きっと、そんな人々にめぐり会える、とわたしたちは信じた。とりあえず、悪いひとに出会うまでは、周囲の人々は、皆わたしたちを助けてくれると信じることにしよう、そう思った。

船内で、船長を探し出し、これまで保護してくれたことの礼を言い、お世話をしてもらったことは生涯忘れません、と述べた。町に残した友への伝言を頼むと、必ず伝えると船長は約束してくれた。手漕ぎの舟に乗せられ、一五分ほどで、フィラデルフィアの木でできた埠頭《ふとう》に上陸した。わたしが突っ立って周囲を見回していると、優しい船長がわたしの肩にそっと触れてこう言った。

「後ろに、身なりの正しい黒人がいますよ。ニューヨーク行きの列車のことを彼に訊いて、あなたはすぐにでも出発したいのだが、と言ってみましょう」

船長は黒人紳士をベセル教会の牧師、ジェレマイア・ダーハム師だと紹介してくれた。牧師は、まるで旧知の友のように、わたしの手を取りあいさつした。ニューヨーク行きの朝の列車には、もう間に合わないので、今夜か翌朝まで待たなければならない、と彼は説明した。そして、妻は喜んで歓迎しますから是非にと、自宅に招いてくれた。見知らぬわたしたちに、そんなにも親切にしてくれることにお礼を言い、もしこの地に足止めされるのであれば、故郷からこの地に来ている知り合いを探してみたい、と話してみた。ダーハム氏は、とりあえず食事をご一緒にと言い張り、そのあとで同郷の友を見つけるために何とかしてみようと言った。

船員たちがお別れを言うために、わたしたちのところにやってきた。わたしは涙を浮かべて、がっしりした手を握りしめた。とても親切にしてもらい、彼ら自身は思いも寄らないかもしれないが、本当の意味で、彼らはわたしたちの助け船だった。

わたしは、こんなに大きな都市を見たことがなく、これほど多くのひとがいる場所に行ったこともなかった。通りすぎる人々は、不思議な面持ちでこちらをじろじろ見ているような気がした。潮風と日光にさらされたデッキにずっと座っていたせいで、わたしの肌は赤く腫れ、皮膚がむけていたので、わたしがどこの国の人間か、さだめし首をひねっていたのだろう。

ダーハム夫人は、何も詮索することなく、優しくわたしを家に迎えてくれた。夫人の気さくな物言いは、疲れていたわたしには、ありがたいもてなしだった。夫人に神のご加護がありますように！　わたしの前にも、いくつもの疲れた心を夫人はなぐさめてきたに違いない。夫人は、夫と子どもに囲まれ、保護してくれる法律により、誰にも侵されることのない家庭を築いていた。わたしは自分の子どもたちのことを考えて、ため息をもらした。

食事が済むと、ダーハム氏は、わたしが話した知り合いを探すために同行してくれた。もともとわたしの町の出身の、なつかしい顔をひとめ見られたらどんなにうれしいかとわくわくしたが、あいにく彼らは留守で、気分が引き立つほどさっぱりと清潔な通りを、ふたたび歩いて戻ることになった。

その道すがら、これから会うつもりだと話した娘のことが、ダーハム氏の気に懸かったようだった。つまり、わたしが幼く見え、未婚だと考えていたので彼は驚いたのだった。彼はわたしが過敏に反応してしまう話題に近づきつつあった。次に夫のことを訊かれるだろうと思った。もし正直に打ち明けたなら、彼はどう思うだろうか？　子どもが二人いて、一人はニューヨークに、もう一人は南部にいる、とわたしは話した。彼がさらに質問してきたので、わたしは、わたしの人生に起きた最も重要な出来事のいくつかを、ありのままに話した。それはつらいことだったが、わたしは彼のようなひとに偽ったりしない。もし彼がわたしの友になりたいと思うのであれば、わたしという人間が、どれだけふさわしいのかを、彼は知っておくべきだと考えた。もし、あなたに無理強いさせてしまったのならあいにくですが、と彼は言った。

「浅はかな好奇心から、おうかがいしたのではない。あなたの状況を理解して、あなたや小さな娘さんのお役に立つことが、私にできるかどうかを知りたかったのです。率直にお話しいただいたことは、ほめてさしあげたい。が、ほかのひとに、そのようにあけすけに話してはなりません。心ないひとが聞いたなら、あなたを軽蔑する口実にするかもしれない」

軽蔑という言葉が、真っ赤に熱えた石炭のように、わたしを焼いた。わたしは答えた。「わたしがどんなに苦しんだかは、神のみがご存じです。わたしが信じるあの方は、わたしを許してくださいます。もし子どもたちを取り戻すことが許されるなら、わたしは善き母親になるつもりです。そして、誰もわたしを軽蔑できないような生き方をするつもりです」

「あなたのお気持ちは尊重します」と彼は言った。「神を信じ、道義を守って生きなさい。そうすれば、友は必ず見つかることでしょう」

ダーハム家に戻ると、すぐに自分に与えられた部屋に向かった。外の世界を遮断して、少しのあいだでもひとりになれてうれしかった。彼の言葉は、消し去ることができない跡をわたしに残した。その言葉は、哀しい過去の記憶から、途方もなく大きく、暗い影を呼び起こした。

その夜は、これまで思ったこともない気持ちで、頭を枕に乗せた。真にわたしは、自分が自由の身になったのだと信じた。そんな気持ちでずっと眠れないままでいたが、ようやくうとうとしたかと思うと、火事を知らせる半鐘の音にはっとした。飛び起きて、急いで服を身につけた。わたしの育ったところでは、こんな場合は急いで服を着るのだ。それは大火事に乗じて黒人が反乱を起こしかねないと白人が考えていたせいで、万一の場合に備えたほうが良かった。

それに黒人は消火に駆り出された。町には消防車がたった一台しかなく、黒人の女や子どもたちは、消防車を引きずって川辺まで行き、水を汲みあげねばならぬことも度々だった。ダーハム夫人の娘が同じ部屋で寝ていて、けたたましい騒音でもすやすや眠っているのを見て、起こしてあげなくては、とわたしは思った。「どしたの？」と目をこすりながら、彼女は言った。「火事だと通りで叫んでいて、鐘が鳴っていますよ」とわたしは答えた。「だからなに？」眠そうに彼女はつぶやいた。「そんなのしょっちゅうよ。火事がすぐ近所じゃなければ、起きることなんかないのよ。起きてどうしようと言うのよ？」

消防車に水を汲み上げる必要がないと聞いて、わたしは呆気にとられた。この大都市では、わたしは周りで何が起きているのかを学びはじめたばかりの、無知な子どものようだった。

夜が明けると、鮮魚やいちご、大根《ラディッシュ》などを通りで売る女たちの声が響いた。すべてが初めてのことだった。わたしは、早朝から身支度をして窓辺に座り、これから起こる人生の見知らぬ流れを見ようとした――フィラデルフィアは、わくわくするほど素晴らしい場所に思えた。朝食の席で、外に飛び出し、消防車を引きずって来なければと思った、と話すと皆に笑われ、わたしもそのお相伴にあずかった。

わたしは優しいダーハム夫人の歓待を受け、とても幸せに過ごした。彼女は恵まれた教育を受け、多くの分野でわたしより優れていた。毎日いや毎時間、新しい知識を学んでいる気がしたものだ。夫人は、彼女の判断で賢明と思う範囲で、わたしを連れて街を案内してくれた。ある日、彼女は画家のところにわたしを連れて行き、彼女の子どもを描いた肖像画を見せてくれた。黒人を描いた絵をそれまで見たことがなかったが、うつくしい、と思った。

五日めが終わろうというとき、ダーハム夫人の友人が、翌朝わたしたちに同行してニューヨークまで行ってあげようと申し出てくれた。別れのあいさつに、この地での良き保護者となってくれた夫人の手を握りながら、このひとの夫は、わたしが彼に打ち明けた話を、彼女にくりかえして聞かせたのか知りたい気がした。きっと聞かせたのだと思う。だが夫人はそんな素振りはまったく見せなかった。それはきっと女どうしの同情からくる、繊細な心配りであったのだとわたしは思う。

ダーハム氏は汽車の切符を手渡しながら言った。「すまないが、納得できない旅になりそうですよ。一等車の切符が入手できなかったので」

渡したお金が足りなかったのだと思い、いくらお支払いしましょうかと訊くと、「いや、違うんです」と彼は答えた。「一等車の切符は、金では買えないんです。黒人は一等車に乗れないのです」

これが、自由州に胸をふくらませていたわたしが、最初に浴びた冷水だった。南部では、黒人は白人専用車の後部につながれた不潔な箱のような車両に乗ることが許されていたが、料金は払わなくてよかった。北部が南部の慣習の猿まねをすると知り、悲しくなった。

わたしたちは、粗野で大きな車両に乗せられた。両側についた窓は高すぎて、立ち上がらなければ外の景色を見ることができなかった。一見していろんな国から来た人々で、車内はごった返していた。足を蹴り上げて泣きわめく赤ん坊が入ったかごや布団が、そこらじゅうに見えた。男たちの半分は葉巻かパイプを口にくわえ、ウイスキーの入ったジョッキが、好き勝手に手から手へ渡されていた。ウイスキーから立ち上るむっとした匂いと、濃いタバコの煙は、わたしの五感には不快で、周囲のきつい冗談や卑わいな歌で、心も吐き気をもよおした。これは本当に納得できない旅だった。あの頃と比べると、今はこんな状況は少しは改善されている。

29 娘との再会

ニューヨークに着いたとき、多くの御者《ぎよしや》が群がり、「馬車はいらんか！」と叫ぶ大声に、気が変になりそうだった。荷物を馬車に乗せてもらい、サリヴァン通りの賄い付きの下宿屋に泊まるよう勧められていたので、そこに向かった。わたしとファニーはそこで別れた。

わたしは同郷の出身で、ニューヨークでしばらく商売をしている昔なじみの友人に使いを出した。彼はすぐに会いに来てくれた。わたしは彼に、娘に会いたいので、対面を手助けしてくれないかと頼んでみた。南部から到着したばかりであることは、娘を預かっている家族にはふせておいてほしいと注意した。もう七年間も北部にいると、わたしは思われていた。友人は、わたしと同じ町出身の黒人の婦人がブルックリンに住んでいるので、そこに行き、彼女の家で娘と会ってはどうかと言ってくれた。

わたしたちは、フルトン・フェリー地区を通ってマートル通りに出、婦人の家の前まで来た。家に入ろうとすると、二人の少女が横を通り過ぎた。ほら見てごらん、と友人が言うので振り向くと、年長の少女はサラだとすぐに気づいた。サラとは祖母の家に昔一緒に住んでいた女性の娘で、もう何年も前に南部から逃亡していた。思いがけない再会に驚き、また喜んで、わたしはサラに抱きついて、お母さんはどうしているの、と聞いた。

「もう一人の女の子が誰かわからんかね」と友人が言った。振り向くと、そこにわたしのエレンがいた！　しっかりエレンを胸に抱きしめてから、少し胸から離し、娘の姿をしげしげと眺めた。別れてから二年で、エレンはすっかり変わっていた。母親の目でなければ気づかないが、娘が可愛がられていないことが見て取れた。

みんなで同郷の黒人婦人の家にお邪魔しようと友人が誘ってくれたが、エレンはおつかいの途中なので、なるべく早く用事を済ませ、一旦家に戻り、わたしに会いにここに来てもよいか、ホッブズ夫人に聞いてみると言った。この場は、明日エレンを呼びにやったほうが良いということになった。

エレンのお友だちのサラは、急いで自分の母にわたしの到着を知らせに行った。婦人はたまたま留守で、帰りを待っていると、姿も見えないうちから、「リンダ・ブレントはどこよ？あの娘の父さんとも母さんとも知り合いなんだから」と声がして、サラが母親を連れてもどってきた。そして大勢が集まった。みんな祖母の家の近所に住んでいたひとばかりだった。わたしは取り囲まれて、矢継ぎ早に質問された。皆はわたしの話に、笑い、泣いて、そして大きな歓声を上げたりした。わたしが迫害者の手を逃れ、安全なロング・アイランドまで来られたことは、神さまのおかげだと口々に言った。その日は、興奮続きの一日だった。あの薄暗い穴倉で過ごした静かな日々と対照的な日だった！

翌日は日曜日だった。朝起きてまず思ったことは、エレンが一緒に暮らしているホッブズ夫人に書かねばならぬ手紙のことで、それで頭がいっぱいになった。わたしが最近この辺りに来たことは明白だった。さもなくば、もっと早くに娘について問い合わせていただろう。南部から今到着したと知らせることはまずい。今までずっと南部にかくまわれていたと疑われるかもしれないし、そうなれば何人かの人々を破滅はさせないまでも、迷惑をかけることになる。

まっすぐな生き方がわたしは好きで、言い訳に逃げることは、いつでも気がすすまない。曲がったことをしてきたが、それはすべて奴隷制に責任があるとわたしは考える。暴力と悪を生み出す制度のために、このときわたしは偽りを語る以外に方法がなかった。わたしは、手紙をこんな文章ではじめた。「最近カナダからこちらに到着し、娘がわたしに会いに来てくれることを切に希望しています」

エレンがホッブズ夫人からの返信を持ってやってきて、それには何も怖れることはないので、安心して夫人の家に来てくれるよう書かれていた。そのときの娘との会話は、心が軽くなるようなものではなかった。夫人の家で良くしてもらっているのか、とたずねると、はいとエレンは答えるのだが、気持ちはこもっていなかったし、自分のことでわたしを悩ませたくないので、そう答えたように見えた。

「お母さん、私を引き取って、一緒に暮らしてくれるの？」ひどく真剣な声でエレンはそう言い、帰って行った。仕事を見つけて生活の糧を稼ぐまでは、この子に家庭の安らぎを与えられないと思うとつらかった。それまでには、ずいぶん時間がかかるかもしれない。エレンがホッブズ夫人に預けられることになったときは、学校に行かせてくれるという約束だった。エレンはもう二年もホッブズ家に暮らし、九歳になっていたが、ほとんど字が読めなかった。ブルックリンには無料で通える立派な公立校があるので、夫人は言い訳のしようがなかった。

　エレンは暗くなるまでわたしと過ごし、一緒にホッブズ夫人の家に向かった。家族はわたしを温かく迎え、皆がエレンのことを、気がきく、良い女の子だと言ってくれた。ホッブズ夫人は冷たくわたしの顔を見ながらこう言った。

「ご存じでしょうが、従兄のサンズが、わたしの一番上の娘にエレンをくださったのです。大人になりますと、娘の良い侍女になってくれると思いますよ」

　わたしは返事をしなかった。どうしてこのひとは、母親の愛の強さを経験で知りながら、そしてサンズ氏とわたしの子どもの間柄を確実に知りながら——どうして臆面もなく、わたしの心をナイフで刺すようなことができるのだろう？

　エレンが勉強できないことにも、もう驚きはしなかった。ホッブズ氏は以前は裕福であったが没落し、税関の下級官吏の職に就いていた。ひょっとすると、一家はいつか南部に帰るつもりなのかもしれない。そうすると今のエレンの知識でも奴隷には十分すぎるほどだ。

　早く仕事を見つけ、収入を得なければと思うと気ばかり焦った。子どもたちの不安定な立場を、変えなければならない。サンズ氏は彼らを自由にするという約束を守らなかった。それにエレンのことでも裏切ったのだ。それで、ベンジャミンについては何か保証があるというのか？　わたしはないと思った。

不安な気持ちで友人の家に戻った。子どもたちを守るためには、わたしが自分で自分を所有することからはじめなければならない。わたしは自分は自由だと言い、ときどきはそう感じることもあったが、心の中の不安は消えなかった。その夜、わたしはドクター・フリントに正式な手紙を書き、わたしを売ってくれる最低金額を示してくれるよう告げた。法的には、わたしは彼の娘の所有であるので、彼女にも手紙を出し、同様の要望を書いた。

北部に着いてから、可愛い弟のウィリアムのことを気にかけないわけがなかった。こつこつと消息を当たり、やっとボストンにいるという話を耳にし、すぐその地に向かった。しかし、ボストンに着くと、彼はニュー・ベッドフォードに行ってしまったと知った。その住所に手紙を出したが、弟は今捕鯨船に乗っており、数ヵ月は戻らないという返事が返ってきた。

ニューヨークに戻ると、エレンのそばで働き口を探した。ドクター・フリントから返信があったが、とても喜べるような知らせではなかった。彼はわたしに南部の正当な主人のもとにいったん戻るよう、そしてそうすれば、どんな願いも聞いてやると忠告してきた。その手紙は、借りていった友人が失くしてしまったので、読者のためにここに記すことができない。

III

自由を求めて

30 ブルース家

仕事を見つけることが、いまや最大の気がかりとなった。身体はだいぶ良くなっていたが、歩きすぎると脚が腫れる症状は改善せず、わたしを悩ませた。仕事を求めるわたしにとって、いちばん問題だったのは、知らない者を雇う場合は推薦状が必要なことだった。わたしのような状況の者は、あれほど忠実に仕えた家からも、人物証明をしてもらえるはずもなかった。

ある日、知り合いが、子どものために保母を探している婦人のことを教えてくれ、わたしはすぐにその職に応募した。幼児の世話に慣れた、母親の経験があるひとが望ましい、と婦人は言った。わたしは子どもを二人産んで育てました、と答えた。婦人はわたしに多くの質問をしたが、以前の勤め先からの推薦状は求められなかったので、本当にほっとした。自分は英国出身だと婦人は語り、そのことはわたしにとってはやりやすい状況だと思った。アメリカ人よりもイギリス人のほうが黒人に対する偏見が少ないと聞いていたからである。まず一週間うまく行くか試すことになった。お互いが満足した結果になったので、一ヵ月間仕事を与えられた。

ブルース夫人は、優しく、温和な人柄で、親身になってわたしのことを考えてくれる、真のお友だちとなった。契約の一ヵ月が終わる前に、ひんぱんに階段を昇り降りしなければならなかったために、脚がぱんぱんに腫れあがって痛み、仕事ができなくなってしまった。普通の婦人であれば、深く考えずわたしをくびにしただろう。が、ブルース夫人はわたしが階段を上がらないで済むように配慮してくれ、脚を見てくれる医者まで呼んでくれた。

自分が逃亡奴隷であることは、まだ夫人には打ち明けていなかった。わたしがよく悲しげにしているのを見て、夫人はそっと理由をたずねてくれた。子どもたちや、可愛がってもらった身内の者から、離れて暮らしているものですから、と答えたが、わたしを気落ちさせている、絶え間ない不安の正体については話さなかった。

心を打ち明けられるひとを求めていたけれど、白人にはひどくだまされつづけたので、彼らを信用する気にはとてもなれなかった。白人が優しい言葉をかけるときは、魂胆があるのだと思っていた。奴隷制から抜け出したときに、わたしが一緒に持ち出した、白人に対する不信感を抱えたまま、わたしはブルース家で働きはじめた。しかし、半年も経たぬうちに、ブルース夫人の心温かい振るまいと、面倒を見ている可愛い赤ちゃんの笑顔が、凍りついたわたしの心をだんだん解かしはじめたことに気づいた。せまかった考え方も、夫人との知的な会話の影響で、じょじょに広がりはじめた。それは、手が空いたときは気兼ねなく読んでくれと言われた、読書の機会のせいでもあった。わたしは少しずつだが元気が出て、快活になっていった。

だが、昔から消えぬ胸騒ぎ、特に子どもたちの不安定な状況は、明るくなりかけた心に、たびたび暗い影を投げかけていた。ブルース夫人はエレンのために住まいを用意すると言ってくれた。しかし、エレンと一緒に暮らせればどんなに楽しいかと思う反面、ホッブズ家の気を悪くすることを怖れ、そんなことはできなかった。わたしが置かれた不安定な状況を知る彼らは、わたしの弱みを握っていた。働いてお金を稼ぎ、子どもたちに家を与えられるようになるまでは、ホッブズ家に同調することが賢明だと感じていた。

エレンのかわいそうな状況には、とても満足などしていなかった。エレンはあの家で面倒すら見てもらっていなかった。娘はときどきわたしに会いにニューヨークに来てくれたが、ホッブズ夫人からの要望をたいがいいつも持たされており、それは靴や衣類をエレンに買ってくれと乞うものだった。税関から給与が入り次第支払うという約束もついてきたが、どういうわけか、給料日は一度も来なかった。そんなわけで、わたしの稼ぎの多くが、子どもが快適に過ごせるための洋服代に消えてしまった。だが、そんなことは、ホッブズ家が金に貧窮し、わたしの大事な可愛い娘を売るかもしれないという危惧に比べれば、何でもなかった。一家がひんぱんに南部人と連絡を取っていることを知っていたので、娘を売る機会はいくらでもあった。

わたしの人生という茶碗には、甘さと苦さが混ざり合っていた。これまでずっと苦いだけだったので、それでもありがたかった。ブルース夫人の赤ちゃんはとても可愛かった。赤ちゃんが笑ったり、わたしの顔を見てきゃっきゃとはしゃいだり、小さなやわらかい手を安心してわたしの首に巻きつけるたびに、ベニーやエレンが小さかったときのことを思い出し、傷ついた心がいやされた。

ある晴れた朝、窓辺で赤ちゃんを抱き上げてあやしていると、水夫の服を来た青年に目が行った。その青年は番地を探すかのように、一軒一軒家を見て歩いていた。わたしは彼をじっと見つめた。ひょっとしたら弟のウィリアムではないかしら? そう、彼に違いない——でも、何て変わってしまったんだろう! わたしは赤ちゃんを安全な場所に置くと、階段を駆け下り、玄関を開け、手を振って水夫を招いた。すると一分もしないうちに、わたしは弟の腕にしっかりと抱きしめられていた。話したいことがどれだけあったことか! お互いが経験した山あり谷ありの年月に、さんざん泣いて、また笑いあった!

弟をブルックリンに連れて行き、エレンと弟がふたたび一緒にいる姿を見た。わたしがあの情けない屋根裏に閉じ込められた日々に、弟はエレンに愛情を注ぎ、大事に面倒を見てくれ、わが子同然に可愛がってくれた。弟は一週間ニューヨークに滞在した。わたしとエレンにずっと抱いてくれた彼の愛情は、ますます強くなったようだった。

最も強い絆とは、苦しみに共に耐えた者のあいだに生まれる絆である。

31 迫りよる追手

わたしを所有する若き女主人のエミリー・フリント嬢は、わたし自身の売却に合意してくれるよう求めたわたしの手紙に、何の返事もよこさなかった。だが、だいぶ経ってから、彼女の弟が書いたと称する返事が届いた。この手紙を正しく味わうためには、わたしが北部にもう何年も住んでいるとフリント家が考えていることに、読者はご留意いただきたい。

ドクターが三度もわたしを探しにニューヨークに来たのに、すべて徒労に終わったとわたしが知っているなど、彼らは夢にも思っていなかった。またその費用のために五〇〇ドルの借金をしたとき、ドクターの声を聞いたことも、蒸気船に乗るために通りを歩く彼を目撃したことも知らなかった。一家は、伯母の死や葬儀の模様が、起きた時点でわたしに伝わったことも気づいていなかった。手もとに手紙が残っているので、ここに追記させていただこうと思う。

姉宛ての手紙を数日前に受領しました。それから察するに、生まれ故郷、つまりお友だちやお身内のもとに、あなたは戻りたいのですね。手紙の内容には、家族一同満足しており、もし家族の誰かがあなたに不快感を持っていたとしても、もうそんなことはありません。今のあなたの不幸な状況をお察しし、幸せで満足できるように、どんなことでもするつもりでいます。しかし、自由黒人として、故郷に帰ることは難しいのではないでしょうか。お祖母さんがあなたを購入したところで、法的には可能とは言え、この地に残ることはいかがなものかと思います。所有主のところから長期間いなくなっていた召使いが、自分で自分を購入することを許され、自由人として帰郷することは、社会に悪影響を与えます。

お手紙から察するに、つらく幸せではないご様子なのですね。戻ってきなさい。あなたの一存で、私たちの愛情を回復できるのです。腕を広げ、喜びの涙を浮かべてあなたを迎えましょう。冷たい仕打ちをされるのではないかと怖れる必要はありません。あなたを探すために苦労したり、お金を使ったわけではないのですから。もしそうであったなら、こんな風には思えないでしょう。姉がいつもあなたにべったりだったことは覚えているでしょうし、私たちはあなたを奴隷として遇したことはないとわかっているはずです。つらい仕事をさせたこともなければ、農作業もさせたことがありません。それどころか、あなたは屋敷で私たちの一員として扱われ、ほとんど同じように自由だった。だからあなたは逃亡などして、自分を辱しめる以上のことをしたと、一応は感じたことはあるのです。

自らの意思で、あなたが戻ってくると説得できると信じ、姉のためにこの手紙を書いています。家族はあなたに会いたがっていますし、あなたの手紙を読んで聞かせてあげますと、お気の毒なお祖母さんは、帰ってきてほしいと切に願っていらっしゃいました。お年を召せば、子どもたちがそばにいることが何よりのなぐさめなのです。

伯母さんが亡くなったことはお聞き及びのことと思います。彼女は忠実な女中であり、また教会の忠実な一員でありました。キリスト教徒として人生を送った彼女は、いかに生きるかということを私たちに教えてくれました——それに、ああ、その対価は計り知れないというのに、いかに死ぬかということも教えてくれました！　彼女の死の床に集まった私たちとあなたのお祖母さんが、涙をひとつの流れにした場面をあなたが見ることができたなら、母子のあいだに存在すると同じ、胸を打つ絆が、主人と奴隷のあいだにも存在するのだと思ってくれたことでしょう。これ以上語るにはつらすぎる話なので止めにします。

そろそろ長い手紙を終わりにします。あなたを愛するお祖母さん、子ども、そして友人から離れて暮らし、満足だと言うのなら、そのままその地に留まれば良い。わざわざ捕まえに行きはしません。ですが、もし戻ってきたいのであれば、あなたの幸せになることは何でもしましょう。一族に残るのが嫌ならば、父は、私たちが説得すれば、あなたが希望する地元の誰かに、あなたの売却を許してくれるでしょう。どうぞ、すぐに手紙を書き、あなたの答えを知らせなさい。姉がくれぐれもよろしくと言っています。私の言葉を信じなさい。

あなたの幸せを願う真の友より

まだ年端のいかない若者だったエミリー嬢の弟が、この手紙に署名していた。文体から、彼の年代のひとが書いたものではないとわかったし、文章でごまかそうとしているが、以前あれほど嫌な目に遭わされたドクター・フリントの手による手紙だと、わたしが気づかないはずがない。ああ、奴隷所有者の偽善というものは！　あの古狸は、わたしがこんな見え透いた罠にかかるほど愚かなかもだと思ったのだろうか？　まったく彼は「アフリカ系人種は愚鈍」という思い込みに頼りすぎだった。フリント一族の心からのお誘いに対し、感謝の返事は書かなかった――このわたしの怠慢は、最低の恩知らずときっと見なされるだろうけれども。

このことがあってほどなくして、南部の友人から手紙が届き、ドクター・フリントが北部に行く予定であると知らせてきた。この手紙はずいぶん遅れて届いたので、ドクターはすでに出発したのではないかとわたしは思った。ブルース夫人はわたしが逃亡奴隷の身であることを知らなかったので、弟が当時住んでいたボストンで、やむにやまれぬ用事ができたので、二週間わたしの代わりに友人が保母の仕事をつとめてもよいかと頼んだ。

わたしはただちに出発し、ボストンに到着すると祖母に手紙を出して、もしベニーをこちらによこすなら、ボストンにやってほしいと書いた。息子を北部に送る機会を、祖母がたえずうかがっていることは知っていたし、また幸運にも、誰の許可も必要とせずそうできる法的な権利が祖母にはあった。祖母は自由黒人で、子どもたちが売られたとき、サンズ氏は売買契約書を祖母の名前で作成することを望んだのだ。氏がお金を出したのだろうと推量されたが、はっきりとは誰も知らなかった。南部では、紳士が黒人とのあいだに多くの子どもをもうけることは恥ではない。だが紳士が、いずれ自由にしてやるために子どもを買い取ることは、南部の「独特の制度」を危険にさらすとみなされて、人望を失うことになるのだ。

ある日の早朝、どんどんと大きなノックの音がしたと思ったら、息を切らしたベンジャミンが飛び込んできた。「お母さん！」とベニーは叫んだ。「やっと来たよ！ ずっと走ってきたんだ。ずっと一人で来たんだよ。お母さん、お元気ですか？」

読者よ、わたしがどんなにうれしかったかおわかりですか？ いいえ、あなたが奴隷の母親でなければ、わかってもらえないと思います。ベンジャミンは、舌がもつれないかと思うような早口で一気に話しはじめた。

「お母さん、どうしてエレンをここに連れてこないの？ ブルックリンにね、エレンに会いに行ったとき、じゃあねと言ったらすごく悲しそうな顔をして、『ベン、私も一緒に行きたい』って。エレンはニューヨークに暮らして、いっぱい何でも知ってるんだろうなあと思ってたら、ぼくほどにも知らないいんだよ。ぼくは読み書きができるけど、エレンはできないいんだって。それでお母さん、ここまで来るあいだに服を全部失くしちゃった。服を手に入れるにはどうしたらいい？ 自由になった子は、白人の子と同じくらい、北ではうまくやっていけるんだよね？」

この明るく、希望に満ちた少年に、それは違うのだ、と伝えたくなかった。ベンを洋服屋に連れていき、着替えを買ってやった。その日は一日中、お互いに訊いたり答えたりしながら過ごした。折にふれて、おばあちゃんがここにいたらいいのにと語り合い、おばあちゃんにすぐに手紙を書いてよ、とベンジャミンは何度も求め、船上での出来事も、ニューヨークからボストンまでの旅のことも全部ちゃんと書いてくれ、とせがむのだった。

ニューヨークにやってきたドクター・フリントは、わたしを見つけて、一緒に南部に帰るよう説得するために骨を折ったが、わたしの居場所を探し当てることはできなかった。「親切心からの行為」は、結局むしゃくしゃしただけで、「腕を広げて」わたしを迎える気でいた、情けあふれる彼のご家族をがっかりさせることになった。

難なくドクターが南部に戻ったと知らせを受けると、ベンジャミンを弟ウィリアムに預け、ブルース夫人のところに帰った。そこで、仕事を忠実にこなそうと努めているうちに、冬と春が過ぎていった。赤ちゃんのメアリーお嬢さん、そしてその優れた母である夫人の気遣い、ときどき持てる愛しい娘との時間が、わたしにちょうど良いだけの幸せを与えてくれた。

しかし、夏になると、押し殺していた不安にふたたび悩まされるようになった。メアリーお嬢さんに外気と運動を与えるために、外に出ることが日課となっていたが、街は南部人であふれており、わたしを知っているひとに、いつ出会うやもしれなかった。

夏の陽気に誘われて、へびと奴隷所有者が這い出してくる。毒を持つどちらの動物も、同じようにわたしは嫌いである。こんなことが自由に言えるのは、気持ちの良いことだ！

32 裏切り

ブルース一家が避暑地に向かう準備をするのを見て、わたしは心が少し軽くなった。ニッカーボッカーという蒸気船に乗り、わたしたちはオールバニーに行くことになった。しばらくしてニューヨークに戻ったわたしたちは、今度はロッカウェイに、残りの夏を過ごしに赴くことになった。洗濯女が旅行着を洗って用意するあいだに、ブルックリンに行き娘に会うことにした。食料品店におつかいに行く途中のエレンとばったり道で出くわすと、エレンがすぐにこう言った。

「あ、お母さん。ホッブズ夫人のおうちに行かないで。お兄さんのソーン氏が、いま南部から来ているの。お母さんの居場所をもらしてしまうかもしれない」

わたしはエレンの警告どおりにし、翌日ブルース夫人と街を出るので、帰ってきたらまた会いに来ると伝えた。

やがてニューヨークに戻ると、エレンに会える機会を見つけ次第、すぐ会いに行った。勝手口で、エレンに下に降りてくるよう告げた。ホッブズ夫人の南部人の兄が、まだこの家に滞在していているなら、できれば会うのは避けたかった。だが、夫人が台所に来て、ぜひ二階に上がってくれとせがんだ。

「兄が会いたがってますのよ」と夫人は言った。「あなたが兄を避けてらっしゃるようだと、残念がってましして。あなたがニューヨークにお住まいなのを知っていますの。マーサおばさんには、ちょっとしたことで色々お世話になりすぎまして、そのお孫さんを裏切るようなひどいまねをするつもりはない、と伝えてくれと言っているのです」

このソーン氏なる人物は、南部を去るずっと前に財産を失い、行きあたりばったりの生活を送っていた。そんな人々の例にならい、自分と同等のひとに頼ることが許せず、それくらいなら、むしろ忠実な元奴隷から一ドル借りたり、食事をごちそうになることを選んだ。この男が祖母に「お世話になった」と感謝しているのは、そういう類の世話だった。彼とは距離を置きたかったが、彼がこの家にいて、またわたしの居場所も知っているとすれば、いまさら彼を避けても何にもならなかった。むしろ、そんなことをすれば、逆恨みされるかもしれない。わたしは夫人に従い、二階に上がることにした。ソーン氏はとても親しげにわたしを迎え、奴隷制から逃れたことに祝いの言葉を述べ、今いる場所でわたしが幸せになると良いと言った。

エレンとは、引き続きできるだけ会うようにしていた。思慮深い良い子のエレンは、わたしが置かれた危険な状況を決して忘れないばかりか、わたしに危険が及ばないよう、たえず神経をとがらせていた。自分の不遇や苦労については、ひとことも言わなかったが、母親のするどい目で見れば、エレンが幸せでないことは見てとれた。あるとき、エレンがいつになく深刻な表情をしているときがあった。何かあったのかと訊いても、何でもない、と答える。しつこくなぜそんなに沈んだ顔をしているのかとたずね、ようやくホッブズ家の自堕落な生活ぶりが、エレンを苦しめているのだと突き止めた。ラム酒やブランデーを、しょっちゅう買いに行かされるエレンは、店で酒をたびたび注文することを恥ずかしく思っており、またホッブズ氏とソーン氏の飲酒は度を超えていて、手が震えて酒をつぐことができないので、エレンを呼びつけ、酌をさせていた。

「それでもね」とエレンは言った。「ホッブズさんは良いひとだし、嫌いになることはできない。けど、かわいそうだと思う」

わたしはこう言って彼女をなぐさめようとした。ようやく一〇〇ドルお金が貯まったので、もうすぐエレンとベンジャミンと一緒に暮らせて、学校にも行けるようになるからね。

エレンはいつも、自分の我慢の限界を超えたことでも、わたしに心配をかけまいと口をつぐんでいたので、ソーン氏の放埓《ほうらつ》が、酒をつがされる程度ではなかったと知ったのは、それから何年も経ってからだった。彼は、恩義のある祖母の子孫にむかって大げさな礼の言葉をつらねながら、ひ孫のエレンの無垢な耳に、卑わいな言葉を吹き込んでいたのだ。

わたしがブルックリンに行くのは、いつも日曜の午後だった。ある日曜日、エレンが家のそばで心配そうに立っているのが見えた。「ああ、お母さん」とエレンは言った。「ずっとお母さんが来るのを待ってたのよ。ソーンさんがドクター・フリントに、お母さんの居場所を教えたかもしれない。早く、家に入って。ホッブズ夫人が説明してくださるから！」

それはこんな話だった――その前日、子どもたちが、ぶどうの蔦がからまった庭のあずまやで遊んでいると、ソーン氏が手紙を持って家から出てくると、それを引き裂き、庭にばらまいて立ち去った。エレンはそのとき庭を掃いていたが、彼には不信感を抱いていたので、紙くずを拾い集め、「ソーンさんは、何を手紙に書いたのかしら」と子どもたちのところに持っていった。

「知らないし、どうでもいいじゃない」といちばん年かさの子が答えた。「それにあんたには関係ないことだよ」

「関係あることよ」とエレンは答えた。「だって、あのひとは、私のお母さんのことを手紙に書いて、南部に送るかもしれないもの」

子どもたちはエレンを笑い、ばかだねと言ったが、子どもらしい気の良さで、手紙の破片をエレンに読んであげるためにつなげてくれた。切れ端はすぐにつながり、それを見た途端、少女が叫んだ。

「本当だ、エレン。あんたが言ったとおりよ」

ソーン氏の手紙は、わたしの記憶ではこのような文面だった。

貴方の奴隷、リンダを目撃し、また直接話もした者です。慎重に事を運ぶなら、彼女は簡単に捕らえられます。彼女があなたの所有物だと証言可能な人物もここにはおります。私は憂国の士でこの国を愛しており、法に対する正義のため、ここにご報告さしあげます。

手紙は、わたしが住む家の住所で終わっていた。子どもたちはホッブズ夫人に手紙のくずを見せ、夫人は説明を乞うため、すぐ兄の部屋に行ってみたが、そこにもう彼はいなかった。召使いたちは手紙を持って出て行く彼を見たと言い、郵便局に行ったと思うと答えた。ドクター・フリント宛に彼がこの手紙の写しを送ったことは、自然に推察できた。帰宅した彼を夫人が責め立てたが、彼は否定せず、すぐに自室にこもり、翌朝にはいなくなった。家族が起き出す前に、ニューヨークに行ったのだった。

時間がないことは明らかだった。重い心を抱え、わたしは急いでニューヨークに戻った。またもわたしは、幸せに暮らしていた家から引き離され、子どもたちのためを思ったすべての計画は、悪魔のような奴隷制のために台なしにされるのだ！

ブルース夫人にわたしの過去を打ち明けなかったことを後悔した。逃亡者であることを隠したかっただけではない。逃亡者であると打ち明ければ、夫人を心配させはしただろうが、優しい心の持ち主である夫人は、きっとわたしに同情してくれただろう。それよりも、夫人から信頼されていることがうれしかったわたしは、自分の悲しい過去の詳細を知れば、夫人にふさわしくない人物と思われることが怖かった。だが、いまや状況を知らせる必要があると思った。すでに一度、理由も話さず家を去っていたので、もう一度同じことはすべきではない。

屋敷に戻り、明朝お伝えしようと心に決めた。だが、わたしの悲しげな表情が夫人の目にとまり、わたしを気づかう問いかけに答えているうちに、床に就く前に、心の中の何もかもを打ち明けてしまった。女どうしの真の同情をもって、夫人は熱心にわたしの話に耳を傾けてくれ、そして、どんなことをしてもわたしを助ける、と言ってくださった。心の底からありがたく思った！

翌日の早朝に、ヴァンダープール判事とホッパー弁護士に相談がもちかけられた。一旦裁判になるとかなり危険なので、ニューヨークをすぐに離れたほうが良いというのが、両氏の意見だった。ブルース夫人はわたしを馬車に乗せ、友人の家に送ってくれた。弟が迎えにくるまでの数日間、そこにいれば必ず安全だからと保証してくれた。

わたしはエレンのことが気がかりだった。エレンはわたしが産んだ娘で、祖母が売買契約書を有していたので、南部の法律上も、娘はわたしのものだった。だが、一緒にいなければ、娘の身が不安で不安で仕方なかった。兄の背信行為で気を悪くしていたホッブズ夫人は、わたしの懇願に負け、一〇日間だけという条件で娘を引き渡してくれた。わたしは夫人とはっきりとは何の約束もしなかった。
身体には小さすぎる薄っぺらな服を着、通学かばんにわずかなものだけを入れて、エレンはやってきた。季節は一〇月の終わりで、これではエレンはかわいそうすぎるではないか。通りに出て買い物をする勇気はなく、自分のフランネルのスカートをエレンのために縫いなおした。ブルース夫人がお別れを言いに来たとき、娘のために自分の服を脱いだわたしを見て、彼女は瞳に涙を浮かべた。「待っててね、リンダ」そう言うと夫人は出て行き、エレンのために、すてきな暖かいショールと帽子を持って戻った。本当に、彼女のような魂は天の宝である。

弟は水曜日にニューヨークに到着した。弁護士のホッパー氏は、南部人が旅行することが少ない、ストニントン経由でボストンに行くよう勧めてくれた。ブルース夫人は、召使い全員に対し、たずねる者があれば、わたしは以前ここに住んでいたが、すでに街を出て行った、と答えるよう言いふくめた。

ボストン到着の翌日は、わたしの人生でいちばん幸せな日のひとつになった。残忍な猟犬の牙の届かない場所に、ようやくわたしはたどり着き、そして長い年月の果てに、やっと子どもたち二人と一緒になれたのだ。兄妹は再会を心から喜び、笑いながら、楽しそうにおしゃべりをしていた。そんな子どもたちを見ると、胸がいっぱいになった。彼らのどんなしぐさにも微《ほほ》笑《え》まずにはいられなかった。

もはやニューヨークは安全な場所ではなくなってしまったので、友人の申し出を受け入れて、経費を折半しながら同居することに決めた。ホッブズ夫人には、エレンには教育が必要なので手もとに残さなければならない、と説明しておいた。エレンは同じ年代の子のように読み書きができないことを恥じていた。そこで、ベニーと一緒に学校に通わせる代わりに、中等学校でも大丈夫な学力になるまで、わたしが家で教えることにした。その冬は、うれしく、また落ち着いた冬になった。わたしは針仕事に、子どもたちは本を読むのに精を出した。

33 差別のない国へ──イギリス訪問

その春、悲しい知らせが届いた。ブルース夫人が亡くなったのだ。夫人の穏やかな顔、思いやりにあふれた声にこの世で出会うことは、もはやないのだ。わたしは最良のお友だちを失い、小さなメアリーお嬢さんは、優しい母親を失ってしまった。ブルース氏は、夫人の親族に会わせるためにお嬢さんをイギリスに連れて行くことにし、わたしを付き添いにと望んだ。母を亡くした小さなお嬢さんは、わたしに慣れてなついており、知らないひとに付き添われるより、わたしと一緒のほうが幸せだろうと思った。わたしのほうも、針仕事よりたくさんお金を稼ぐことができるので、ベニーは見習いに出し、エレンは友人に頼み、家から学校に通わせることにし、イギリスに同行することにした。

我々はニューヨークを出航し、一二日間の快適な船旅ののち、リバプールに着いた。そして、そのままロンドンに直行し、アデレード・ホテルに宿泊した。アメリカのホテルで見たものに比べると、食事は豪勢には見えなかったが、社会のわたしに対する扱いは、言葉にできないほど心地よいものだった。

生まれて初めて、肌の色に関係なく、立ち振るまいで人格を判断される土地に、わたしは来たのだった。胸の上にいつも乗っていた重い大きな石が、取り除かれたような気がした。可愛いお嬢さんのお世話係の仕事と共に、居心地の良い客室に落ちついて、わたしは横になった。正真正銘、混じりけのない自由を味わっている喜びに包まれた。

お嬢さんのお世話に忙しく、ロンドンという大都会の驚異を見てまわる機会はほとんどなかった。だが、満ちて流れる潮のように、通りにあふれる活き活きとした人々の生活風景を見ると、それとは対照的な、アメリカ南部のよどんだ停滞を思い出し、不思議な気持ちになった。

次に向かったのは、バークシャー州のスティーヴントンで、そこは州の中でも最も貧しい町だった。週給六、七シリングで農場で働く男や、日給六、七ペンスで働く女を見たが、その稼ぎで住居や食費も自分でまかなっていた。もちろん彼らの暮らしは、非常につましいものだった。女が一日中働いても一ポンドの肉すら買えない生活なので、それ以外は望めるわけがない。住まいの賃料はかなり安く、いちばん安い布地で作った服を着ていたが、同じ金額でアメリカで買える布地に比べると、ずっと質が良かった。

ヨーロッパの貧民がいかに虐げられているかという話を、わたしはそれまでさんざん聞かされてきた。わたしがそこで出会った人々の大半が、その中でも最も貧しい人々であった。だが、茅葺きの彼らの家を訪ねてみて感じたことは、最もみすぼらしく、無知な者の状況も、アメリカで最も優遇された奴隷よりもはるかに良い、ということだった。

イギリス訪問は、わたしの人生の思い出深い出来事と言える。信仰のことで、心に残る強い印象を受けたからである。わたしの故郷で行われていた、黒人に対する差別的な聖餐の儀式、ドクター・フリントや彼に類似する人々を信者に持つ教会、奴隷売買に手を染める見せかけだけの福音指導者のせいで、教会に対してわたしは偏見を抱いていた。礼拝のすべてが、偽物でまやかしのように見えた。しかし、スティーヴントンで滞在したお宅は、ある聖職者のご家庭で、彼は主イエスの忠実な弟子であった。清らかに日々の生活を送る彼の姿に触れて、キリスト教徒の真の在り方を信じる心が、わたしにもめばえた。神の恩寵がわたしに宿り、謙虚であれ、という真実を、聖餐台の前にひざまずき、心に信じた。

海の向こうに一〇ヵ月も留まることになり、予想より長い滞在となってしまった。このあいだずっと、肌の色による偏見の片鱗すら見なかった。本当に偏見や差別のことを、わたしは完全に忘れてしまっていて、アメリカに帰国するときになって、ようやく思い出したほどだった。

34 南部からの手紙、ふたたび

冬の船旅はうんざりするほど長く、ようやく見えたアメリカ大陸を眺めると、まるで幽霊たちがむくむくと、岸から立ち上がってくるように見えた。母国に恐怖を抱くということは、悲しい感覚である。

ニューヨークに無事到着すると、わたしは急いで子どもたちに会いにボストンに向かった。エレンは元気で、成績も良くなっていた。ところが、一緒に迎えてくれるはずのベニーは、そこにいなかった。手に仕事をつけるために、ベニーは良い職場で徒弟をしており、数ヵ月間はそこでうまくやっていた。親方にも好かれ、徒弟仲間内のお気に入りでもあったが、ある日、彼らが思ってもみなかった事実が、偶然判明した――ベニーは黒人だったのだ！

この事実は、彼をまったく異種の存在に変えてしまった。徒弟の中にはアメリカ人もいれば、アメリカで生まれたアイルランド人もいた。ベニーが「ニガー」であるとわかった以上、「ニガー」と一緒に働くことは彼らの品位をおびやかす、という訳である。ベニーは無視されるようになり、ベニーも同様に無視し返したので、嫌がらせや侮辱を受けるようになってしまった。威勢の良いベニーは、そのような仕打ちに耐えられず、職場を飛び出した。自活するために何とかしなければと考えた彼は、相談できる者もおらず、とうとう捕鯨船に乗り込んだのだった。

この知らせを聞いたとき、しばらく涙が止まらず、こんなに長いあいだ息子を置き去りにした自分をひどく責めた。しかし、あのときのわたしは、それが最善だと思ってそうしたのだから、今は彼を導き、お護りくださるよう、天のお父さまに祈るほかなかった。

アメリカに戻ってまもなく、エミリー・フリント嬢、いまやダッジ夫人から、次のような手紙を受け取った――

この手紙を見れば、あなたの友で女主人である私の手によるものと、あなたにはすぐにわかるでしょう。

あるご家族と欧州へ行ってしまったと聞いて、帰国の知らせを待ってから、こうして手紙を書きました。かなり前にもらった手紙の返事を書いておくべきでしたが、あの頃は、父の許しなしでは行動できなかったので、満足なことは何ひとつしてあげられなかったと思います。あなたを買い取りたい、危険を冒してでも自分のものにしたいというひとが、何人もこの町にいましたが、そういう申し出に応じるつもりはありません。私はいつもおまえのことが大好きで、おまえが誰かの奴隷になり、不遇な目に遭うのを見たくはありません。

いまや私は結婚し、おまえを守ってあげることができます。夫はこの春にヴァージニア州に引っ越し、私たちはその地で定住を考えています。あなたもそこに来てくれて、一緒に生活できるならと願っています。もし来たくないのであれば、自分で自分を買うこともできますが、私はあなたと一緒に暮らしたいと思っています。もし戻る気があり、お望みであれば、お祖母さんとお友だちと一緒に一ヵ月間ここで過ごし、そのあとヴァージニア州ノーフォークに来てもらっても構いません。よく考えて、なるべく早く手紙を書いて、おまえの気持ちを知らせてください。

お子さんたちもお元気なことと存じます。

あなたの友である女主人より

もちろん、この心からのご招待にお礼の手紙など書くはずがなかった。こんな告白にまんまとひっかかるほど、自分が馬鹿だと思われていることがくやしかった。

わたしのヨーロッパ行きを知っていたので、誰かがわたしの動静をフリント家に伝えていることは明らかだった。今後も煩わされることになるのだろうと思った。でも、これまでわたしは、無事に彼らから逃げおおせていることも事実である。今後もうまく行きますように。

35 娘に出生の真実を打ち明ける

その後二年間、娘とわたしは、自活しながらまずまずの生活をボストンで送った。二年が経とうという頃、エレンを寄宿学校に入学させてはどうかと、弟ウィリアムが提案してきた。娘と別れて暮らすということを、自分に納得させるのは、かなりの努力が必要だった。近くに住む身内はほとんどおらず、二室だけの借り間住まいを、家庭らしく感じさせてくれたのは、娘がいてくれたおかげだったから。しかし、結局、自分の身勝手な感情をおさえて、良いと思う判断に従うことにした。わたしはエレンの出発の準備をはじめた。

一緒に暮らした二年のあいだ、エレンに父親のことを話しておこうと何度も決意したものの、打ち明けるのに十分な勇気をふるい起こすことができなかった。わたしは娘の愛情を失うことに、身がすくむような恐怖感を抱いていた。自分の父親について興味がないはずがないのに、エレンの口からその質問が出ることはなかった。わたしの過去の苦労に触れることは口に出さないように、娘はかなり気をつかっていたようだった。

だが、今娘はわたしのもとを離れることになり、彼女が戻ってくる前に、もしもわたしが死ぬようなことがあったなら、弁解も少しは許されようというあのつらい状況に当時わたしが置かれていたということを理解してはくれぬひとの口から、わたしの過去が語られることになるかもしれない。それに、もし娘が何の知識もないままに、ひとから経緯を知らされたなら、繊細なエレンは驚いて、心に傷を負ってしまうかもしれなかった。

夜になり、寝室に引き上げたとき、エレンが話しかけた。「お母さん。お母さんをひとりにするのはとてもつらい。もっと勉強してえらくなりたいけれど、寄宿学校に行くことに決めたのを後悔しそうになるくらい。でも、お母さんは手紙を書いてくれるんでしょう？　たくさん書いてくれますよね、お母さん？」

わたしは彼女を抱きしめはしなかった。答えもしなかった。その代わり、とても勇気がいることだったので、落ち着きはらったいかめしい声になりながら、こう言った。「エレン、聞いてちょうだい。お母さんは、あなたに話しておかなければいけないことがあるの！」

奴隷制に苦しめられた少女時代の話を、わたしは娘に語りはじめた。あまりに苦しかったので、もう駄目だと絶望しそうになったときのことを話した。そして、あの取り返しのつかない罪を犯すことに、だんだんわたしが追い込まれていった――と話し出したとき、エレンがわたしをしっかりと抱きしめて叫んだ。「言わないで！　お願い、もうそれ以上言わないで」

「でもね、お父さんのことを知っておいてほしいの」

「お母さん、父のことは全部知っています」と娘は答えたのだった。「私は父にとって何でもないし、父は私にとって何でもないのです。私が愛しているのは、お母さんだけ。ワシントンで父と一緒に暮らした五ヵ月間、父から可愛がられたことは一度もなかった。小さなファニーに話すように、あのひとが私に話しかけることはなかった。あのひとが私のお父さんであると、ずっと知っていました。ファニーの保母が誰にも言うなと教えてくれて、私は誰にも言わなかった。ファニーにするように、お父さんが腕に抱いてキスしてくれたらいいなとか、ファニーに微笑んでみせるように、私にもたまにそうしてくれたら、とよく思ってみることがあった。あのひとが本当に私のお父さんなら、私を愛してくれるはずだと思った。そのとき私は幼くて、それしか考えられなかったんです。でも、今は父について、まったく何も考えることはない。私が愛しているのは、お母さんだけなのです」

娘はそう言いながら、わたしにそっとしがみついた。打ち明けるのをこれほど怖れていた事実が、娘の愛情を損なわなかったことを、神に感謝した。わたしの過去のこの部分を、娘が知っていたとはまるで気づかなかった。もし気づいていたら、もっとずっと早くに色々話をしただろうと思う。おさえこんで爆発しそうだったこの想いを、信頼できる誰かに打ち明けてしまいたい、と渇望することが多かったのだから。だが、この憐れな母にかけてくれた思いやりのことを思うと、いっそう娘が愛しく思えた。

翌朝、エレンは彼女の叔父に伴われ、ニューヨーク州郊外に向けて出発した。そこで彼女は学校に通うことになっていた。娘が行ってしまうと、陽の光がこの世から失われたように感じられた。わたしの部屋は、気味が悪いほど寂しくなってしまった。よくわたしを雇ってくれていた婦人が、彼女の家で数週間、家族のために針仕事をしてほしいと知らせをよこしてくれたときは、ありがたいと思った。

その仕事から戻ってくると、弟ウィリアムから手紙が届いていた。反奴隷制に関する書籍を集めた読書室を、本と文具をあわせて売るかたちで、ロチェスターに開こうと彼は思いつき、わたしに手伝ってほしいと書いてあった。弟とわたしは読書室をしばらく運営してみたが、うまくいかなかった。そこにも温かい心で応援してくれる、奴隷制に反対する支援者がいたが、そんな施設が成り立つほどには、社会認識がまだ一般化していなかった。

アイザックとエイミー・ポスト夫妻[*10]は、人間間の兄弟愛を説く、キリスト教教理の実践的な信者である。彼らの家で、わたしは一年ほどお世話になった。夫妻は、人間を肌色の濃さではなく、人格で判断する人々である。誉ある友人たちに親しくしてもらった思い出は、人生最後のときまで、わたしを離れないだろう。

＊10　エイミー・カービィ・ポスト。奴隷解放および女性の権利拡大の運動家。ジェイコブズという知己を得て、彼女に本書執筆を強く勧めた人物。

36 逃亡奴隷狩り

商売が軌道に乗らなかったことに落胆した弟は、カリフォルニアに移住する決心をし、息子ベンジャミンも弟に同行することになった。エレンは新しい学校が気に入り、そこでとても人気があった。学校の皆はエレンの過去を知らず、エレンは他人の同情を引いて得をしようという気はまるでなかったので、あえて自分から言うこともなかったが、あるときたまたま、エレンの母親が逃亡奴隷であると知れると、エレンのためになり、学費が軽減されるよう、いろんな配慮がなされた。

わたしはまたひとりぼっちになってしまった。お金を稼がねばならず、わたしを知っている人々の中で働くことを希望した。ロチェスターからの帰路、昔人間不信に陥り、凍りついたわたしの心を溶かしてくれた、なつかしいメアリーお嬢さんに会いに、ブルース氏の屋敷を訪ねた。お嬢さんは成長し、背の高い女の子になっていたが、可愛いと思う気持ちは変わらなかった。ブルース氏は再婚しており、生まれたばかりの子どもの保母になってくれないかと乞われた。

そんなうれしい誘いなのに、躊躇《ちゅうちょ》する理由がただひとつだけあった。逃亡奴隷法[*11]の成立により、ニューヨークが以前よりずっと危険な街に変貌してしまったからである。だが、この仕事に賭けてみよう、と決めた。

ブルース家では、ふたたび雇い主に恵まれることになった。新しいブルース夫人はアメリカ人だったが、貴族的な家庭環境で育ち、今でもその中で暮らしているようなひとだった。とは言え、仮に夫人に黒人に対する偏見があったとしても、わたしには決してわからないほどで、奴隷制という制度については、夫人は心底嫌悪していた。南部人がどんな詭弁でたぶらかそうとしても、それは非道な制度であるとゆずらなかった。夫人の道徳観は非の打ちどころがなく、高潔な心の持ち主だった。ふたたびブルース家に雇われた瞬間から、今にいたるまで、彼女はわたしを理解してくれる真実の友である。夫人とそのご家族の皆さんに、神の祝福を祈らずにはいられない！

わたしが再度ブルース家で働きはじめた頃、黒人社会を打ちのめすような出来事が起こった。ハムリンという名の奴隷が、逃亡奴隷法通過後初めて同法の下で捕らえられ、北部の奴隷狩りの猟犬の手から、南部のそれへと引き渡されたのだ。それがニューヨーク黒人社会に対す

*11　州を越えて逃亡した奴隷の返還を定める法律。一七九三年法もあるが、ここでは一八五〇年法を指す。

る悪の支配の契機となり、虐げられた者たちが小年代記《クロニクル》をつける間もなく、巨大都市は興奮の渦の中に自らの身を投じた。

辛苦の果てに、くつろげる家をようやく手に入れた多くの黒人の洗濯女たちが、家財を残したまま、急ぎ友に別れを告げて、一人の知り合いもいないカナダに運命を預けた。多くの妻たちは、初めて秘密を打ち明けられた――実は夫は逃亡奴隷で、身の安全のために彼女のもとを去らねばならなかった。もっと悲惨なのは、夫たちだった。実は、妻が何年も前に奴隷制から逃れて北部にやってきたこと、そして可愛い子どもたちは「母の身分に付帯する条件を引き継ぐ」ために、法により捕らえられ、奴隷に戻されることになっていると、初めて知ることになったのだ。街中の黒人のつましい家は、狼狽と怒りでいっぱいになった。だが、「優性人種」の議員らが、自らわざと踏みつけた他人の心臓から、どくどくと血が流れ出すことに、関心があるとでも言うのだろうか?

毎晩わたしは新聞を注意して読み、南部から誰がニューヨークへ来て、どのホテルに滞在しているのかを探った。これは自分のためだった。わたしの若き女主人と夫の名前が掲載される日があるかもしれないと警戒していた。それに必要であれば、ほかのひとにも情報を教えてあげたかった。多くの人々が「あちこちと」動く状況下では、「知識は増」さなければならない。*12

その冬は、ずっと不安のうちに過ごすことになった。ブルース家のお子さんに、外の新鮮な空気を吸わせるために外に出るときは、周囲の人々の顔をじろじろと眺めた。へびと奴隷保有者が顔を出す、夏の訪れが恐ろしかった。わたしはいまや南部にいたとき同様に、奴隷法に縛られたニューヨークの奴隷だった。自由と呼ばれる州にいて、おかしなこともあるものだ！

ふたたび春になると、南部から手紙が届き、ドクター・フリントがわたしが以前の屋敷に戻って働いていることを知っており、わたしを捕まえる用意をしている、と知らせをよこした。あとになって、わたしやブルース家の子どもたちの服装も、奴隷所有者が自分の見下げた目的のために雇う北部の手先によって、ドクターに伝わっていたことがわかった。

すぐにブルース夫人に危険が迫ったことを伝えると、夫人はわたしの身を守る手はずを素早く整えてくれた。保母役の後任が見つからず困っていると、懐が深い、優しい夫人は、彼女の子どもを一人連れて逃げてはどうかと言いだした。夫人の子どもと一緒であれば、わたしもほっとした気持ちになれる。心というものは、自分が愛するものから引き離されるのを嫌がるからだ。だが、自国の政治家が放した猟犬に追われる、憐れな保母のために、わが子を逃亡者にさせる母親が何人いるのだろうか！　愛児を逃げるわたしに託すことで、夫人が払う犠牲についてわたしが話し出すと、夫人はこう答えた。

＊12　ダニエル書一二章四節「ダニエルよ、あなたは終りの時までこの言葉を秘し、この書を封じておきなさい。多くの者は、あちこちと探り調べ、そして知識が増すでしょう」。

「リンダ、この子と一緒にいるほうが、あなたにとって良いのです。もしも、あなたが追跡されても、彼らはこの子は私のところに連れもどす義務があります。そのとき、あなたを助けられるなら、必ずあなたを助けましょう」

わたしはニューイングランドに送られ、ある上院議員夫人のところにかくまわれた。夫人には思い出すたびに感謝の気持ちがめばえる。立派な上院議員氏は、『アンクル・トムの小屋』に登場する議員のように、逃亡奴隷法に票を投じず、むしろ逆に強い反対姿勢を示した。けれど同法の影響は避けがたく、長期間わたしを自宅に置くことを氏は望まなかった。そこでわたしは田舎に送られて、赤ちゃんと一緒に一ヵ月そこに留まった。ドクター・フリントの手先がわたしの行方を見失い、当面の追跡をあきらめたと思われる頃に、わたしはやっとニューヨークに戻った。

37 戦いの終わり

ブルース夫人とご家族の皆さまは、この上なくわたしに親切にしてくださった。このような人生の恵みをありがたいと思っていたが、しかし、いつも明るい顔をしていられるわけではなかった。わたしは誰にも迷惑をかけていなかった。むしろ、わたしのできる小さな範囲で、誰かの役に立とうとがんばっていた。なのに、胸に動悸を感じることなく、神が与えた自由な空気を吸うため、屋外に出ることは、決してできなくなっていた。ずっとこのままなのだろうか。これが文明国家のあるべき姿だとは、とても思うことができなかった。

折々、南部の祖母から便りが届いた。祖母は文字を書くことができなかったので、ひとを雇って手紙を書いてもらっていた。次に掲げるのは、最晩年の祖母が届けてくれた手紙からの抜粋である。

愛しい娘へ

この世でおまえにふたたび会えるとは、望んではいけないことはわかっています。ですが、もはや苦痛が、この弱った身体を苦しめることのない場所で、悲しみや子どもとの別れがない世界で、神さまが私たちを一緒にしてくださることを祈っております。最後の日まで信仰をつらぬけば、願いを叶えてくださると、神は約束していらっしゃいます。老いて弱った身体では、今は教会に行くことができません。でも神は、私と共に我が家におられます。

おまえには、優しい弟がいることを感謝しなくてはなりません。私がとても愛していると言っていたと、また、若い日に、あなたの造り主を覚えよと[13]、努力して父なる神の御国に来て、一緒になろうと伝えてください。エレンとベンジャミンにも、いつも思っていると伝えてください。ベンジャミンをよく見てやってください。私のために良い子になってと、あの子に伝えてください。

娘よ、がんばりぬくのです。子どもたちが神の子どもになれるよう、教育するのです。神がおまえを守り、必要なものを授けてくださいますように、これがおまえの老いた母の祈りです。

祖母の手紙は、わたしを喜ばせ、同時に悲しませもした。不幸だった少女時代に、親切で誠実にしてくれた友から便りをもらうことは、いつでも心がはずんだけれど、祖母の愛情にあふれた手紙を読むと、祖母が亡くなる前にひとめだけでも会いたい、と思う気持ちがつのり、それができない現実をなげいた。

ニューイングランドへの逃亡から戻って数ヵ月経った頃、祖母から便りがあり、それにはこう書いてあった。「ドクター・フリントが亡くなりました。ご遺族は動転しています。老いてなお、憐れな男よ！　彼が神さまと和解できたならと思います」

祖母が苦労して貯めたお金を、どうやって彼がだまし取ったかをわたしは思い出していた。祖母の女主人が約束してくれた自由を、どうやって彼が反故《ほご》にしたか、そしていかに彼が祖母の子どもたちを虐待したかを。もし祖母が、ドクターを完全に許せるのであれば、祖母はわたしよりも立派なキリスト教徒だと思った。昔のご主人が死んだという知らせが、わたしが彼に抱いていた気持ちを少しでも軽くしたとは、実はわたしは言うことができない。墓にも埋めてしまえない悪事というものが、この世にはあるのだ。この男は、生きている限り、わたしにとっておぞましい人間であった。そして今は、彼の記憶がおぞましいのである。

ドクター・フリントがこの世を去っても、わたしの危険は軽減されなかった。自分が死んだら彼の相続人がわたしを奴隷にすると、彼は祖母を脅していたからである。つまり、彼の子どもが一人でも生存する限り、わたしは自由になれないのだった。フリント夫人はどうかと言う

＊13　伝道の書一二章一節　「あなたの若い日に、あなたの造り主を覚えよ。悪しき日がきたり、年が寄って、『わたしにはなんの楽しみもない』と言うようにならない前に」

と、夫の死以上と思う苦しみに夫人が接したところを、わたしは見たことがあった。夫人は子どもを何人も亡くしていたからである。だが、そんな受難すら、夫人の心をやわらげはしなかった。

ひとには知られたくないような問題を色々抱えて、ドクターは死んでしまったので、彼が捕獲に失敗した財産を除いて、遺族に遺されたものもほとんど何もなかった。そんな状況の中で、フリント一族が次にどう動くと考えるべきかは、すぐにわかった。そして、わたしの不安は、南部からの一通の手紙により現実化する。「娘のエミリーは、リンダのような価値ある奴隷を失うわけにはいかない」とフリント夫人が公言しており、周囲を警戒するようにと、そう手紙はわたしに注意を促していた。

新聞には、南部からの到着者名簿が掲載されており、気をつけて目を通すようにしていた。が、ある土曜日の夜、多くの用事に気をとられ、普段のようにイーブニング・エクスプレス紙を確認することをうっかり忘れていた。翌朝早く、夕刊を取りに居間に下りていくと、ちょうど召使いの少年が夕刊で火を熾そうとしていた。わたしは彼から新聞を取り上げ、名簿に目を走らせた。――読者よ、もしあなたが奴隷でないならば、あのときわたしの心をつらぬいた、息が止まるような衝撃を想像することはできないでしょう。そこには、「ダッジ夫妻。コートランド通りのホテルに滞在」と書かれていた。それは場末のホテルで、以前わたしが耳にしたことが事実であったと告げていた。つまり、夫妻はお金に困り、わたしの価値、それは彼らがわたしにつける何ドル何セントという価値を必要としていたのだ。

新聞を手にブルース夫人のもとに急いだ。いつでも夫人の心と手は、困っているひとに与えられ、わたしの悩みにも、いつも温かく同情してくれていた。どれほど近くに敵がせまっているのかを知る由はなかった。就寝中に、すでに何度も屋敷の前をうろついたのかもしれない。今この瞬間も、うっかり外に出たならば、わたしに襲いかかろうと屋敷のわきで待ちかまえているのかもしれない。わたしは若い女主人の夫たるひとを一度も見たことがなかったので、会っても見分けがつかなかった。

馬車がすぐに申しつけられた。しっかりとヴェールをかぶり、ブルース夫人に続いてわたしは馬車に乗り込んだ。今度の逃亡生活にも、夫人の愛児を同行した。何度も角を曲がり、道を横切り、引き返したりしながら、馬車はようやく夫人の友人の家に着き、そこでわたしは温かく迎えられた。ブルース夫人は、誰かがわたしのことをたずねた場合、どう対応するかを使用人に指示するために、すぐに屋敷にとって返した。

到着者名簿を読む前に夕刊が焼かれなくて、わたしは運が良かった。ブルース夫人が家に戻るとすぐに、何人もの人がわたしのことを聞きにやってきた。ある者はわたしについてたずね、ある者はエレンのことを訊いた。ある者は祖母からの手紙を預かっていると言い、直接わたしに手渡すよう命令されたと言った。

訪問者はこのようにあしらわれた。

「そのひとは以前ここに住んでいましたが、もう出て行きました」

「どのくらい前に出て行ったのか？」

「存じません」

「どこに行ったか知っているか？」

「あいにく、存じ上げませんので」

そしてドアは閉められた。

このダッジ氏という、わたしを彼の財産だと主張する人物は、もともとは南部を行商して巡《まわ》る北部人だった。それがやがて店を構え、ついには奴隷商人になった。彼は何とか「上流社会」と呼ばれるところに出入りする機会を得、やがてエミリー・フリント嬢と結婚したのだった。あるとき、彼とエミリー嬢の兄のあいだに口論が起こり、兄は彼に鞭をふるった。このことは家族間に不和を引き起こし、彼はヴァージニア州への移住を画策することになった。ドクター・フリントはダッジ氏に何も遺さなかったし、支えるべき妻と子どもがいるのに、彼の資産は底をつきかけていた。このような状況で、彼がわたしを懐に入れようと試みたとしても、それは当然だった。

ブルース夫人がわたしのところに来て、翌朝ニューヨークを発つように懇願した。夫人が言うには、屋敷は監視されていて、やがてわたしの居場所につながる糸口を見つけてしまうかもしれない。わたしは彼女の忠告に耳を貸さなかった。夫人は心からわたしを心配していたので、彼女の言葉にほだされても良いはずだったが、それ以上にわたしはくやしさに打ちひしがれていた。ここからあそこと逃げ回る人生に疲れ果てていた。人生の半分を逃亡の中で生きて、終わりは見えなかった。

この大都市にぽつんと座る、無実のわたしは、何の罪も犯していないのに、どんな教会の神も信じる気にはなれなかった。午後の礼拝のはじまりを告げる鐘の音が聞こえた。迫害されたポーランド人もハンガリー人も、この地では安全な場所を見つけることができた。なのに、隠れ家に座るこのわたし、迫害されたアメリカ人であるこのわたしは、誰かに顔を見せることすら怖れている。あの安息日に、わたしが一日中ひたり続けた、陰気で苦々しい思考を神がお許しくださいますように！　聖書にはこうある。「しえたげは賢い人を愚かに」[*14]する。しかし、わたしは賢くなんかなかった。

ダッジ夫人はわたしの子どもたちの権利を法的に手放したことは一度もないので、もしわたしを捕まえることができなければ、子どもたちを捕まえてやる、とダッジ氏が言ったと教えられた。このことはほかの何よりも激しく、わたしを動揺させた。ベンジャミンは彼の叔父ウィリアムとカリフォルニアにいたが、わたしの無邪気な幼い娘は、学校が休みになったので、わたしのところに帰ってきていた。わたしがエレンの年頃の少女だった頃、奴隷制のためにどん

＊14　伝道の書七章七節

な苦労をさせられたかを思うと、子どもを猟師に狙われた母虎の心境だった。

優しいブルース夫人！　わたしが頑として言うことを聞かないので、がっくりと肩を落とし去って行く夫人の顔が、今でも目に浮かぶ。自分の諭しが功を奏さないので、夫人はエレンを説得のためにわたしのところにつかわせた。夜一〇時になってもエレンが屋敷に戻っていないことを知ると、用心深く疲れを知らないこの友は、不安をつのらせた。そして、旅行かばんいっぱいに旅に必要なものを詰め込むと、わたしの隠れ家に馬車を走らせた。今度こそわたしが言うことを聞き、安全な場所に逃げてくれると信じながら。わたしはようやく折れて、逃亡に合意した。もっと早くにそうすべきだったのに。


翌日、わたしは夫人の幼い子どもを連れて、激しい雪嵐の中をふたたびニューイングランドに向けて出発した。ニューヨークからの連絡は、偽名を使ってわたしのもとに送られた。数日後、ブルース夫人から手紙が届き、ダッジ夫妻がまだわたしを探しまわっていること、そしてこの迫害を終結させるために、わたしの自由を買い取るつもりである、と書かれていた。

その申し出のもととなった夫人の優しさには胸が熱くなったが、その考え自体には、夫人や周囲の期待とおそらく反し、手放しで喜べるものではなかった。わたしの心が啓発されていくに従い、自分自身を財産の一部だと見なすことは、ますます困難になっていた。わたしを痛ましく虐げた人々に金を払うことは、これまでのわたしの苦しみから、勝利の栄光を奪いとることのように思えた。わたしはブルース夫人に返信を書き、お礼を述べたあとこう書いた。

「所有者から所有者に売られるというのは、奴隷制となんら変わりなく、また、これは簡単に撤回可能な決断ではありません。それなら、むしろわたしは弟の住むカリフォルニアに向かうことを希望します」

わたしに知らせないまま、ブルース夫人はニューヨークである紳士を雇い、ダッジ氏との交渉に入らせた。ダッジ氏がわたしを売却し、わたしと子どもたちに対する請求を以後一切しないことを条件に、即金で三〇〇ドルを支払うと提案したのだった。わたしの主人と主張するこの男は、これほど貴重な召使いに、こんな少額を申し出るとはバカな話だと一笑に付した。紳士はこう答えた。「お好きなようにお決めなさい。ただし、この申し出を拒めば、あなたは何も手に入らない。あの女性には、自分と子どもを国外に連れて行ってくれる友が何人もいるのですよ」

ダッジ氏は「僅かでも無いよりはまし」という結論にいたり、ようやく提案条件に応じた。

次の郵便で、ブルース夫人から、次のような短い便りを受け取った。

「うれしいお知らせです。あなたの自由を保証するお金が、ダッジ氏に支払われました。明日うちに戻っていらっしゃい。あなたと可愛い子どもに会いたいです」

この数行を読むうちに、頭がぐるぐる回りはじめた。傍《そば》にいた紳士がこう言うのが聞こえた。「これは本当のことですよ。私は売買契約書を見ましたから」

「売買契約書！」――この言葉は、思い切りわたしを打ちのめした。とうとうわたしは売られたのだ！　人間が、自由なニューヨークで売られたのだ！　売買契約書は記録として残り、キリストが生まれ一九世紀経った終わりにも、女は取引用の商品だったと、のちの時代の人々が学ぶことになるのだろう。アメリカ合衆国の文明の進化を測りたいと希望する古物収集家にとっては、以後、有益な文書となるのかもしれない。この紙切れが意図する価値は十分にわかっていたが、自由を愛する人間として、これを目にする気にはなれない。この紙を手に入れてくれた寛大な友には深く感謝しているが、正しく自分のものでは決してなかった何かに対し、支払いを要求した悪人のことは、嫌悪している。

わたしは自分の自由の売買に反対してきたが、実際に取引が完了したとき、わたしの疲れた肩から、重荷が外されたような気持ちがしたことを、読者にお伝えしなければならない。家に戻る汽車の中で、通りすがるひとをヴェールを外して眺めることが、もうわたしには怖くなかった。ダニエル・ダッジ氏自身に会うことになってもかまわない、とわたしは思った。わたしを直接見て、わたしの人となりを知れば、わたしという人間を三〇〇ドルで売らねばならなかった自身の逆境を、彼は恨んだかもしれない。

屋敷にたどり着くと、恩人の腕の中に迎え入れられ、わたしたちの涙はひとつになって流れた。言葉を発せるまで落ち着くと、すぐに夫人は言った。

「ああリンダ、すべてがやっと終わって本当にうれしい！　あなたは手紙に、所有者から所有者へあなたが転売されると思っている、と書いていましたね。でも私は、あなたを働かせるために買ったのではありませんよ。もしあなたが明日カリフォルニアに向けて出航するはずだったとしても、同じことをしたでしょう。だってそうすれば、あなたは自由な女として私のもとを去ったのだという、そんな満足は、感じることができたでしょうから」

　わたしの胸はいっぱいだった。小さかった頃、貧しい父がわたしを買い取ろうと努力しては、結局は失望されてばかりだったことを思い出した。その父も今、わたしと一緒に喜んでくれていることを願った。父の死後は、あの優しい祖母が、自分の稼ぎをせっせと貯めたこと、そして何度もその計画をだめにされたことも思い出した。祖母がもし今、自由になったわたしと子どもたちを見ることができたなら、あの誠実で愛情深い祖母の胸は、喜びに高鳴ったことだろう！

　身内のどんな腐心も徒労に終わったが、神は見知らぬ人々の中で、友をわたしに授けてくださった。そしてその友は、ずっと願いながら得られなかった貴重な恵みを、わたしにもたらしてくれた。友！　それはありふれた言葉で、安易に使われすぎる言葉である。世にあるほかの善い、うつくしいものと同様に、ぞんざいに扱うとかがやきを失ってしまう言葉である。だが、わたしがブルース夫人を友と呼ぶとき、それは聖なる響きを持つ。

祖母は、生きてわたしの自由を喜んでくれることができた。しかし、その後まもなく、黒い封蠟で閉じられた手紙が届いた。「悪人も、あばれることをやめ、うみ疲れた者も、休みを得」られる場所へ、祖母は行ってしまった。

読者よ、わたしの物語は自由で終わる。普通の物語のように、結婚が結末ではない。わたしと子どもたちはいまや自由なのだ！　わたしたちは、北部の白人と同様に、奴隷所有者の力から自由である。それに、これはわたしの考えで、たいしたことだとは言えないけれど、わたしを取り巻く状況も、かなり向上している。わたしの人生の夢はまだ実現していない。わたしは今まだ、自分の家で子どもたちと一緒に座り、これを書いているのではない。どんなにつましいものでも、暖炉がある家庭の団らんを、いつか持ちたいと望んでいる。わたしのためというより、子どもたちのために、そうしたいと思っている。

しかし、神は、友であるブルース夫人のもとにまだいるようにと、お命じになっているようである。愛、職務、感謝の気持ちが、わたしを夫人のそばに結びつけている。わたしたち疎外された者を憐れみ、自由という計り知れない恩恵を、わたしと子どもたちに授けてくださった夫人にお仕えするのは、名誉なことである。

囚われの身であった薄暗い年月を振りかえることは、いろんな意味でつらいことであった。忘れてしまえるものなら、喜んで忘れてしまいたい記憶である。しかし、過去を振りかえる過程にまったく安らぎを感じられなかったかというと、そうではない。あの希望を失いかけた日々と共に心によみがえってきたのは、年老いた善き祖母に愛された、おだやかな思い出だった。それは嵐に波打つ漆黒の海の上に、ぽっかり浮かぶ、ふわふわした白い雲のように見えた。

訳者あとがき

ハリエット・アン・ジェイコブズという無名の著者が、アメリカの古典名作ベストセラー・ランキングで、ディッケンズ、ドストエフスキー、ジェイン・オースティン、マーク・トウェインなどの大作家と、いま熾烈な順位争いを日々繰り広げている、と知ったら、皆さんはどう思われるだろうか。本あとがき執筆時点で、Kindleの世界古典名作ランキングで、本書は一位である（一〇位『宝島』スティーヴンソン、一二位『ジェイン・エア』C・ブロンテ、一三位『デイヴィッド・コパフィールド』ディッケンズ。二〇一二年二月一五日）。そして、約一五〇年前に書かれた本書の著者は、作家でも知識人でもなく、上流階級でも、中流階級の出身でもなく――奴隷少女なのだ。ジェイコブズの生涯同様、本書は出版から一二〇年以上を経てベストセラーになるまで、数奇な経緯をたどった、きわめて珍しい書籍である。

ジェイコブズが無名な理由――本国でも一二〇年間忘れ去られた名作

本書は本国アメリカでも、出版後一世紀以上、完全に忘れ去られていた。出版社の倒産により、結局は自費出版という形で世に出ることになった本書は、出版当時、関係者がまだ存命だったこと、並びに当時の時代背景から、「リンダ・ブレント」なるジェイコブズのペンネームで執筆された。出版の条件で、当時の知識人で奴隷解放運動家であったリディア・マリア・チャイルド及びエイミー・ポストによる著者の人物証明と、事実に相違ない旨の裏書きが挿入されたが、長きにわたり、本書は「白人著者によるフィクション」（またはL・M・チャイルドによる創作）と見なされていた。

読み書きができないはずの奴隷が書いたとは思えない知的な文章、奴隷所有者による暴力、強姦の横行というショッキングな描写、七年間の屋根裏生活、そして現代日本の読者すらぎょっとする、不埒な医師ノーコム（ドクター・フリント）から逃れるために、一五歳の奴隷少女が下した決断――別の白人紳士の子どもを妊娠する――は、当時の読者にはかなりセンセーショナルであり、奴隷制の実情すら知らない、北部の読者の理解を超えていたため、本書は実話ではなく、「実話の体裁を取る作り話（フィクション）」だと受け止められた。

アメリカでは自費出版書籍として、奴隷解放運動の集会などで細々と売られ、海を越えたイギリスでも出版されたが、「リンダ・ブレント」というペンネームしかなく、経緯をたどれる出版社もない本書は、リンダ＝ジェイコブズのリンクをやがて完全に失い、そして「著者不詳のフィクション」という評価が定着したまま、二〇世紀に入るとほぼ完全に人々から忘れ去られてしまう。

一二〇年後の再発見からベストセラーに

本書が現代にベストセラーとして蘇った功績は、すべてJ・F・イエリン教授に帰すると言える。歴史学者であるイエリン教授が、奴隷解放運動家が遺した古い書簡を読んでいたとき、その中にたまたまジェイコブズからの手紙が紛れ込んでいた。「著者不詳のフィクション」として本書を読んだことがあった同教授は、「これは『リンダ・ブレント』と呼ばれる著者と同じ文体だ」と直感し、その後の教授の研究で、「リンダ・ブレント」とは、ハリエット・アン・ジェイコブズのペンネームであること、また記載事項の細かな裏付けを取り、本書が事実に非常に忠実な自伝であることを証明した。それが本書出版後一二六年経過した一九八七年だった。アメリカでは「完全に失われた名作」であった本書の再発見は、当初は学術的な注目を集めただけであったが、やがて奴隷文学、奴隷史、女性史というカテゴリを超えた読者をじわじわと獲得し、さまざまな出版社による本書および関連書の出版も相次ぎ、特に二一世紀になってからは広範な読者を得るようになった。

日本でも、二〇〇一年に明石書店から翻訳書が出ている（小林憲二編訳『ハリエット・ジェイコブズ自伝』）。こちらは研究書として注釈や解説も充実しているので、本書に興味を持たれた方は、ぜひ同書も手に取っていただきたい。

出版の経緯

私が本書に出会ったのは、ほんの偶然——出張で飛び乗った新幹線で、時間をつぶすためだった。二〇一一年八月のことである。東海道新幹線に乗ると、私はいつも気が滅入る。首都圏を出て、のどかな田園地帯に入ると、田んぼの中に大手住宅メーカーが建てた、価格を抑えるためにほとんどが工場で造られた画一的で快適な家が見えてくる。そして幹線道路沿いに作られた、大量生産の普段着や作業着、靴を売る廉価な量販店、ファミレスとパチンコ屋。自転車で通学する制服姿の少女がいる。

昔の私自身のような少女たちは、これからどんな人生を歩むのだろう。高校を出て、首都圏の、好きな大学や職場に進むのだろうか。自分がいる今の世界から抜け出したい、と思ったとき、その道はあるのだろうか。それとも、そんなことは考えず、地元に残って、仲良しや両親のそばで働き、やがてお嫁に行くのだろうか。すると即座に、「あの子たちがどんなに魅力的でも、働かずに生きることはできない。また、どんなに努力しても、あの子たちが今持っている正しい価値観を曲げることなく、自分らしく自由に働ける仕事は、あそこにはない」と私の心が回答するのだ。

これが文明を誇る先進国日本の現実なのである。彼女たちがデフォルトで与えられた人生から抜け出すことは、ここ二〇年で非常に難しくなってしまった。そして、地元に残って、大手企業の工場に運良く勤められても、それは彼女たち（または彼女たちの夫ら）の熱意やひたむきさとはまるで無関係に、東京本社の意向で突然閉鎖されたり、国内や往々にして海外に売られ、新しい社名の看板が届く前に、閉鎖・縮小が決定される。今の私の仕事の大半は、そんな企業買収・売却のアドバイスだ。大人になった私が、毎朝自動改札を通りぬけるがごとく、もはや何も感じなくなってしまった現代ビジネス社会の会話を、少女時代にもし五分でも耳にしたなら、それが私の未来なのだと、確実に信じられなかっただろう。

あの子たちは今どんな本を読んでいるのだろうか、と思った。私の少女時代のように、「ジェイン・エア」「若草物語」「小公女」などを読んでいるのだろうか。ＰＣの電池が切れた手持ち無沙汰で、ふと懐かしい「ジェイン・エア」を読む気になり、私はiPhoneでKindleストア内を探しはじめた。世界古典名作ランキングの上位に「ジェイン・エア」はすぐ見つかった。そのすぐそばにちょこんと並んでいたのが、本書だった。

タイトルの「slave（奴隷）」という言葉から、すぐにアメリカの書籍だと思った。が、私はアメリカで高校も大学院も行ったというのに、タイトルも著者名も聞いたことがなかった。そもそも、古典名作ランキングの上位作品は、タイトルや著者名を聞いたことがない日本人などいないほどの有名作品ばかりである。私は、自分の教養レベルの危機を感じ、本書をダウンロードして「ちょっとだけ」読んでおこうと思って——最初の数行で度肝を抜かれ、結局、目的地に着くまで三時間、ずっと携帯電話を握りしめることになった。こんな話が世の中にあったなんて。「ジェイン・エア」も本書とほぼ同時代の作品だが、ジェインを懐かしむ気持ちは消え失せていた。「なぜ、この本を私は少女時代に読まなかったのか？」――それが私の感想というよりは、ショックだった。少女時代に本書を読まなかったために、私が失ったものは何故か甚大な気がした。それが本書の翻訳出版を考えたきっかけである。

現代少女のための新しい古典文学

現代でも広く読まれている女性作家による女性主人公の名作「ジェイン・エア」（一八四七年）、「若草物語」（一八六八年）、「小公女（セーラ）」（一八八八年）と、本書はほぼ同年代（一八六一年）の作品である。本書のみがノンフィクションで、残りはフィクション――すなわち、そうであってほしいと思う世界観を持つ作者の分身の主人公が、その世界観が成就することになるフィクションの中で戦う創作である。他方でジェイコブズによる本書は、こうであってほしいと思う世界観を持つ本人が、その世界観の成就を徹底的に阻む現実の中で戦う実話である。この対比に注目してもらいたい。ジェイコブズの友人でもあったエイミー・ポストは、本書についてこう評している。

「文明を誇るこの国が、これまで書かれたどんな小説（フィクション）よりも奇怪な現実の経験を作り出す法や慣習を許しているのは、悲しい実像である」

私は文学者でも歴史家でもない。現代に生きるサラリーマン（♀）であり、皆さんと同じ一読者である。生活のためでも実業のためでもなく、人生という壮大なテーマに取り組む、というよりは、日々を生きるために読書をしている。大抵の場合、非常に些末な自分の日常のあれこれの答えを見つけようとしていることが、多いような気がする。結局は人間の心の中の納得（妥協）の問題なので、その納得をもたらす媒体が、フィクションでも構わないと思うが、夢や理想を求めるためには「奇怪な現実の経験」をくぐり抜けなければならない、という両親も学校教育も教えてくれない重要な不文律を、フィクションが説くメタファー的ファンタジーは、ぼんやりと隠してしまう。そして、隠されたものは奇怪な現実だったと気づく日は、無防備のまま現実に殴られて、無邪気な少女が罪もなく、床に倒れる日なのだ。「裏切り」ということばの本当の意味を気づかされた細い少女の腕が、「殴る力もないのに、怒りでぶるぶる震え」（第四章）る日なのだ。他のすべての女と同様に、現実というものに殴られ、冷たい床に置き去りにされた元少女の私は、もし私が本書を少女時代に読んでおけば、立ち上がることが容易で、そして自分の信念のためにぐずぐずと迷わない勇気が持てたかもしれない、と思った。それに、今の少女たちを取り巻く環境は、私が少女だった時代より、何倍も悪化している。

寿命がせいぜい数ヵ月の「こうすればこうなる」と謳うビジネス書に、情報は含まれているかもしれないが、真理が含まれているとは、常々私は絶対に思うことができなかった。真理とは不朽のものではないのだろうか。本書に真理が含まれているかどうか、さらに言えば、人類が真理を見つけたかどうかも私は知らない。しかし、この古くて新しい古典である本書は、明らかに時代に耐えて、二〇世紀の終わりに再発掘され、二一世紀にベストセラーになっている。そして、ジェイコブズと同時代を生きた一九世紀女性大文豪たちが書いた既存の名作が包含する、二一世紀の「奇怪な現実」に対する魅力と表裏一体の脆弱性――それは感傷的で、非合理で、現代の読者にいたずらに期待を抱かせる――を克服している。

奴隷少女が自分らしく生きるために感じなければならなかった心情が、現代の日本の少女にとって、そんなにかけ離れたものであるとは、率直に私には思えない。少女たちには、奴隷制ならぬ現代グローバル資本主義的で、稚拙で雑多な情報に翻弄された現実が立ちはだかっている。それはガールズにとってのデフォルト、すなわち現代ガールズが無理矢理課された現代の「奴隷制」である。本書の読者の誰にも、そのひと自身の「ドクター・フリント」が存在すると私は思う。それは性的強要で、あるかもないかもしれない。あなたの心に正しいと思うものは、それが社会的にどうであれ、その代償《リスク》がどうであれ、青春の最も楽しい時期の七年間、立つスペースもトイレすらない屋根裏に閉じ込められることになったとしても、つらぬく価値があると、奴隷少女のジェイコブズは証明してみせたのである。

新しい困難な時代を生きる少女たちには、新しい古典が必要なのではないだろうか――そう思ったことが、本書出版を決意した経緯である。

本書の読み方

この本の正しい読み方はない、と私は考えている。本書に書かれていることは、実際にハリエット・ジェイコブズという人間に起こった出来事であり、深刻で個人的な悩みを親友から打ち明けられたときと同様に、その回答に正解はない。ただ、本書を「奴隷文学」「アメリカ史」「女性史」の一文献としてお読みいただくことは想定していない。つまり、本書に頻出する「奴隷制」に関する部分にあまり引っ張られないでほしいと思う。昔はこんなひどい制度がアメリカにあった、という知識を得る以上の価値——自分だけの心に響く、表現できない何か——を見出した読者が多いからこそ、本書は二一世紀にディッケンズやブロンテ姉妹とランキングを争っているのである。

そのため、翻訳に際し読みやすさを重視し、当時の奴隷制に関する著者の一部の政治的見解や描写、ジェイコブズ自身の人生から逸脱する登場人物に関する記載、また当時の女性著者特有の過度に感傷的な重複は、出版社と協議の上削除し、脚注も最小限に留めさせていただいた。いつかもし機会があれば全文を公開したいと考えている。

普通の人間の生きる意味

私は新幹線の中で、スマートフォンの小さな画面上に、ジェイコブズの人生を一緒にたどった。執筆時のジェイコブズと同じように、少女の視点から大人の視点に行ったり来たりしながら、本書を読んだ。善悪の境界を内にはっきり知りながら、当時の「法と慣習」を言い訳にした、ドクター・フリントを含む南部キリスト教徒の紳士・淑女の正当化された自己行動に、少女の人生は翻弄される。

本書の登場人物はすべて、現実に存在した私のような普通の人々である。いわゆるアッパーミドルクラス出身の私が、もし当時のアメリカ南部州に生まれていたら、両親も友人も、よろこんで私を「お天気ばかりが続く気候や、花をつけた蔦が、家庭の幸せを年中守ってくれる」(第六章)と信じて奴隷所有者のもとに嫁がせただろう。そして私はすぐにそれに付随する失望に気づき、自尊心の欠如のあまり、奴隷が私をだましているのではないかと猜疑心の虜になり、鍋につばを吐いて回り、嫉妬に狂い、奴隷を鞭打つフリント夫人のようであったかもしれない、と真剣に思う。または、子ども時代に、実母以上に自分を愛して育ててくれた、恩義あるリンダ＝ジェイコブズを、大人になって金に困ったので、平気で売買しようとしたエミリー・フリント(ダッジ夫人)のようであったかもしれない。

そして、もし私が奴隷であれば、リンダのように自尊心と勇気を持ち、そのときの社会全体が「善と容認している悪」と戦い続けられたのだろうか？　偉人ならぬ普通の人間の生きる意味とは何なのか？　奴隷制のように、のちの文明がそれは悪だと証明しながら、今のテンポラリーな社会が不可思議に合意した価値観に盲目的に従うことが、このちっぽけな普通の私に期待された人間性なのだろうか？　それなら私は、人間の愚かな社会では勝者かもしれないが、悪魔は私の魂を「さぞ簡単に見つけるだろう」と思う。

「かと言って、わたしはフリント夫人を責める気にはなれなかった。奴隷所有者の妻も、ほかのどんな女も、同じ状況に置かれれば同じようにしか感じられないのだ」（第六章）

本書執筆から一五〇年を経ても、それは悲しい事実だと思う。でもいつか、人類の大多数が、そうではない勇気ある選択を、ジェイコブズのようにする日が来るのかもしれない――そんな夢かもしれない希望を、二一世紀の現代人に与えてくれる人生をリアルに生き、書籍として残してくれた、文豪ならぬ奴隷少女ジェイコブズの心を、本書でお伝えできればと思う。

本書以降のジェイコブズと登場人物

ジェイコブズの生涯については、過去二〇数年間に綿密な歴史的研究がなされ、多くの自筆の手紙と共に、そのほぼ全貌が判明している。本書以降の彼女の後半生も非常に興味深いが、その詳細は別の書籍で語られるべきと考える。良書も海外で多数出されているので、もし機会があればご紹介したいと思うが、私は文学者でも歴史家でもないので、次世代の研究者の方々による成果に大いなる期待を抱いている。

しかし、本書の登場人物たちに興味を持たれた読者のために、簡単にジェイコブズと家族の本書以降の人生を記しておく（カッコ内が本書で使用されたジェイコブズ創作による偽名）。

ハリエット・アン・ジェイコブズ（リンダ・ブレント）…一八一三―一八九七

本書では伏せられているが、ジェイコブズは南部奴隷州であったノースカロライナ州イーデントン付近に生誕し、北部に逃亡する二九歳まで同地ですごした。一二歳のときにノーコム家（フリント家）の奴隷となり、本書に描かれたとおりの数奇な運命をたどることになった。二児を出産後、ノーコムのプランテーションから逃亡し、青春期の二二歳から二九歳までの七年間を、祖母モリーの家の屋根裏にある狭いスペースに隠れ、家族を含め極めて限定的な接触しか持たずに生活したことが、後年、本書に結実する、詳細まで正確な少女時代の記憶をジェイコブズの中にとどめ、自己を見つめる機会を与えた。ジェイコブズが本書で語る事柄や、ほとんどの登場人物の実在が、現在では証明されている。

本書執筆以降、ウィリス家（ブルース家）の家事使用人として勤めた後、ジェイコブズは、娘のルイーザ・マチルダ（エレン）と共に南部に戻り、解放奴隷のための学校《ジェイコブズ・スクール》を設立したり、再度ロンドンに渡り黒人のための資金集めをするなど、一時期活発な黒人活動家であったことが近年の調査で判明している。しかし、その後は下宿を経営するなどして自活の道を講じねばならず、懐かしいイーデントンの祖母の家も、経済的事情で後年売却した。そして、移り住んだワシントン（DC）にて、娘に看取られながら波乱に満ちた八四年の生涯を終える。今やアメリカでは大ベストセラーの本書だが、生前は、本書のために富も名声も得ることはなかった。

ルイーザ・マチルダ・ジェイコブズ（エレン…一八三三―一九一七）

ジェイコブズとソーヤー氏（サンズ氏）の娘であるルイーザ・マチルダは、幼児期に母と引き離され牢に入れられ、ソーヤー氏の本妻の娘（ルイーザ・マチルダの義母妹）の子守、そしてブルックリンに住む父の従妹の家に女中としてやられ、母同様に不遇な少女時代を過ごす。その後母ジェイコブズに引き取られ、高い教育機会を授けられ、母や叔父と親交のあるエリート白人の奴隷解放運動家に囲まれて成長した。白人の実父に裏切られ、奴隷同然に遇された少女時代の記憶もあり、ルイーザ・マチルダは、愛する元奴隷の母の意思を引き継ぎ、黒人社会で、黒人教師・職業婦人、また運動家として生きることを選択する。白人のような容姿をしていたルイーザ・マチルダは、そのため、当時の社会では境界人となったのか、生涯独身のまま、最晩年はウィリス家の娘と暮らし、看取られた。

ジェイコブズ母娘とウィリス家は、ジェイコブズが本書で予見したとおり、生涯厚い友情に結ばれた。

ジョセフ・ジェイコブズ（ベンジャミン、ベニー…一八二九―一八六〇？）

ジェイコブズの最愛の息子ジョセフ（ベニー）は、本書にも記されているとおり、二〇歳前後のとき叔父のジョン・S（ウィリアム）と共にゴールドラッシュに乗ってカリフォルニアに移住後（第三六章）、一攫千金を求め、さらにオーストラリアに渡った。ジェイコブズの必死の捜索にもかかわらず、やがて彼は消息不明となり、おそらく同国で一八六〇年頃自殺したと考えられている。ジェイコブズは最愛の息子を奴隷制から救い出したが、本書にあるとおり、一日も早く子どもたちと暮らせる家庭を築こうとウィリス家での仕事に従事し、またイギリスにも長期滞在することになり、北部逃亡後はほとんど息子と一緒に暮らすことなく、ジョセフのカリフォルニア移住後は、生きてふたたび息子に会うことはなかった。

ジョセフにもルイーザにも、確認できる子はおらず、ジェイコブズ直系の子孫はいない。

ジョン・S・ジェイコブズ（ウィリアム、ウィリー…一八一五―一八七三）
ジェイコブズのたった一人の実弟であるジョン・Sは、本書には書かれていないが、一八四八年頃までには、奴隷解放運動の講演家として、フレデリック・ダグラス等と北部各地を回り活動した。その後ゴールドラッシュに乗り、カリフォルニア、オーストラリアに移住したが夢破れ、甥ジョセフをオーストラリアに残したまま、ロンドンで船乗りになり、そして同地でも奴隷解放運動を再開する。本書出版の同年、ジョン・S自身も奴隷制に関する手記をイギリスの雑誌に掲載し、また姉の本のイギリス出版を仲介する。イギリスで結婚し、家族を伴い帰国した年、マサチューセッツ州で死去。

両親と早く死に別れ、自由を得るために南部の家族と生き別れねばならなかったジェイコブズは、家族のつながりに憧れつづけ、北部に逃れた後も、いつか家族皆で一緒に暮らすことを夢見ながら、弟のジョン・S、娘ルイーザ・マチルダと共に、ボストンのマウント・オーバーン墓地に今も眠っている。息子ジョセフのための墓所は、今も空いたままである。

翻訳者はおろか、文学者でも歴史学者でもなく、あまり自由な時間のない一般人の私が、古典を翻訳する愚については、何度も考えた。しかし、気づいた私が今やらなければ、いったいいつ、誰がやってくれるのだろうか。ジェイコブズに触れながら、彼女の経験を私だけのものとしてしまうことは、本書が伝えるメッセージに反するような気がした。正しい思想や、ひょっとしたら真理というものが、普通の人から生まれて、名もない普通の人を介して伝播する社会――これは私のフィクションかもしれないが、そうであったら良いと思っている。奴隷少女だったジェイコブズも、そう思っているに違いないと思う。

私の能力不足のせいで、翻訳を出版するより、原書が読めるひとは原書を読んだほうが著者の意図がはっきり伝わるのではないか、と考えることもあった。そんなとき、少女時代の蔵書の中に、小林秀雄が読書について述べた文章を見つけた。曰く、読書の目的とは、「書物から人間が現れる」のを見ることだと。愚かな私は少女時代に、いったい何を考えそうしたのか、その箇所には色あせた蛍光ペンが引かれていた。私はその言葉を、今やどこにもいなくなってしまった少女だった私――ジェイコブズを知ることなく育った不運な私――からの遺言と思い、二一世紀に本書からジェイコブズが現れることを願いながら、今を生きる少女たちのために、翻訳作業を行った。

堀越ゆき

解説

佐藤優

実に感動的な本だ。そして深く考えさせられる。本書は、リンダ・ブレントことハリエット・アン・ジェイコブズ（一八一三〜一八九七年）の自伝的ノンフィクション・ノベルズである。リンダは、六歳のときに自分は奴隷で、白人医師家庭の所有物であるということを知らされる。悪徳を絵に描いたようなフリント医師の嫌がらせの中で育つ。一五歳になったリンダにフリントが性的関係を迫ろうとする。リンダは知恵を働かせて、弁護士で後に連邦議会議員（国会議員）になるサンズの愛人になり、二人の子どもを産む。フリントは奴隷のリンダを思うままに操れないことに対する嫉妬、白人の黒人に対する差別意識、男性の女性に対する暴力性が混淆した筆舌に尽くしがたい陰険な対応をリンダに対して行う。そこでリンダは重大な決断をする。奴隷制度のない米国北部に逃亡することだ。しかし、南部では奴隷の逃亡に関して厳しい。逃亡奴隷が捉えられると、鞭打ちの後、プランテーション（農場）に送られるならばましなほうで、見せしめに残虐な手法で殺害されることもある。リンダは、祖母マーサの家の屋根裏部屋に七年間潜伏する。祖母も奴隷だったが、女主人がマーサを解放したので、自由黒人になった。それだから、自らの家を持つことができる。もっとも、マーサが逃亡奴隷を匿っていることが発覚すれば、マーサだけでなくリンダの子どもたちにも残虐な仕打ちがなされる。

私は鈴木宗男事件に連座して、東京拘置所の独房に五一二日間勾留された経験がある。しかし、そこでは命を奪われたり、鞭で打たれる、さらに獰猛な犬によって身体を食いちぎられる危険はなかった。リンダは、文字通り命の危険を感じながら、七年間の潜伏生活を続けたのだ。祖母の家にはリンダの子どもたちが住んでいる。どうしても顔を見たい。そこでリンダは知恵を働かせる。

〈昼のあいだに手探りであちこち触れてみて、子どもたちをよく見かけそうな通りに面した壁を見つけると、錐をそこに突き刺して、夜になるのを待った。まず上下三列に、そして隙間にも穴を開けていった。そうやって約一インチ四方（約二・五センチ）の小さなのぞき穴を開けることができた。その晩は、外から運ばれる夜の空気を楽しみながら、穴のそばに夜遅くまで座っていた。

朝になると、子どもたちが出てこないかと見張った。最初に目に飛び込んだ人物は、なんと通りを歩くドクター・フリントだった。これは、何かひどいことが起こる悪い前兆ではないかと、ぞっとするような迷信めいた考えが心に浮かんだ。知り合いが幾人も通り過ぎていった。そして、とうとう楽しそうな子どもの笑い声が聞こえ、ふたつの可愛い顔がわたしのほうを見上げた。彼らは、わたしがここにいることも、自分たちが顔を見せることでわたしを幸せにしていることも、まるで知ってでもいるかのように、こちらを見上げていた。お母さんはここにいる、と伝えることができたなら！〉（一六二頁）

この箇所はとても感動的であるとともに神学的だ。子どもたちの目には見えないが、母は子どもたちを見ている。これと同じように、人間の目には見えないが、神は確実にわたしたち人間を見ていることを想起させるからだ。リンダが生きる希望を失わなかったのも神を信じているからだ。

冒頭でも述べたが、この作品は、純粋な第三者ノンフィクションではなく、ノンフィクション・ノベルズだ。リンダは自らの体験をメモに取ることはできなかった。当然、人間の記憶は変容する。例えば、逃亡したリンダに対する賞金付き広告のテキストと、本書でリンダが物語る内容には、違いがある。また、当事者手記の形をとっているので、リンダから批判的に言及された人々の反論権も確保されていない。しかし、それ故に本書がノンフィクションではないという決めつけは間違えている。リンダは記憶に基づき自らの体験を、心象風景も含め、誠実に記述したのである。本書は一八六一年の刊行から一二六年を経て、実証的な文献学研究によりハリエット・アン・ジェイコブズがペンネームで著した自伝であることが確認され、ベストセラーになった。

米国では、半分、黒人の血が入ったバラク・オバマ氏が大統領をつとめている。米国に公には人種差別は存在しないことになっている。しかし、黒人の血が入った人間が国家最高指導者になっても、政治、経済、社会に埋め込まれた差別は解消されていない。リンダの物語『ある奴隷少女に起こった出来事』は、米国の白人、黒人双方にとって、複雑な感情を抱かせる。白人が悪人、黒人が善人という二項対立での記述はなされていない。善き白人で、黒人に対して同情的であっても、経済的に困窮すると黒人奴隷を平気で売り渡す。奴隷から解放された自由黒人でも、白人に過剰同化し、逃亡奴隷狩りの尖兵となる。構造化された差別は、白人、黒人の双方を疎外し不幸にする。本書を読むことによって、米国人は良心を刺激される。そして、あのような米国と訣別し、新しい国をつくらなくてはならないと決意するのだ。ここに米国の強さがある。

最後に、本書の翻訳は実に見事だ。英語から正確に翻訳しているというだけでなく、リンダの心象風景が読者にリアルに伝わる。訳者の堀越ゆき氏は、〈私が本書に出会ったのは、ほんの偶然——出張で飛び乗った新幹線で、時間をつぶすためだった。二〇一一年八月のことである。東海道新幹線に乗ると、私はいつも気が滅入る。（中略）ＰＣの電池が切れた手持ち無沙汰で、ふと懐かしい「ジェイン・エア」を読む気になり、私はiPhoneでKindleストア内を探しはじめた。世界古典名作ランキングの上位に「ジェイン・エア」はすぐ見つかった。そのすぐそばにちょこんと並んでいたのが、本書だった〉（本書、訳者あとがき、二九三〜二九四頁）と述べる。堀越氏とこの本の出会いは、偶然のように見えるが、そこには目には見えないが確実に存在する超越的な力が働いている。

日本人一人一人が、人間力をつけ、社会を強化する。その結果として、日本国家が強くなる。日本人が人間力をつけるためにも、本書は必読だ。

（二〇一三年二月八日脱稿／作家・元外務省主任分析官）

著者

ハリエット・アン・ジェイコブズ Harriet Ann Jacobs (1813〜1897)

ノースカロライナ州出身の元奴隷。幼くして両親と死に別れ、12歳で好色な医師の家の奴隷となり、性的虐待を受ける。奴隷という運命にたったひとりで立ち向かった、自身のドラマチックな半生を、知的な文体で克明に記述した本書を後年著す。当時匿名で出版した事情もあり、本書は「白人知識人が書いたフィクション」と見なされ、長く歴史から忘れ去られていた。しかし近年の研究により、本書の著者が元奴隷少女のジェイコブズであり、記載された事項のほとんどが事実であると証明されると、現代人の深い共感を呼び、ベストセラーになっている。

訳者

堀越ゆき Yuki Horikoshi

ジョージ・ワシントン大学大学院卒。東京外国語大学卒。少女時代をアメリカ、プラハで過ごす。現在世界最大手外資系コンサルティング会社勤務。

カバーイラスト

ブライアン・クローニン Brian Cronin

「ザ・ニューヨーカー」等の主要文芸誌や古典名作を多数手掛け、文学作品のエッセンスを現代的に描く才能で絶大な評価を得る世界的イラストレーター。ニューヨーク在住。

ある奴隷《どれい》少女《しょうじょ》に起《お》こった出来事《できごと》

2013年4月10日　第1刷

著者　ハリエット・アン・ジェイコブズ

訳者　堀越《ほりこし》ゆき

発行者　佐藤 靖

発行所　大和《だいわ》書房

東京都文京区関口1-33-4 〒112-0014

電話 03-3203-4511

本文印刷　信毎書籍印刷

カバー印刷　歩プロセス

製本所　ナショナル製本

ISBN 978-4-479-57016-5